ज्ञान गरिमा के
72 वर्ष

भारतीय
ज्ञानपीठ

णाणं
पयासयं

वीर नि.सं.
2470

ई.सन्
1944

भारतीय ज्ञानपीठ

पानी

(कहानी-संग्रह)

पानी

मनोज कुमार पांडेय

भारतीय ज्ञानपीठ

पहला संस्करण	: 2014
दूसरा संस्करण	: 2015
तीसरा संस्करण	: 2018

लोकोदय ग्रन्थमाला : ग्रन्थांक 1212

ISBN 978-93-263-5244-4

प्रकाशक :
भारतीय ज्ञानपीठ
18, इंस्टीट्यूशनल एरिया, लोदी रोड, नयी दिल्ली–110 003

मुद्रक : आर.के. ऑफसेट, दिल्ली

आवरण–चित्र : सुचिंत एम.
आवरण–सज्जा : ज्ञानपीठ कला प्रभाग

PAANI
(Hindi Short-stories)
by Manoj Kumar Pandey

Published by
Bharatiya Jnanpith
18, Institutional Area, Lodi Road, New Delhi-110 003
Ph. : 011 24698417, 24626467; 23241619 (Daryaganj)
Mob. : 9350536020; e-mail : bjnanpith@gmail.com
sales@jnanpith.net, website : www.jnanpith.net

Third Edition : 2018
Price : Rs. 200

यह पुस्तक अपनी प्रिय कथाकार जोड़ी
रवीन्द्र कालिया और
ममता कालिया के लिए
प्रेम, खुशी और सम्मान के साथ
जो मेरे जीवन में न होते तो
मैं कुछ भी करता
पर
कहानियाँ तो शायद ही कभी लिखता

साथ में
मनीषा
अवधेश
हरेन्द्र
सुखदीप और
ज्योत्स्ना के लिए भी
जिन्होंने अकारण ही मुझ पर अपना स्नेह बरसाया

अनुक्रम

जींस

इस कहानी के नायक सतीशचन्द्र मिश्र उर्फ सत्तू हैं। सत्तू न सिर्फ इस कहानी के नायक हैं, बल्कि इससे अलग भी वह अपने आपको असली वाला नायक समझते हैं। दिलीप कुमार स्टाइल ट्रेजिडी किंग। सत्तू खूबसूरत और प्रतिभाशाली हैं— ऐसा सिर्फ सत्तू का ही मानना नहीं है बल्कि इसके बारे में उनके क्लास की लड़कियाँ ज्यादा बेहतर बता सकती हैं, जो उनके आसपास चक्कर काटने का कोई भी मौका नहीं गँवातीं। पर वे लड़कियाँ या कोई और कुछ भी कहे सत्तू खुद को खूबसूरत और दिलफरेब तभी लगते हैं जब वह पूरी तरह से उदासी और गम के एक कत्थई धूसर रंग में डूबे हुए होते हैं।

और उदास रहने के लिए सत्तू के पास सौ-सौ बहाने हैं, बल्कि यह कहना ज्यादा ठीक होगा कि उदास रहने के लिए उन्हें किसी बहाने की जरूरत ही नहीं पड़ती। एक लम्बे अभ्यास-क्रम से उनके चेहरे का स्थायी रंग ही उदासी का रंग हो गया है। इसके बावजूद अभी भी वह इस रंग को और पक्का करने का कोई मौका नहीं चूकते। ऐसा करने के लिए उन्होंने अपनी कई पद्धतियाँ विकसित की हैं, जिनकी पैठ अतीत के चलचित्रों से लेकर भविष्य की पटकथाओं तक है। इस सबके बीच अनेक मकड़जाली पगडंडियाँ हैं जिन पर सत्तू घूमते रहते हैं।

अधिकांश व्यक्तियों की तरह सत्तू के जीवन में भी अनेक अच्छी-बुरी घटनाओं के बीच कुछ ऐसी घटनाएँ भी घटी हैं, जब मौत उन्हें छूकर निकल गयी थी। ऐसा तो सभी के साथ होता है कि मौत छुपमछुपाई खेलती रहती है और बहुत बार जान बूझकर बगल से सरसराती हुई निकल जाती है। हम मौत को तड़ी मारते हैं और जिन्दगी के इलाके में निकल जाते हैं। पर सत्तू! सत्तू उन पलों को याद करते हैं और सोचते हैं कि ऐसे किसी मौके पर वे मर ही गये होते तो उनके घरवालों या आसपास की दुनिया पर क्या असर पड़ता और बेचारे यह देखकर हताश और स्तब्ध हो जाते हैं कि कोई इस बारे में सोचता ही नहीं। किसी के ऊपर कोई फर्क ही नहीं पड़ता। इससे अच्छा तो वे मर ही जाते। पर एक दूसरी कल्पना उन्हें ज्यादा रोमानी लगती है।

मान लीजिए कि ऐसी किसी दुर्घटना में उनका एक हाथ कट गया होता या फिर एक पैर... तो इस तरह से अपनी उदास नायक की छवि गढ़ने में उन्हें और भी आसानी होती। ऐसी किसी भी कल्पना में उनके चेहरे या आँखों को कुछ भी नहीं होता। तब तो नायक की छवि ही खतरे में पड़ जाती है। क्या आपने किसी ऐसे नायक के बारे में सुना है जिसकी नाक ही कट गयी हो, जो बिना कानों का हो या जिसकी एक आँख पत्थर की हो।

सत्तू अपने वर्तमान कमरे में लगभग तीन साल पहले किरायेदार की हैसियत से आये थे। आज तक उन्होंने मकान मालिक को शिकायत का कोई मौका नहीं दिया। समय पर किराया चुकाते हैं। समय पर आते जाते हैं। कमरे पर मांस मछली नहीं पकाते। गुटखा सिगरेट नहीं खाते पीते। तेज आवाज में रेडियो नहीं बजाते। जोर से किसी से बात नहीं करते और सबसे खास बात यह है कि कमरे पर लड़कियों को नहीं बुलाते बल्कि लड़के भी उनके यहाँ कभी-कभार ही आते हैं। और इससे भी खास बात यह है कि मकान-मालिक के यहाँ कोई बुजुर्ग रिश्तेदार या मेहमान आ जाता है तो मकान मालिक के बच्चों की तरह सत्तू भी उससे नमस्ते कर लेते हैं। मकान मालिक के कई रिश्तेदार उनकी इस अदा पर फिदा हैं और आज के जालिम जमाने में ऐसे लड़कों को अच्छे संस्कारों का फल मानते हैं।

सत्तू के बाहरी व्यवहार के उलट उनका कमरा अजब-गजब चीजों से भरा है। भरा और भयानक रूप से बिखरा। दीवालों पर पत्रिकाओं और अखबारों से काटी गयी अजीबोगरीब तस्वीरें। कहीं नेवले और साँप की लड़ाई, कहीं मंगल की सतह पर जमा पानी तो कहीं बरामूडा ट्रैंगल का काल्पनिक स्केच तो कहीं चेहरे पर अनन्त रेखाओं वाली कोई बुढ़िया। ऐसे ही बहुत सारे चित्र और तस्वीरें और उनमें आपस में कोई तालमेल ढूँढ़ना नामुमकिन। ऐसे ही तरह-तरह की किताबें, जो उनकी कोर्स वाली किताबों के पीछे से झाँकती रहती हैं। भूत-प्रेत के किस्से, जासूसी उपन्यास, रहस्य कथाएँ, हस्तरेखा और अंक ज्योतिष की किताबें, सम्मोहन-शक्ति बढ़ाने के तरीके, चित्त को एकाग्र कैसे करें, जैसी तमाम तरह की किताबें।

सत्तू के पढ़ने की मेज पर एक बड़ा अर्द्धचन्द्राकार आईना ऐसे कोण पर रखा है कि जब वह पढ़ने के लिए कुर्सी पर बैठें तो उनका चेहरा आईने में जरूर दिखाई पड़े। जब सत्तू पढ़ नहीं रहे होते हैं तो कई बार आईना देखते हुए दिन गुजार देते हैं। यूँ तो उनके पास एक छोटा आईना भी है, जिसमें कभी-कभी वह बिस्तर पर लेटे-लेटे अपना अक्स निहारते हैं, पर इस छोटे आईने में वो बात कहाँ जो उस अर्द्धचन्द्राकार आईने में है। वह तो जादुई आईना है जिसमें एक अजीब-सा

साँप की आँखों जैसा सम्मोहन है। जो अपनी आँखों में झाँकने के लिए सत्तू को बार-बार खींचता है और खींचता ही चला जाता है। आईना नहीं एक जादुई गुफा है, जिसका दूसरा सिरा अतीत में जाकर खुलता है। एक तिलिस्मी दरवाजा है, जिसके भीतर जाने पर उस तिलिस्म का शिकार बने बिना खैर नहीं।

एक बायस्कोप है जिसके भीतर कुछ नहीं है मगर इतना कुछ है कि देखते-देखते आँखों की पूरी उमर कम पड़ जाए। इस आईने के जरिये जब बाहर के सत्तू और आईने के भीतर के सत्तू की आँखें मिलती हैं तो देर-दूर तक मिली रह जाती हैं। फिर सत्तू की आँखें अपने घर में बिछलने लगती हैं, जिस्म पीड़ा से ऐंठने लगता है, दाँत दाँतों पर कस जाते हैं, नाक थोड़ा फूलकर बाहर आ जाती हैं, आँखों के नीचे साँवलापन फैलकर गायब हो जाता है और आखिरकार आँखों की पुतलियाँ स्थिर होकर वीरान हो जाती हैं। इसके बाद सत्तू आईने में समा जाते हैं और आईने के अन्दर जाते ही सत्तू उड़ने लगते हैं।

उड़ते-उड़ते सत्तू अपने गाँव पहुँच जाते हैं। वहाँ गाँव के किनारे पेड़ों की घनी झुरमुट के बीच एक कच्चा खपरैल घर दिखता है। यह खपरैल सत्तू को इसलिए दिख रहा है क्योंकि वह ऊपर हैं और धीरे-धीरे नीचे आ रहे हैं। नीचे आकर वह आँगन के ऊपर पेट के बल लटक जाते हैं। आँगन बड़ा है। आँगन के कोने में नीबू का एक पेड़ है जिसमें हरे-हरे नीबू लटक रहे हैं। कुछ पके हुए नीबू नीचे भी गिरे हुए हैं। बगल में ही आम का एक युवा हो रहा पेड़ है जिसमें आधे पेड़ पर कत्थई रंग की कोंपलें फूटी हुई हैं और आधे पेड़ पर बौर आये हुए हैं। सत्तू पलभर को आम के बौर और नीबू की मदमाती महक में डूब जाते हैं कि तभी नीचे से एक चीख उभरती है।

आँगन के एक छोर पर एक काला भुजंग बूढ़ा है और दूसरे छोर पर गोरी-चिट्टी अधेड़ औरत। बूढ़े के हाथ में लाठी है और औरत के हाथ में दही मथनेवाली मथानी। दोनों के बीच में एक रोती तड़पती, गिरती, भागती युवती है। बूढ़ा सत्तू का दादा है, अधेड़ औरत सत्तू की दादी है और रोती-चीखती युवती सत्तू की माँ है। सत्तू की माँ के बाल खुले हैं। धोती खुल गयी है। माथे का सिन्दूर खून के साथ मिलकर नीचे बह आया है। सत्तू की माँ साया-ब्लाउज में इधर से उधर भाग रही है। अधेड़ औरत यानी दादी बार-बार बूढ़े को ललकार रही है और बूढ़ा यानी कि दादा हर ललकार के साथ हुमककर लाठी मारते हैं। माँ हर प्रहार के साथ भीषण आर्तनाद करती है। इसके बाद दादी और दादा दोनों मिलकर माँ को गिरा देते हैं और उनके ऊपर बैठ जाते हैं। दादी चिल्लाते हुए बोलती हैं—'हरामखोर, हरजाई चिल्लाएगी, गाँव भर को तमाशा दिखाएगी, ले और चिल्ला।'

इसके बाद दादी ने मथानी से माँ के सीने पर मारा, चेहरे पर मारा, टाँगों के बीच में मारा। माँ हर चोट पर हलाल होते हुए जानवर की तरह डकरायी और लगातार डकराती रही, फिर बेहोश हो गयी।

सत्तू माँ पर पड़ी हर चोट के साथ उछल-उछल जाते हैं। सत्तू नीचे आना चाहते हैं। चाहते हैं कि आकर दादा की लाठी उनके ही सिर पर दे मारें पर बीच में समय की एक मोटी दीवार है जिसे भेद पाना सत्तू के बस की बात नहीं। इस दीवार के बाहर असहाय खड़े सत्तू कुछ भी नहीं कर सकते, सिवा इसके कि वह माँ को पिटते, तड़पते, डकराते और बेहोश होते हुए देखें। आखिर में जब माँ बेहोश हुई तो साथ में सत्तू भी बेहोश हो गये। इसी के साथ आकाश में उनका सन्तुलन बिखर गया और वह गिरते हुए नीबू के पेड़ पर आकर टँग गये।

नीबू के काँटों और टहनियों से लहूलुहान होकर जब सत्तू की चेतना वापस लौटी तो उन्हें दिखाई पड़ा कि यह दृश्य वे अकेले ही नहीं देख रहे हैं बल्कि पीछेवाले जंगले से जिस पर कुछ बोरियाँ और इधर-उधर का जाने क्या-क्या सामान रखा है, के बीच से और भी दो आँखें वही सब कुछ देख रही हैं, जो सत्तू देख रहे हैं। नीबू के उस कँटीले पेड़ पर टँगे सत्तू ने पाया कि वे आँखें किसी और की नहीं बल्कि उन्हीं की हैं और वह अपनी उन आँखों में डूब गये।

सत्तू आगे जहाँ पहुँचते हैं, वहाँ बरसात का मौसम है। रात का समय है। चारों तरफ जहाँ तक नजर जा रही है, एक काला अँधेरा फैला हुआ है। बादलों की गड़गड़ाहट से कान के पर्दे फट रहे हैं। रह-रहकर बिजली चमक रही है। बिजली चमकने पर नीम का एक पुराना पेड़ दिखता है जिसकी एक डाल पर सत्तू छिपकली की तरह चिपके हुए हैं। बिजली फिर चमकती है तो एक कुआँ दिखता है जिसमें ऊपर तक काला पानी भरा हुआ है। फिर चमकती है तो नीम के पेड़ के नीचे चारपाई पर एक बारह-तेरह साल का लड़का चड्ढी और शर्ट पहने पड़ा दिखता है। जब एक कड़कड़ाहट के साथ बिजली चमकती है तो लड़का काँप-काँप जाता है और जैसे चारपाई में ही समा जाने की कोशिश करता है। चारपाई से थोड़ा आगे एक घर है, घर में एक किवाड़ है, किवाड़ में एक साँकल है जो इस लड़के के लिए बन्द है। सत्तू खोजते हैं कि उन्हें लड़के की आँखों में आँसू की बूँद दिख जाए पर नहीं दिखती।

लड़का अपने होंठों को दाँतों के नीचे दबाये काँप रहा है पर रो नहीं रहा। थोड़ी देर में पानी बरसने लगता है तो सत्तू सोचते हैं कि लड़का तो नीचे है और चुप है तो फिर कौन रो रहा है, जिसके आँसुओं से दुनिया भीग रही है। भीगते हुए यही सब सोचते-सोचते सत्तू काँपने लगते हैं तो पेड़ की डाल पर उनकी पकड़ छूट जाती है और वे बेआवाज चारपाई पर गिर जाते हैं और चारपाई पर लेटे लड़के

के साथ एकमएक हो जाते हैं। लड़का करवट बदलकर पीठ के बल लेट जाता है। उसका बदन रह-रहकर थरथरा रहा है। वह सिहर-सिहर जा रहा है और आखिरकार चारपाई के चारों तरफ पानी ही पानी दिखाई देने लगता है। लड़का चारपाई सहित पानी में डूब जाता है।

अगले दिन सूरज रोज की तरह ही निकलता है। लुकता-छिपता। आसमान साफ जैसा है पर हवा में नमी तैर रही है। सामने घास का एक दूर तक फैला हुआ जंगल दिखता है। ध्यान से देखने पर पता चलता है कि बीच में वह एक जगह के आसपास हिल-सा रहा है। वहाँ से हर मिनट बाद घास का एक गोला थोड़ा-सा ऊपर आता है फिर उसी घास के जंगल में गुम हो जाता है। थोड़ी देर में एक व्यक्ति खड़ा होता है। ये सत्तू के पिता हैं। वह जोर की आवाज लगाते हैं। सत्तू ओ सत्तू! बिट्टी, ओ बिट्टी! आकर घास ले जाओ। इस पुकार के जवाब में एक चौदह-पन्द्रह साल की लड़की और वही रातवाला लड़का लसढ़म फसढ़म खाँची लेकर आते हैं। घास के इस जंगल में एक अधेड़ औरत भी है। यह वही अधेड़ औरत है जो आँगन में सत्तू की माँ के सीने पर चढ़ी बैठी थी - यानी की सत्तू की दादी। वह खाँचियों में घास भरती हैं और बारी-बारी स दोनों के सिर पर रखवा देती हैं।

घास की जड़ों में गीली मिट्टी चिपकी हुई है जो बार-बार झटकने के बावजूद नहीं निकली है और उसमें से मटमैला पानी चू रहा है। एक छोटे से पानी भरे गड्ढे में जहाँ ये घास धुलने के लिए डाली जानी है वहाँ तक पहुँचते-पहुँचते दोनों घास से टपकते मटमैले पानी में भीग चुके हैं। लड़की गड्ढे में थोड़ा गहरे पानी की खोज में सिर पर खाँची लिए आगे बढ़ती जाती है। पीछे-पीछे लड़का है। अचानक लड़की का पाँव पानी में फिसलता है और पीछे गिरते हुए वह लड़के से टकराती है। दोनों पानी में गिर जाते हैं। दोनों उठते हैं, मिलकर खाँचियों से घास निकालते हैं, खींच-खींचकर गहराई में डालते हैं और इस क्रम में अनायास ही खेलने लग जाते हैं। दोनों हुप-हुप करते हुए एक-दूसरे पर पानी उलीचने लग जाते हैं। ऐसे ही खेलते-खेलते देर हो जाती है और उन्हें समय का पता नहीं चलता।

तभी पीछे से एक बड़ा-सा हाथ बढ़ता है और लड़की की टाँग पकड़ लेता है। लड़के के पलटते-पलटते एक जोरदार घूँसा उसकी पीठ पर पड़ता है। लड़का भागने की कोशिश करता है तो सामने वही अधेड़ दादी दिखती हैं जिनके काले सफेद बाल हवा में उड़ रहे हैं। लड़का दुबारा पीछे पलटता है तो वही मजबूत हाथ जिसने थोड़ी देर पहले लड़की की टाँग पकड़ी थी, अबकी बार लड़के के बाल पकड़ता है और दोनों को घसीटकर एक साथ बाहर लाता है। इस छोटे गड्ढे के बगल में एक छोटी-सी तलैया है, जिसमें पानी बहुत गहरा नहीं है पर दोनों

के डूबने के लिहाज से काफी है। आदमी जो दोनों के पिता हैं, दोनों को ले जाते हैं और बारी-बारी से उसी तरह तलैया में उछाल देते हैं जिस तरह से वह अभी थोड़ी देर पहले घास के गोले उछाल रहे थे। दादी पिता को लगातार बढ़ावा देती दिखाई पड़ती हैं।

बाहर कोई बचाव न देख लड़का पानी में डूब जाने का निश्चय करता है। लड़के का चेहरा पानी के ऊपर निकलता है। वह जल्दी से एक हकबकायी हुई साँस खींचता है, आँख मिचमिचाता है और सब कुछ आखिरी बार देखने की कोशिश करता है। इसके बाद वह बाहर आने की बजाय नीचे की तरफ डुबकी लगा देता है। पानी में नीचे एक पथरीली-नुकीली चट्टान है। लड़का चट्टान को अपने नन्हें हाथों से कसकर पकड़ लेता है और तय करता है कि अब वह ऊपर नहीं आएगा।

लड़के को देर तक न पाकर पिता इधर-उधर देखते हैं फिर पानी में कूद जाते हैं। लड़की इस बीच मौका पाकर घर की तरफ निकल भागती है। पिता पलभर में लड़के को बाहर निकाल लाते हैं। लड़का बेसुध है। पिता लड़के का पेट दबाते हैं तो मुँह से पानी के साथ एक फुदकती हुई जिन्दा मछली भी निकलती है। पिता सकते और पछतावे की हालत में हैं कि दादी चिल्लाती हैं— पंडित की औलाद होकर मछली खा लिया। हे भगवान, हो। पता नहीं कहाँ का कुलच्छनी होकर जन्मा है। पिता ने एक अजीब-सी भयानकता के साथ दादी को देखा और बोले, ''अम्मा, तुम चुप रहोगी कि नहीं!''

पानी के ऊपर स्तब्ध खड़े सत्तू पिता को ध्यान से देखने लगे जैसे कि पिता को उन्होंने पहली बार देखा हो। पिता और पछतावा! हो ही नहीं सकता। इसी के साथ सत्तू पानी में कूद जाते हैं और वहीं पत्थर पकड़कर चिपक जाते हैं जहाँ थोड़ी देर पहले नन्हा सत्तू चिपका हुआ था। सत्तू को पता नहीं है कि इस बीच वह तलैया बची ही नहीं है। उसकी जगह एक प्राथमिक पाठशाला खड़ी हो चुकी है जहाँ नन्हे सत्तू की उम्र के बच्चे अभी भी दो एकम दो, दो दूनी चार की पढ़ाई करते हैं।

सत्तू डूब नहीं पाते तो बरसात से जाड़े में पहुँच जाते हैं। जहाँ एक पुराने कच्चे घर का खंडहर है, जिसमें दक्षिण और पश्चिम की दीवारों के कुछ हिस्से बचे हुए हैं। पूरब की तरफ से पूरी ऊँचाई पर धूप आ रही है। एक चारपाई है, जिस पर सत्तू के पिता और दादी बैठे हुए हैं। चारपाई से नीचे एक जूट की बोरी पर छह-सात साल का एक लड़का पढ़ रहा है। सत्तू के पिता लड़के से पूछते हैं— ''तेरह सत्ते कितना?'' लड़का पिता को डरते हुए देखता है फिर हकलाते हुए कहता है कि बताऊँ... बताऊँ... और इसी के साथ एक हथौड़े जैसा हाथ पीठ

पर पड़ता है। लड़का कई-कई बार पलट जाता है। मिट्टी में कंकड़ों की भरमार है। लड़का उसी मिट्टी में घिसट गया है। नाक, कान, गाल, हाथ, कुहनी कई-कई जगह से छिल गये हैं। लड़के के कलेजे में एक हूक-सी उठती है, पेट से सब कुछ बाहर निकलने को होता है पर नन्हा लड़का उसे गले में ही घोंट जाता है। उसके गले से चीख तक नहीं निकलती। गले से निकलता है तेरह सत्ते इक्यानबे।

सत्तू चारपाई और सूरज के बीच में आ जाते हैं। वह चाहते हैं कि चारपाई पर धूप पड़नी बन्द हो जाए, जिससे कि पिता और दादी चारपाई के साथ कहीं चले जाएँ और वह छोटे सत्तू की पीठ सहला सकें। या कुछ ऐसा कर सकें कि मुँह से तेरह सत्ते इक्यानबे की जगह खुल के रुलाई आ जाए कि जितना जहर उसके भीतर भरता चला जा रहा है उसका कोई तो हिस्सा बाहर निकल सके पर फिर वही बात कि बीच में समय की एक अभेद्य दीवार है, जिसे भेद पाना सत्तू क्या किसी के लिए भी मुमकिन नहीं। जहाँ कभी यह खंडहर हुआ करता था वहाँ अब नया पक्का घर बन चुका है और जिस पुराने घर में सत्तू का बचपन बीता है वह गिरा दिया गया है और घर की दीवारों की मिट्टी घर के पश्चिम की तरफ की गड़ही पाटने में काम आयी है। गड़ही पाटकर वहाँ दो आम और एक कटहल के पेड़ लग चुके हैं जो इतने बड़े हो गये हैं कि फल भी देने लगे हैं।

ऐसे ही सत्तू के आईने में नीम का एक पेड़ है जिसकी एक डाल पर एक जींस लटकती हुई दिखाई पड़ती है। आईने में जींस का रूप हमेशा बदलता रहता है। मौसमों की मार खाती हुई, बदरंग होती हुई, सड़ी हुई, नुची हुई जिसके एक हिस्से को चिड़ियाँ अपने घोंसले के लिए उठा ले गयी होंगी।

इस जींस की भी एक मुख्तसर-सी कहानी है। जब सत्तू दसवीं की परीक्षा देने के बाद माँ के साथ बुआ के यहाँ गये थे तो वहाँ बुआ ने उन्हें कपड़े खरीदने के लिए पैसे दिए। सत्तू ने अब तक जींस कभी नहीं पहनी थी पर वह बहुत दिनों से जींस के लिए ललचा रहे थे। सत्तू अपनी बुआ के लड़के के साथ बगल के मुंशी पुलिया बाजार गये और अपने लिए एक खूब चुस्त-सी जींस की पैंट खरीद लाये। कहने की जरूरत नहीं कि यही जींस पहनकर सत्तू अपने घर लौटे।

सत्तू जब माँ के साथ घर लौटे तो दादी बेहद गुस्से से भरी हुई थीं। माँ ने जिस दिन वापस आने के लिए कहा था, उसके पूरे तीन दिन बाद लौटकर आयी थीं। बुआ आने ही नहीं दे रही थीं और माँ ने भी सोचा होगा कि वह

कोई मायके में थोड़े ही हैं कि दादी नाराज हो जाएँगी। वह तो उन्हीं की बेटी के यहाँ हैं, पर माँ दादी को कायदे से कभी भी नहीं समझ पायीं।

सत्तू और माँ जब बुआ के घर से निकलकर मुंशी पुलिया से वाया मुकुन्दपुर होते हुए घर पहुँचे तो दादी आजिजी और गुस्से से सत्तू और उनकी माँ की राह देख रही थीं। घर और बाहर दोनों के कामों के लिए सत्तू की दीदी घर में थी, पर थोड़े बहुत काम तो दादी के पाले में आ ही गिरे थे और इससे भी बढ़कर यह उनके आतंकी अनुशासन को चुनौती थी। तो सुबह लगभग ग्यारह बजे जब सत्तू और उनकी माँ घर पहुँचे तो दादी ने किवाड़ ही नहीं खोला। दोनों बहुत देर तक किवाड़ खुलने का इन्तजार करते घर की देहरी पर बैठे रहे। थोड़ी देर बाद माँ रोने लगीं तो सत्तू का मन भी रोने को हो आया, पर सत्तू रोये नहीं। सत्तू ने किवाड़ खूब जोर जोर से भड़भड़ाया फिर लात मारी। लात मारते हुए गुस्से और बेध्यानी भरे जोश में उनका एक पैर ज्यादा ऊपर उठ गया, जिससे दूसरे पैर का सन्तुलन गड़बड़ा गया और सत्तू भहराकर नीचे आ गये।

तभी किवाड़ खुला। दादी गुस्से में चिल्लाती हुई प्रकट हुईं और बोलीं— बाहर से दुरदुरा के पेट भर गया है तो किवाड़ ही तोड़ डालोगे। चार दिन बाहर क्या छुछुवा आये बहुत चर्बी चढ़ गयी है। दादी का पूरा ध्यान सत्तू के ऊपर था। आते ही उन्होंने सत्तू के ऊपर छड़ियों की बौछार कर दी। सत्तू पहले से ही गुस्से में थे, ऊपर से गिर जाने के कारण खिसिया भी गये थे सो उन्होंने छड़ी पकड़ ली और अपनी तरफ जोर से खींचा। दादी ने छड़ी नहीं छोड़ी और उसी के साथ नीचे आ गिरीं। गिरते ही दादी ने छड़ी छोड़ दी और दूर महुआ के पेड़ के नीचे जाकर बैठ गयीं और गालियाँ बकने लगीं।

दादी ने दिन भर न खाया, न नहाया, बस गालियाँ बकतीं एक टुटहे खटोले पर पड़ी रहीं। थोड़ी देर बार सत्तू का गुस्सा डर में बदल गया। पिता के घर लौटने का समय आ रहा था। सत्तू दादी के पास पहुँचे और दादी के पैर पकड़ लिए। सत्तू ने उन्हें मनाने की बहुतेरी कोशिशें कीं पर दादी टस-से-मस नहीं हुईं।

पिता आये तो दादी उन्हें रोती और गालियाँ बकती मिलीं। उन्होंने साइकिल खड़ी की और दादी के बगल में जाकर बैठ गये। दादी ने उन्हें जो कुछ बताया उससे पिता आगबबूला हो उठे। थोड़े दिनों पहले ही नीम की टहनियों की कटाई हुई थी। नीम की टहनियाँ अपने चूल्हे में जाने का इन्तजार करती हुई सूख रहीं थीं। पिता ने एक टहनी उठायी और सत्तू को पीटते हुए घर से बाहर खींच लाये। पीछे चिल्लाती हुई माँ बाहर आयीं। दीदी आयीं। दोनों दूर खड़े रो रहे थे और पिता पूरी ताकत से सत्तू पर प्रहार कर रहे थे। एक टहनी टूटी, दो टहनियाँ टूटीं।

पता नहीं कितनी टूटतीं, सत्तू की जान की कीमत कितनी टहनियाँ होतीं, क्या पता?

उधर सत्तू 'अरे बाबू मर जाऊँगा', 'जो कहोगे वही करूँगा', 'मैंने कुछ नहीं किया' जैसे अनेकों शब्द और वाक्य तेज-तेज चिल्लाकर बोल रहे थे कि वह सब आज भी अन्तरिक्ष में कहीं गूँज रहे होंगे। सत्तू को इतनी पीड़ा हो रही थी कि कोई देवी या देवता अगर कहीं सचमुच रहे होते तो सत्तू की पीड़ा से उनका आसन डोल गया होता। उन्होंने उस भगवान को भी आर्त स्वर में पुकारा था 'अरे राम मर जाऊँगा', 'अरे भगवान हो', पर सत्तू गज नहीं थे न ही उनके पिता ग्राह, फिर भगवान उन्हें बचाने भला क्यों आते! आखिरकार सत्तू को बचाने आयी एक कुतिया। कुतिया का नाम गुलब्बो था। गुलब्बो जब छोटी-सी थी तभी न जाने कौन उसे सत्तू के घर के पास छोड़ गया था। उसके बाद गुलब्बो सत्तू के घर पर ही रह गयी। यही गुलब्बो सत्तू को पिटते देख लगातार भौंक रही थी और सत्तू और उनके पिता के चारों ओर बेचैनी से चक्कर काट रही थी। जब सत्तू जमीन पर गिर गये और उनकी चीख़ आसमान कँपाने लगी तो गुलब्बो की बर्दाश्त के बाहर हो गया। वह उछली और उसने सत्तू के पिता का डंडेवाला हाथ अपने मुँह में भर लिया। पिता हकबका गये और गुलब्बो को खुद से दूर ढकेलने लगे। गुलब्बो ने जब किसी तरह उन्हें छोड़ा तो वे डंडा लेकर उसके पीछे लपके। इस बीच माँ और दीदी सत्तू को अन्दर टाँग ले गयीं और कोठरी में बन्द हो गयीं। सत्तू की दादी पूरे समय निर्लिप्त भाव से महुआ के पेड़ के नीचे लेटी रहीं।

पिता लौटे तो उनके हाथों से खून टपक रहा था। गुलब्बो भाग गयी थी। पिता घर में घुसे तो उन्हें सामने ही सत्तू की नयी-नकोर जींस टँगी दिख गयी। पिता जींस पर टूट पड़े। नयी जींस थी, पिता को काफी ताकत लगानी पड़ी फिर भी वह जींस को नहीं फाड़ पाये तो थोड़ी दूर पर टँगी कुदाल की तरफ झपटे। वे जींस को लेकर बाहर आये और उसे जमीन पर रख उस पर कुदाल से दनादन प्रहार करने लगे। फिर उन्होंने जींस उठायी और उसे ऊपर की तरफ उछाल दिया।

बगल में नीम का वही नंगा पेड़ था जिसकी टहनियाँ थोड़ी देर पहले सत्तू का बदन चूम रही थीं। पेड़ पर एक भी पत्ती नहीं थी, डालें ऐसी लग रही थीं जैसे पेड़ के हाथों की उँगलियाँ काट ली गयी हों। ठूँठ और दहशत पैदा करने वाली। सत्तू की जींस एक ऐसी ही ठूँठ डाल पर जाकर टँग गयी। नीम के नंगे पेड़ पर टँगी हुई एक लहूलुहान जींस। इस समय अगर सत्तू को भी ऊपर की तरफ उछाल दिया जाता तो यकीनन वह भी अपनी जींस की तरह ही टँगे नजर आते। अपनी तरफ से बेहरकत पर जिस तरफ हवा चले उसी तरफ झूलते हुए!

बाद में जींस की एक टाँग से होकर नीम की एक टहनी निकल आयी

जो मोटी होकर डाल में बदल गयी। दूसरी टाँग वैसे ही लटकती रही। जेबें गिलहरियों का अड्डा बन गयीं। वह जींस बहुत दिनों तक ऐसे ही पेड़ पर लटकती रही। सत्तू जब भी जींस की तरफ देखते उनकी आँखों में जमाने भर की पिसी लाल मिर्च भर जाती।

इसी लटकती हुई जींस में एक दिन साँप दिखा। डाल और जींस के बीच में अपने लिए जगह बनाये हुए। सत्तू की दादी ने देखा तो उन्हें लगा कि यह किसी के ऊपर गिर गया तो पता नहीं क्या हो। सो एक दिन जब उन्होंने साँप को जींस से निकलकर बाहर जाते हुए देखा, दौड़कर कटवाँसा उठा लायीं। इस बीच पता नहीं उनमें वही साँप वापस लौट आया था या कि जींस के भीतर दूसरा साँप भी था जिसके बारे में सत्तू की दादी को पता नहीं था पर जो हुआ वो यह कि जब दादी कटवाँसे से जींस को खींच रही थीं तो ऊपर से जींस की बजाय साँप का एक कटा हुआ सिर गिरा जो दादी के माथे से चिपक गया। दादी कटवाँसा लिए-लिए ही गिरीं और थोड़ी देर में ही मर गयीं।

जिस दिन दादी मरीं उसी दिन सुबह के समय जब सत्तू अपने जादुई आईने का एंगल सही कर रहे थे, आईना गिरा और चकनाचूर हो गया। सत्तू सिर थामकर वहीं बैठ गये जैसे उनका सब कुछ बैठे-बैठे ही लुट गया हो। पर अब हो भी क्या सकता था, उन्होंने भारी मन से टुकड़े बटोरे और बाहर फेंक आये।

जब उन्हें दादी के मरने का पता चला तो उन्हें दादी के मरने का कोई रंज नहीं हुआ बल्कि वह एक ऐसी उत्फुल्लता से भर गये जिसने आईना टूट जाने का पूरा गम एक ही झटके में मिटा दिया। उन्हें खुंशी हुई कि वो जींस ही दादी के अन्त का सबब बनी। पिता का डर न रहा होता तो वह घर की बजाय सीधे रसूलाबाद घाट ही पहुँचते जहाँ दादी को जलाया जाना था। फिलहाल जब वह घर पहुँचे तो पिता रोते हुए मिले। माँ शान्त थीं। दादी को घर के आगे बरामदे में लिटाया गया था। दादी का मुँह नहीं ढँका गया था। लाश के चारों ओर पिता और माँ के अलावा गाँव की दूसरी औरतें और आदमी फैले हुए थे। दादी का चेहरा साँप के जहर से काला पड़ गया था।

सत्तू ने दादी का चेहरा देखा तो उनके मन में हिकारत का भाव आया कि इसी बुढ़िया के वजह से जीवन में न जाने कितनी क्रूर यादें हैं। ये तो ऊपर गयी किन्तु वह क्या कभी उन यादों से मुक्त हो पाएँगे। नीम के पेड़ पर अभी जींस के चीथड़े लटक रहे थे। सत्तू को अपनी नयी जींस याद आयी। अपनी पहली और आखिरी जींस।

उस घटना के बाद से सत्तू ने फिर कभी जींस नहीं पहनी, इसके बावजूद कि जींस उन्हें जमकर सम्मोहित करती है। जींस पहने हुए लड़के-लड़कियाँ उन्हें खूब चुस्त-दुरुस्त लगते हैं पर सत्तू जींस नहीं पहनते। एक पीड़ा भरी विरक्ति बैठ गयी है उनके भीतर। जब भी कभी वह इस बारे में सोचते हैं उन्हें अपनी जींस याद आने लगती है। नीम के पेड़ पर लटकती कटी-फटी जींस। उन्हें लगता है जींस नहीं, वो खुद ही नीम के ठूँठ पेड़ पर टँगे हुए हैं। इसी के साथ उन्हें वो भयानक मार याद आयी। उन्हें पिता का जींस फाड़ना याद आया। उन्हें गुलब्बो कुतिया याद आयी और इस तरह सत्तू रोने लगे। फिर रोते-रोते वहीं बैठ गये।

दादी की लाश के पास बैठकर रोते हुए सत्तू ने पहली बार सोचा कि दादी ऐसी क्यों थीं। क्या दादी माँ के पेट से ही इतनी क्रूर होकर पैदा हुई थीं? क्या वह बचपन से ही किलकारियों की जगह भयानक सिसकारियाँ भरती थीं? सत्तू को अपने ऊपर अचरज हुआ कि यह सवाल उनके दिमाग में पहले क्यों नहीं आया, जबकि आना चाहिए था। और बार-बार आना चाहिए था। बाद में वह वैसे तो दूसरे जरूरी कामों में मसरूफ हो गये पर अगले दो दिनों तक यह सवाल लगातार उनकी चेतना पर चोट करता रहा।

इन दो दिनों में सत्तू का घर तमाम रिश्तेदारों से भर गया। सत्तू की दोनों बुआ आ चुकी थीं। छोटी बुआ अपने दो बच्चों और पति को भी साथ लायी थीं। इसके अलावा दादी की एक बूढ़ी ननद, दादी के भाई, सत्तू की मौसी और मामी तथा गाँव की और तमाम औरतें और मर्द जो दिन भर आते-जाते रहते। सत्तू ने पाया कि इन दिनों घर दादी की यादों से भर गया है। पिता से लेकर पिता के मामा तक, बुआ से लेकर पिता की बुआ तक या गाँव की दूसरी बूढ़ी औरतें भी, सबके सब जो बातें कर रहे थे, उसका एक बड़ा हिस्सा दादी अनायास ही घेर ले रही थीं। दादी हर किसी के भीतर एक ख़ास तरह से उपस्थित थीं। सत्तू जब भी किसी को दादी के बारे में बात करते सुनते उनके कान वहीं लग जाते। वह दादी से जुड़ी सारी बातों को अपने भीतर उठ रहे अनगिन सवालों से जोड़ने की कोशिश करते। इस तरह दो दिनों में वह दादी के बारे में बहुत कुछ जान चुके थे पर अभी भी उनमें किसी केन्द्रीय बिन्दु का अभाव था, जिसके आसपास वह सारी बातों को जोड़कर रख पाते या कोई एक मुकम्मल तस्वीर बना पाते। तीसरे दिन माँ ने सत्तू को बुलाया और कहा कि वह दादी का कमरा साफ कर दें तो बरामदे का सामान उनके कमरे में डालकर बरामदा खाली किया जा सके। दादी के कमरे में पहुँचकर सत्तू ने पाया कि ज्यादा कुछ काम नहीं है। दादी की चारपाई पहले ही किसी ने बाहर निकाल फेंकी है। बस, खूँटियों पर कुछ कपड़े टँगे हुए हैं और कमरे के एक कोने में ईंटों के ऊपर एक जंग खाया

बक्सा पड़ा है। बक्से में ताला बन्द था। सत्तू जब छोटे थे तो ये बक्सा उनके लिए एक खेल की तरह था। दीदी कहती बक्से में ये होगा तो सत्तू कहते, नहीं बक्से में वो होगा। दीदी कहती बक्से में चाँदी होगी तो सत्तू कहते बक्से में सोना होगा। ऐसे ही खेल चलता और बक्से में सोने-चाँदी से लेकर गुड़-लड्डू या शेर-बाघ तक होने की सम्भावना व्यक्त की जाती।

खेल याद आया तो खेल-खेल में दीदी के साथ हुए तमाम झगड़े याद आये और सत्तू मुस्कराये। पर तुरन्त ही बचपन का खेल उनके सामने एक ठोस सवाल की शक्ल में उपस्थित हो गया कि बक्से में क्या है। बक्से में लगे ताले की चाभी ढूँढ़ने में उन्हें जरा भी मेहनत नहीं करनी पड़ी। दादी बक्से की चाभी काले सूती डोरे में डालकर हमेशा गले में पहने रहती थीं। सत्तू उस चाभी के बारे में पूछने के लिए माँ के पास जा ही रहे थे कि उन्हें ताखे पर वैसे ही डोरे में उलझी चाभी दिख गयी। सत्तू ने चाभी उठायी और बक्से का ताला खोलने लगे। बक्सा खुलने पर उन्होंने देखा कि उसमें सबसे ऊपर दादी की कुछ सूती धोतियाँ रखी हुई थीं।

उन्होंने आहिस्ता से धोतियाँ परे सरकायीं। धोतियों के नीचे सादे कागज के तवे रखे थे, उन्हें निकालते हुए सत्तू ने पाया कि वे सड़ गये थे और छूने भर से टूट रहे थे। कुछ ऐसे भी कागज मिले जिन पर कुछ लिखा हुआ था, जो कुछ इस तरह से लग रहे थे जैसे कागज बनने के बाद उन पर कुछ न लिखा गया हो बल्कि कागज लिखावट के साथ ही बनाया गया हो। सत्तू ने एक-एक करके उन कागजों को उठाया और पढ़ने की कोशिश की। उन्हें कुछ भी नहीं समझ में आया। उन्हें अपनी अब तक की सीखी-जानी भाषा उसे पढ़ने के लिए नाकाफी लगी। उन्होंने सारे कागजों को एक-एक करके कुछ इस तरह से उठाया जैसे तुरन्त पैदा हुए बच्चे को उठा रहे हों और उन्हें दादी की एक धोती में तह करने लगे।

सारे कागजों को उठाने के बाद उन्हें एक गुड़िया दिखी। गुड़िया हाथ के सिले हुए घाघरे में लिपटी हुई थी। गुड़िया के नीचे कपड़े का एक टुकड़ा बिछा हुआ था। सत्तू ने कपड़े का टुकड़ा हटाया और इसी के साथ उनकी साँसें जहाँ की तहाँ रुक गयीं। उनकी आँखों में गाढ़ा धुआँ भर गया। जलन के मारे उन्होंने आँखें मींच लीं और एक गहरी साँस ली। इस साँस के साथ उनका सीना जकड़ उठा और उनके भीतर कुछ तड़-तड़ करके टूटने लगा। बक्से में वही आईना रखा हुआ था जो दादी की मौत वाले दिन सुबह-सुबह ही सत्तू के हाथों से फर्श पर गिरकर चकनाचूर हो गया था। सत्तू के मुँह से हैरत के मारे एक सिसकारी निकली। आईने में नौ-दस साल की एक दुल्हन दिखाई पड़ रही थी। रोती हुई। खूबसूरत, बड़ी-बड़ी आँखों वाली प्यारी, नन्ही परी-सी। दुल्हन एक चौड़ी-सी पलंग पर

बैठी थी। बगल में ताखे पर एक दीया जल रहा था। उस दीये की मद्धिम रोशनी में दुल्हन लड़की अपनी बड़ी-डरी आँखों से इधर-उधर देख रही थी। फिर वह पलंग के नीचे उतरी। पलंग के नीचे एक किनारे पर लोहे का बक्सा रखा था। लड़की ने बक्सा खोला। उसमें से एक गुड़िया निकाली और उसके संग बोलने बतियाने लगी। तभी किवाड़ खुला और एक चौंतीस-पैंतीस साल का व्यक्ति भीतर आया। लड़की गुड़िया से बातचीत में इतनी मगन है कि उसे पता नहीं चला कि कोई आकर उसके सिरहाने खड़ा हो गया है। कमरे में आया आदमी एक कोने में खड़ा होकर लड़की को देखने लगा।

आदमी लड़की की तरफ बढ़ने ही वाला था कि गुड़िया ने लड़की को बता दिया कि उसका दुल्हा आया है। लड़की ने चौंककर आदमी की तरफ देखा और गुड़िया को बिस्तर के नीचे डाल दिया। आदमी लड़की के पास आया पर उसके पास बैठने की बजाय बिस्तर के नीचे कुछ खोजने लगा और गुड़िया को पाकर वह जोर-जोर से हँसने लगा। आदमी की हँसी से लड़की डर गयी और दूर खिसक गयी। हँसते-हँसते आदमी पलंग पर जाकर बैठ गया। बैठकर उसने कहा कि अब तेरी शादी हो गयी है। अब तू छोटी बच्ची नहीं रही कि गुड़ियों से खेले। अब तू औरत है औरत। औरत माने क्या होता है अब तुझे जानना चाहिए। यह कहते हुए आदमी ने लड़की की तरफ हाथ बढ़ाया। लड़की और दूर सरक गयी पर आदमी के मर्द हाथों ने उसे सख्ती से अपनी तरफ खींच लिया। लड़की ने डर के मारे आँखें मूँद लीं। आदमी की साँसें तेज होने लगीं। तेज उखड़ती साँसों के बीच उसने लड़की से कहा कि तुझे किसी ने यह बताया है या नहीं कि दुल्हन को अपने दूल्हे के सामने किस तरह से पेश आना चाहिए।

लड़की अपने में सिमटी रही तो आदमी ने झटके से उसका घूँघट खींच दिया, जो उसने आदमी को देखते ही ओढ़ लिया था। फिर आदमी ने गुड़िया का घाघरा उठाया और उँगली से जाँघों के बीच की जगह दिखाते हुए बोला, 'इसके यहाँ तो कुछ है ही नहीं, इधर आ देखूँ तो तेरे पास कुछ है या तेरे पास भी कुछ नहीं है।' लड़की रोने लगी। इस पर आदमी ने उसे डाँटा। लड़की और जोर से रोने लगी। आदमी ने उसका मुँह दाब लिया और कहा चुप, अब आवाज निकली तो मुँह सिल दूँगा और इसी के साथ वह लड़की की धोती खींचने लगा।

पल भर बाद लड़की बिस्तर पर नंगी पड़ी थी। आदमी उस पर कुछ इस तरह से पिल पड़ा था जैसे वह लड़की से कोई पुराना बदला चुका रहा हो। लड़की के मुँह से चीख निकली तो आदमी ने लड़की के मुँह में उसी का साया ठूँस दिया। इसके बाद लड़की के मुँह से चीख नहीं निकली, पर उसकी आँखें निकल आयीं और पलंग के नीचे गुड़िया के पास जाकर गिर गयीं। आदमी को इसके

बारे में कुछ पता ही नहीं चला और इसी के साथ आईने में दृश्य गायब हो गये। सत्तू ने एक तकलीफदेह झटके की तरह जाना कि वह लड़की दादी हैं और वह आदमी दादा हैं। सत्तू को दादा के ऊपर घृणा हो आयी। उसकी अपेक्षा बहुत अधिक जितना कि वह अपनी दादी से करते थे। उन्हें याद आया कि आखिरी दिनों में दादी दादा को किस तरह से गालियाँ बका करती थीं। आखिरी दिनों में अपाहिज हो चुके दादा कभी-कभी ही जवाब देते, नहीं तो चुप्पी लगा जाते। दादी गालियाँ बकती रहतीं और दादा सर झुकाये बैठे रहते। जब दादा मरे तो दादी की आँखों में एक बूँद भी आँसू नहीं आया था। दादी तीन दिनों तक झूठ-मूठ का रोती रही थीं और जोर लगाती रही थीं कि आँसू आ जाए पर आँसुओं को न आना था, न आये। जोर लगाते-लगाते तीसरे दिन आँखों से खून जरूर आने लगा।

पल भर में ही सत्तू के लिए सारी चीजों के अर्थ बदल गये। तभी उन्होंने आईने में एक दूसरा दृश्य देखा। घनी अँधेरी रात में एक बूढ़ी औरत दीवार से चिपकी छिपकली की तरह डोल रही है और गालियाँ बक रही है कि उसे पाखाना जाना है और हरामजादी सो रही है। तभी दृश्य में एक तरफ से दादी ढिबरी लेकर आती दिखाई पड़ीं। युवा दादी बूढ़ी औरत के पास आकर बोली, चलो दीदी और उनका हाथ पकड़कर घर के बाहर निकल आयीं। आईने के भीतर ढिबरी की मद्धिम रोशनी में सत्तू को एक छोटी-सी गड़ही दिखाई पड़ी और उस बूढ़ी औरत को पानी में धक्का मारती दादी दिखाई पड़ीं। इसी के साथ ढिबरी बुझ गयी। शायद पानी के छींटे उस पर भी पड़े हों। पल भर के लिए आईने में काला ही काला दिखाई पड़ने लगा और इसी के साथ आईने में अगला दृश्य उभरकर सामने आया। सुबह का समय है। बूढ़ी औरत की लाश जमीन पर रखी हुई है। दादी पत्थर की तरह लाश के पैरों के बगल में बैठी हैं और रो रही हैं। एक औरत पूछती है तो दादी बताती हैं कि 'कल से ही पेट खराब था। जरा-जरा सी देर पर मैदान जा रही थीं। पता नहीं रात में कब मेरी आँख लग गयी और बिना मुझे बताये ही बाहर निकल गयीं। जब मेरी आँख खुली तो मैंने पुकारा, जब कोई जवाब नहीं आया तो पहले तो यही लगा कि थोड़ा आराम मिला होगा और दीदी सो गयी होंगी। पर तुरन्त ही मैं चौंककर उठी। मुझे लगा जैसे कोई मेरा गला दबा रहा हो। मैं उठकर दीदी की तरफ भागी। दीदी बिस्तर पर नहीं थीं।

मैंने ढिबरी जलाकर पूरा घर छान मारा। तब जाकर बाहर का ख्याल आया। बाहर भी दीदी कहीं नहीं मिलीं तो भागती हुई गयी और रामबरन काका को जगाया। तब तक उजाला भी होने लगा था। जब दीदी को खोजते हुए काका के साथ गड़ही की तरफ गयी तो देखा दीदी गड़ही में उतराई हुई थीं। और इसी के साथ दादी जोर-जोर से रोने लगीं। रोते-रोते दादी बेहोश हो गयीं और कुछ

औरतें दादी को टाँगकर दूर ले जाती दिखाई पड़ीं। आईने में फिर से अँधेरा छा गया। आगे सत्तू की कुछ और देखने की हिम्मत नहीं पड़ी। उन्होंने आईना उठाया और नीचे गिर जाने दिया और बैठकर आईने के टुकड़ों को बटोरने लगे।

ऊपर के दृश्य सत्तू को टुकड़ों में दिखाई पड़े थे। यूँ तो उनका अपना आईना भी दृश्यों को टुकड़ों में ही दिखाता था पर चूँकि वह खुद उन टुकड़ों का एक हिस्सा थे इसलिए वह बिना किसी अतिरिक्त प्रयास के सारे टुकड़ों को जोड़कर एक मुकम्मल तस्वीर बना लेने में सक्षम थे। हालाँकि वे तस्वीरें कितनी मुकम्मल थीं, यह भी उन्हें आज ही पता चला। पर दादी के दृश्यों के साथ तो उन्हें बहुत मेहनत करनी पड़ी। एक-एक दृश्य को उन्हें अपने जेहन में कई कई बार देखना पड़ा। उन्हें बहुत कुछ जोड़ना पड़ा। सारी चीजों को नये सिरे से तरतीब देनी पड़ी। इसके बाद भी सत्तू पुख्ता रूप से कुछ भी कहने की हालत में नहीं आ पाये। इसमें उनकी मदद की दादी की ननद ने।

दादी की ननद ने उन्हें बताया कि मेरी एक बहन और थी जो विधवा हो गयी थी तो उसके ससुराल वाले उसे हमेशा के लिए यहीं छोड़ गये थे। उनका नाम था सुरजा दीदी। तो सुरजा दीदी को रात-रात भर नींद नहीं आती थी। वह पूरी-पूरी रात किसी काली छाया की तरह बाहर भीतर डोलती रहतीं। जब दादी ब्याह कर घर में आयीं तब तक सुरजा दीदी को रतौंधी भी हो चुकी थी। नींद उन्हें अब भी नहीं आती थी। वह रात भर दीवार पकड़े-पकड़े इधर से उधर घूमती रहतीं। दादी जब नयी-नयी आयीं तो जब वह सुरजा दीदी को अँधेरे में हाथों से दीवार पकड़कर चलते हुए देखतीं तो डर के मारे उनकी चीख निकल जाती। इस बात के लिए दादा ने उन्हें कई बार पीटा भी पर उनका डर आखिर तक नहीं गया। ऐसे ही समय गुजरता गया। जैसे आम के पेड़ों में बौर आते हैं, फूलवाले पौधों में फूल खिलते हैं, जैसे पेड़ों से पत्तियाँ झड़ती हैं उसी तरह से दादा बार बार कमाकर वापस लौटते। एकाध महीने रहते फिर वापस लौट जाते। ये एकाध महीने दादी पर बहुत भारी गुजरते। दादा का हाथ खुला हुआ था। दिन में एकाध ऐसा मौका आ ही जाता जब दादा दादी पर हाथ छोड़ देते। हर बार दादा के जाने के बाद दादी का पेट फूलने लगता। हर बार दादा के आने के पहले दामन में एक गुड़िया और बढ़ जाती। हर बार इसके लिए दादा से उन्हें भयानक रूप से मार खाना होता। हर बार उन्हें दादा से धमकी मिलती कि वह उन्हें अपने साथ ले जाकर किसी रंडीखाने में बेच देंगे और फिर से शादी कर लेंगे। ऐसे औरत का क्या मतलब जिसके रहते वंश ही न चले।

आखिरकार दादा ने अपनी विधवा बहन के साथ मिलकर भयानक साजिश रची और इसके बाद दादी की सात बेटियों में से पाँच एक-एक करके बगल की गड़ही में उतराती पायी गयीं। और इसी के थोड़े दिनों बाद सुरजा दीदी भी। बाद में पिता पैदा हुए पर दादी पिता को जब भी देखतीं उन्हें उनके पीछे खड़ी अपनी बेटियों की लाशें दिखतीं। सफेद पड़ी, फूली हुई भयावह लाशें। उनकी खुली हुई बड़ी-बड़ी आँखें दिखाई पड़तीं। वह उन्हीं मुर्दा आँखों से दादी को अविकल ताकती रहतीं जिनमें अब कोई प्रतिबिम्ब नहीं बनता था। दादी बावली हो जातीं। वह पागलों की तरह आगे बढ़तीं और बेटियों को प्यार करने लगतीं। पिता इधर-उधर देखते और रोने लगते। वह दादी को अपने छोटे-छोटे हाथों से पकड़ते और रोते हुए उन्हें अपनी तरफ खींचते। दादी को अपने और अपनी बेटियों के बीच कोई खलल बर्दाश्त नहीं होती और वह पिता को अपने से परे धकेल देतीं। सत्तू जब इन सारी चीजों को जोड़ने की कोशिश कर रहे थे तो उन्हें दादी की पाँचों मरी हुई, बेटियाँ दिखाई पड़ीं और उन्हीं के पीछे थोड़ी दूर पर खड़ी दादी की अन्धी ननद। सत्तू ने उन सबका चेहरा देखने की कोशिश की तो वहाँ उन्हें एक अबूझ अँधेरा दिखाई पड़ा। इसके बाद उन्होंने यह कोशिश बन्द कर दी। बाद में बिना किसी कोशिश के ही उनको दादी का रातों का रोना याद आया जिसमें पिता और माँ दोनों को समान रूप से मनहूसियत दिखाई पड़ती थी। आखिरी दिनों में दादी को भी रात में दिखना बन्द हो गया था। अपनी अन्धी आँखों से दादी रात-रात भर रोतीं। क्या दादी को अन्धी आँखों से भी अपनी मरी हुई बेटियाँ दिखती रही होंगी? और फिर दादी क्या कभी अपनी उस ननद के लिए भी रोयी होंगी!

फिर सत्तू ने सोचा कि पिता दादी की सारी बातें आँख मूँदकर क्यों मान लेते थे? उन्होंने कभी सत्तू या उनकी माँ का पक्ष जानने की कोशिश क्यों नहीं की? पिता अगर अपने पिता के बेटे थे तो अपनी माँ के भी थे तो फिर उनमें वह विद्रोह क्यों नहीं पनपा जो दादी के भीतर ज्वालामुखी बनकर पैदा हुआ था या जो सत्तू के भीतर बारिश बनकर बरसता था। क्या यह नहीं हो सकता कि पिता दादी का बदला सत्तू और उनकी माँ पर उतारते रहे हों और उनका विद्रोह अपने से कमजोर के दमन में बदल जाता रहा हो और फिर दादी ही कहीं अपनी बेटियों का बदला बेटे से तो नहीं चुका रही थीं।

सत्तू को फिर एक दृश्य दिखा। उन्हें अपने पिटने का दृश्य दिखा। मिट्टी और कंकड़ के बीच लिथड़े छोटे सत्तू दिखे, डबडबाई आँखों से तेरह सत्ते इक्यानबे बोलते हुए। ठीक तभी सत्तू ने पलटकर पिता की तरफ देखा तो बिल्कुल उसी तरह मिट्टी और कंकड़ में लिथड़े छोटे पिता दिखे और बगल में तनकर बैठी दादी भी। यह क्रूरता की शृंखला कितने दिनों से चली आ रही है... कितनी सदियों

से, सत्तू ने सोचा। क्या दादी और पिता की जगह कभी सत्तू भी दिखाई पड़ेंगे और कोई दूसरा उन्हें ऐसे ही डबडबायी आँखों से देखेगा।

सत्तू इस सबके बारे में जितना ही सोच रहे थे उतना ही गड्डमड्ड होते जा रहे थे। जैसे सत्तू ने अपने दादा का चेहरा याद करने की कोशिश की तो उन्हें दादा का चेहरा नहीं याद आया। उसकी जगह उन्हें अपने पिता का चेहरा याद आया। उन्हें पिता से अपने ऊपर पड़ी मार याद आयी। उन्हें अपनी नयी-नकोर जींस याद आयी और उन्होंने जींस की तलाश में ऊपर की ओर देखा। वहाँ से जींस गायब थी। दादी के मरने के दूसरे दिन गाँव के दो-तीन लड़कों ने जींस में लग्गी से आग लगाकर उसे जला डाला था।

तेरही के तीसरे दिन सत्तू वापस इलाहाबाद लौटे। कमरे पर पहुँचे। धूल और जाले साफ किये। किताबों पर पड़ी गन्दगी साफ की। अजग-गजब पोस्टर और किताबें निकालकर रद्दी में फेंका। अपने लेटने के तख्त की जगह बदली। पढ़ने के कुर्सी मेज की जगह बदली और इस तरह करीब दो-तीन घंटे की मेहनत के बाद कमरे को एक नयी तरतीब दे डाली। इसके बाद सत्तू कमरे से नीचे आये, सामने की दुकान से एक मैगी खरीदी, कमरे पर आकर बनायी, खायी और सो गये।

जब उनकी नींद खुली तो शाम हो चुकी थी। उठे, मुँह धोया, कपड़े पहने और बाजार निकल गये। बाजार जाकर उन्होंने एक जींस खरीदी। गहरे आसमानी रंग की जींस और धुँधले नीले रंग का जींस का ही जैकेट। जींस लेकर वह कमरे पर पहुँचे। कमरे पर पहुँचकर उन्होंने सब खिड़की दरवाजे बन्द कर दिये। कपड़े उतारे और उनकी जगह नये कपड़े पहने। नये कपड़े पहनकर आदतन उन्होंने अपने आईने की तरफ देखा। तब उन्हें याद आया कि आईना तो घर जाते हुए ही टूट गया था। सत्तू ने कमरे में इधर-उधर नजर दौड़ायी तो उन्हें सामने की रैक पर एक छोटा-सा आईना दिखाई पड़ा पर सत्तू का मन छोटा आईना देखने का नहीं हुआ। वह वैसे ही नये कपड़े पहने हुए बिस्तर पर बैठ गये। फिर अचानक पता नहीं क्यों, सत्तू रोने लगे।

देर तक सत्तू रोते रहे फिर उठे, बाथरूम में जाकर मुँह धोया, सूखे तौलिए से मुँह पोंछा, सामने रैक पर पड़ा आईना उठाया। अपने चेहरे को ध्यान से देखा, हैंगर पर टँगी हुई टोपी उठायी, घुटे हुए सिर पर पहनी और कमरे में ताला लगाकर बाहर सड़क पर निकल आये।

□

और हँसो लड़की

लड़का सुबह के चार बजे उठता था और पिता की चारपाई की बगल की चौकी पर लालटेन जलाकर रट्टा मारता था। उसकी सुबह नियमित रूप से चार से छह साइन थीटा और कास थीटा से शुरू होती और रात रसायनिक सूत्रों पर खत्म। लड़का उन दिनों बारहवीं में था और उसके पिता उस पर लगातार इस बात का दबाव बनाये रखते कि इस साल उसे बोर्ड का इम्तिहान देना है।

तो लड़का सुबह के चार बजे उठ जाता और न उठ पाने पर कान पकड़कर उठा दिया जाता। चार से छह के साइन थीटा और कास थीटा के बाद उठता, मैदान जाता, नहाता, नाश्ता, वगैरह करता, साइकिल निकालता, साइकिल झाड़ता-पोंछता और टिफिन लेकर कोचिंग के लिए निकल जाता। कोचिंग सेंटर घर से लगभग दस किलोमीटर दूर था जो कि स्कूल के गणित अध्यापक ने खोल रखा था। हालाँकि समझदार बच्चे फिजिक्स अध्यापक या केमिस्ट्री अध्यापक द्वारा खोली गयी कोचिंग में पढ़ना पसन्द करते थे, क्योंकि इस तरह कम-से-कम एक विषय के प्रैक्टिकल में अच्छे अंक बिना कुछ किये-धरे मिल जाते थे, पर लड़के के मामले में स्थिति दूसरी थी।

लड़के के किसान पिता का तर्क था कि गणित अध्यापक द्वारा चलायी जा रही कोचिंग में पढ़ने से लड़के की स्थिति बेहतर रहेगी। इससे फिजिक्स और केमिस्ट्री दोनों के अध्यापक बराबर रहेंगे कि कम-से-कम वह प्रैक्टिकल वाले अध्यापक की कोचिंग में तो नहीं ही पढ़ रहा था कि एक को खुश करने के चक्कर में दूसरा नाराज हो जाए। बाकी लड़के के पिता को लड़के की मेहनत पर पूरा भरोसा था और इस बात को समझने में उसे मुश्किल होती थी कि कोई अध्यापक सिर्फ कोचिंग न पढ़ने की वजह से अपने किसी होनहार छात्र का नुकसान कर सकता था। इसी कोचिंग से कॉलेज जाते हुए लड़की उसे रोज-ब-रोज रास्ते में मिलती थी। शुरू में तो लड़के को लड़की में ऐसी कोई खास बात नहीं दिखाई पड़ी पर जब एक दिन लड़के ने पाया कि हर अगले दिन वह लड़की को बीते दिन की अपेक्षा ज्यादा मुग्ध भाव से देख रहा था और बीच में जब दो दिन लड़की

रास्ते में नहीं मिली तो लड़के को पूरे दिन जाने कैसा-कैसा लगता रहा था तो लड़के का माथा ठनका। उसने तय किया कि अब वह लड़की को नहीं देखेगा और सम्भव होगा तो रास्ता बदल देगा।

जिस सुबह लड़के ने यह तय किया उस दिन सुबह ही उसे आभास हो गया कि आज कुछ गजब होनेवाला है। प्रायः कहीं घर से बाहर न जानेवाले लड़के के पिता रात में घर पर नहीं थे, सो लड़का आराम से सुबह चार की बजाय साढ़े पाँच पौने छह तक उठा था। घर में घड़ी एक ही थी जो उसके पिता अपने हाथों में बाँधकर गये थे। सुबह लड़का अपनी नींद पूरी कर उठा तो उसका पूरा बदन नींद की मस्ती में डूबा हुआ था। उठकर लड़के ने भरपूर अँगड़ाइयाँ लीं और खड़ा हो गया। जब वह मैदान जा रहा था तो उसे रास्ते में रुपयों से भरा एक पर्स मिला। लड़के का दबाव तुरन्त खत्म हो गया। वह एक गड्ढे में बैठकर रुपये गिनने लगा पर कई बार गिनने के बाद भी वह पूरा सही-सही नहीं गिन पाया। आधी बार रुपये तेरह सौ छब्बीस आये तो आधी बार तेरह सौ सत्ताइस।

लड़के के पास एकमुश्त इतने रुपये कभी नहीं आये थे। हारकर उसने दोनों संख्याओं का औसत निकाला और मान लिया कि उसके पास तेरह सौ छब्बीस रुपये पचास पैसे हैं। और इस निर्णय के साथ लड़के का दबाव तुरन्त ही बन आया। खुशी के मारे उसका पेट पलभर में ही साफ हो गया। लड़का खुश हो गया कि आज ही उसने लड़की को न देखने का फैसला किया और आज ही उसके दिन की शुरुआत इतनी धमाकेदार हो रही है।

लड़का खुशी-खुशी घर आया और सारे कामों को निपटाने के बाद कोचिंग के लिए निकलते समय जब बाल सँवारने के लिए आईना देखा तो आईने में लड़के ने खुद को थोड़ा बहादुर देखा। अचानक लड़के को कुछ याद आया। उसने अपनी पैंट उतारी, एक दूसरी पैंट पहनी, इसके बाद पहले वाला पैंट फिर से पहन लिया। नीचे वाले पैंट को मोजे के नीचे दबाया, चप्पल की जगह पर किरमिच का जूता पहना और साइकिल पर सवार होकर गुनगुनाता हुआ अपने रास्ते पर निकल आया। रास्ते में चल रही हल्की खुशनुमा हवा ने उसे और भी खुश कर दिया।

आगे का रास्ता लम्बा और ऊबड़-खाबड़ है। रास्ते में पहले दो छोटे नाले मिलेंगे, फिर एक थोड़ा बड़ा नाला। छोटे नालों में ज्यादा पानी नहीं होता, इसलिए लड़का दोनों पैर पैडिल पर से ऊपर उठाता है और साइकिल नाले में कुदा देता है। बड़े नाले पर बाँस की फट्टियों से सँकरा-सा पुल बना हुआ है जिस पर साइकिल से या पैदल जाया जा सकता है। अमूमन इसे पार करनेवाले साइकिल सवार साइकिल से उतरकर ही इसे पार करते हैं पर लड़का साइकिल पर बैठे-बैठे ही निकल जाता है। एक-दो बार तो वह साइकिल का हैंडिल छोड़कर भी

खुद को आजमा चुका है। बड़े नाले के बाद एक गाँव पड़ता है। रास्ता गाँव के बीच से होकर तमाम घरों की परिक्रमा करते हुए आगे जाता है।

लड़का जैसे ही इस गाँव को पार करता, एक कुत्ता भौंकता हुआ उसे खदेड़ देता। लड़का जितना दम लगाकर साइकिल भगाता, कुत्ता भी उतनी ही तेजी से उसका पीछा करता। डर के मारे लड़के का बदन गनगना जाता और रोएँ खड़े हो जाते। लड़का रोज-रोज इस डर का सामना करता क्योंकि कोई वैकल्पिक रास्ता अपनाने से उसका रास्ता कम-से-कम मील भर और लम्बा हो जाता और उसे रोज एक छोटा नाला और पार करना पड़ता।

उस ऐतिहासिक दिन जब लड़के ने लड़की को न देखने का प्रण किया था और उसे रुपयों से भरा एक पर्स मिला था और उसने अपने पैंट के नीचे एक और पैंट पहना था और खुश करनेवाली हवा वाले रास्ते पर आ गया था, उस दिन भी कुत्ता भौंकते हुए उसके पीछे दौड़ा। जब कुत्ता लड़के की साइकिल के पहिए के एकदम नजदीक आ गया तो लड़के ने पूरी ताकत से दोनों पहियों के ब्रेक एक साथ दबा दिए। साइकिल अचकचाते और हल्का-सा प्रतिरोध करते हुए रुक गयी।

कुत्ता लड़के के दाहिने पैर के पास तक चला आया और तब लड़के ने अपना पैर पैडिल पर से उठाया और एक भरपूर लात कुत्ते के सिर पर मारी। कुत्ता पलट गया और पों-पों करता हुआ भाग निकला। अपने इस पराक्रम पर लड़का मुदित हो गया और साइकिल छोड़ उसने कुत्ते को खदेड़ लिया, निहत्थे ही। उसे ईंट का एक बड़ा सा टुकड़ा दिखा। लड़के ने ईंट उठाकर कुत्ते पर दे मारी जो संयोग से कुत्ते के पिछले पैरों पर जा लगी। कुत्ता दुबारा चिल्लाया और दुम दबाकर भाग गया।

कोचिंग में गणित अध्यापक ने जैसे चुन-चुन कर वही सवाल पूछे जो लड़के को आते थे सो वहाँ भी उसे शाबाशी मिली। लड़के को और क्या चाहिए था। लड़का खुश होकर कोचिंग से निकला और एक पतली सी कच्ची सड़क पर आ गया। यह सड़क एक ऊसर के बीच से होकर जाती थी और सड़क पर रेह फूली रहती थी, जिसे लड़का भस्से के नाम से जानता था। इसी भस्से के बीच बनी पगडंडी पर लड़का चला जा रहा था कि उसे सामने से लड़की आती दिखी। पैदल। लड़के के भीतर कुछ चटका।

लड़की और पास आयी तो लड़के के भीतर विस्फोट-सा होने लगा। लड़के का पूरा ध्यान अपने भीतर हो रहे विस्फोट पर केन्द्रित हो आया। इस बीच लड़के के हाथ आदतन हैंडिल पर जमे रहे और पाँव पैडिल पर। लड़की एकदम सामने थी जब लड़के को उसे न देखने का अपना प्रण याद आया। लड़के ने जल्दी से

आँखें मूँद लीं और इसी के साथ उसकी साइकिल का पहिया पगडंडी से भस्से में उतर गया। लड़के के होश गुम थे। वह ब्रेक लगाकर साइकिल रोक सकता था पर वह घंटी बजाने लगा। लड़की ने जब उसे इस हाल में घंटी बजाते देखा तो वह हँसने लगी। लड़के ने आँखें खोलीं और हँसती हुई लड़की की तरफ गुस्से से देखा तो देखता ही रह गया। और इसी के साथ वह साइकिल समेत भस्से में पलट गया। लड़की ने भस्से में पड़े हुए लड़के को देखा तो और जोर से हँसने लगी और हँसती हुई आगे बढ़ गयी।

लड़की आगे बढ़ गयी तो लड़का उठा और अपने को झाड़-पोंछकर ठीक करने लगा। एक बार तो लड़के का मन किया कि वह लड़की के पीछे जाए और उसे रोककर पूछे कि लड़के के गिरने पर वह हँस क्यों रही थी, पर वह अपने कॉलेज के रास्ते पर बढ़ गया। वह लड़की के पीछे जाता तो भी कुछ पूछ तो नहीं ही पाता। ज्यादा से ज्यादा वह यही कर सकता था कि लड़की के सामने जाकर दुबारा अपने भीतर विस्फोट पैदा करता और उस विस्फोट के प्रभाव में पलट जाता। लड़की शायद फिर से उस पर हँसती, पर दुबारा वाली हँसी में पहली वाली हँसी की ताजगी नहीं होती।

लड़की तब इसे लड़के की बदमाशी या चाल समझती। पर यह सब हुआ ही नहीं। लड़का दिन भर भस्से की धूल में सना रहा। लड़की उस दृश्य को याद कर पूरे दिन हँसती रही। लड़का पूरे दिन लड़की की हँसी के वैभव में गुम रहा। लड़के का शाम का रास्ता दूसरा था जो कोचिंग वाले रास्ते से न जाकर दूसरी तरफ से जाता था। लड़के का मन किया कि वह रोज वाले रास्ते पर न जाकर कोचिंग वाले रास्ते से घर लौटे, पर न जाने क्या सोचकर वह रोज वाले रास्ते पर ही चल पड़ा, लेकिन लड़की उसकी आँखों के सामने खिलखिलाती रही। लड़की को न देखने का उसका प्रण उसी भस्से में गिरकर खो गया था।

लड़का रात भर उसी भस्से में पड़ा रहा और लड़की उस पर खिलखिलाती रही। लड़की के खिलखिलाने से लड़के की पूरी रात चाँदनी में नहाई रही। चाँदनी दूधिया पर उसके भीतर न जाने कितने रंग छुपे हुए। दूसरे दिन सुबह तक पिता नहीं आये थे पर लड़का चार बजे ही उठ गया और रट्टा मारने लगा। रट्टा मारने में लड़के का मन नहीं लगा तो लड़के ने जाने क्या सोचकर हिन्दी का काव्य संकलन निकाला और कविताएँ पढ़ने लगा— 'बूँद टपकी एक नभ से/किसी ने झुक कर झरोखे से/कि जैसे हँस दिया हो/हँस रही सी आँख ने/जैसे किसी को कस दिया हो/ठगा-सा कोई किसी की/आँख देखे रह गया हो/उस बहुत से रूप को/रोमांच रोके सह गया हो।'

कविता लड़के के थोड़ी समझ में आयी, ज्यादा समझ में नहीं आयी। फिर

भी कविता पढ़ते हुए उसे अच्छा लगा। लगा, जैसे उसी के भीतर की कोई छुपी हुई बात है जिसके बारे में वह खुद भी नहीं जानता। इसके बाद वह एक के बाद एक कई कविताएँ पढ़ गया पर जल्दी ही कविताओं पर से उसका ध्यान उचट गया। किताब में ज्यादातर कविताएँ ऐसी थीं जो उसे जरा भी अपनी नहीं लगीं। कइयों की तो भाषा ही उसकी समझ में नहीं आयी। उसने किताब परे रख दी और उठकर मैदान की तरफ चला गया। बाहर हवा चल रही थी जो एक पल तो लड़के को ठंडी सुहावनी लगी पर दूसरे ही पल गर्म और झुलसानेवाली।

लड़के का मन आज कहीं भी नहीं लग रहा था। कोचिंग जाते समय वह पूरे रास्ते लड़की की हँसी की खनखनाहट में गुम रहा। रास्ते में उसे रोज की जगह पर कुत्ता मिला। कुत्ता उसे देखकर भौंका नहीं, बल्कि अदब से पूँछ दबा कर खड़ा हो गया। लड़के को कल के लिए कुत्ते पर दया आयी पर तुरन्त ही उसने सोचा कि इसमें उसकी कोई गलती नहीं थी।

कोचिंग में उसके कल के प्रदर्शन से उत्साहित गणित अध्यापक पढ़ाते हुए उसकी तरफ देखते तो वह ब्लैकबोर्ड देखने लगता या अपनी कॉपी में सर घुसा लेता। हालाँकि अध्यापक द्वारा पूछे गये सवालों के जवाब उसने सही-सही दिए पर उनमें कल की निश्चिन्तता की जगह एक संशय था। लड़का जवाब देते समय भी भीतर-ही-भीतर सोच रहा था कि कहीं ऐसा न हो कि लड़की उसकी कोचिंग छूटने के पहले ही स्कूल पहुँच जाए। क्या पता लड़की की कोई एक्स्ट्रा क्लास हो, पता नहीं लड़की उसे आज भी रास्ते में मिलेगी या नहीं, मिलेगी भी तो उसे पहचानेगी भी या नहीं, पहचान लेगी तो उसे देख करके मुस्कराएगी या नहीं, मुस्कराएगी तो उसमें लड़के के लिए प्यार भी होगा या वह लड़के के लद्धड़पन पर मुस्कराएगी। और भला लड़की का नाम क्या होगा? गणित के सवालों के बीच ऐसे संशय गणित अध्यापक कहाँ से सपझ पाते या कौन जाने कि ऐसे सवालों ने ही उन्हें गणित का अध्यापक बना दिया हो, नहीं तो वह लड़के से यह क्यों पूछते कि लड़के आज तुम्हारा ध्यान कहाँ है।

रास्ते में लड़के को उसी जगह लड़की फिर मिली जहाँ वह कल मिली थी। वैसे ही दूर से धीरे-धीरे लड़के की तरफ आती हुई। लड़के ने साइकिल धीमी कर दी। लड़की उसके और करीब आ पहुँची थी।

लड़की की निगाह नीचे की तरफ थी। लड़के को लगा कि लड़की उसे देखेगी भी नहीं और चली जाएगी और कल उसके गिरने और लड़की के मुस्कराने से दोनों के बीच जो परिचय कायम हुआ है वह लड़की के भीतर से गायब हो जाएगा। लड़के की समझ में नही आया कि वह क्या करे कि लड़की उसकी तरफ देखे। इतना भी नहीं हुआ कि लड़की के पास ब्रेक मारकर रुक ही जाए। उसके

पाँव पैडिल पर वैसे ही चलते रहे पर उसकी आँखें लड़की की तरफ घूमती चली गयीं। और लड़के की मुराद कुछ इस तरह से पूरी हुई कि उसकी साइकिल के सामने आ रही गाय ने रास्ता नहीं छोड़ा और साइकिल गाय से जा टकरायी।

लड़की ने पलटकर देखा और लड़के को पहचान कर रुक गयी और हँसने लगी। लड़की हँसते हुए थोड़ा-सा झुक आयी और उसके मुँह से निकला 'बौड़म।' लड़के ने हँसी की ऐसी खनक पहले कभी नहीं सुनी थी। लड़के का पूरा वजूद उसकी आँखों और कानों में सिमट आया। लड़की का हँसना देर तक थमा नहीं तो लड़का शरमा गया। तब तक गाय छिटककर दूर खड़ी हो गयी थी।

शरमाये हुए लड़के ने जल्दी से उठने की कोशिश की। जवाब में लड़की भी सीधी खड़ी हो गयी। उसने मुस्कराते हुए लड़के की तरफ देखा और अपने रास्ते मुड़ गयी। लड़के ने देखा कि उसके दाहिने हाथ में गाय की सींग से खरोंच आ गयी थी और खून रिस रहा था। उसने सोचा कि उसका चोट वाला हाथ कहीं लड़की ने देख न लिया हो। उसने साइकिल उठायी तो देखा कि साइकिल का हैंडिल घूम गया था। लड़के ने साइकिल के आगे जाकर अगला पहिया दोनों टाँगों के बीच फँसाया और हैंडिल सीधी करने लगा पर उसकी निगाह लड़की की पीठ पर जाकर रुक गयी। उसी समय लड़की ने पीछे पलटकर देखा तो लड़के ने अपना पूरा ध्यान हैंडिल सीधी करने में लगा दिया कि वह लड़की की तरफ देख ही नहीं रहा है। लड़की मुस्करायी और अबकी उसके मुँह से निकला 'बुद्धू।' लड़के को उसका 'बुद्धू' बोलना नहीं सुनाई पड़ा।

दिन भर लड़की के बारे में सोचते हुए शाम तक लड़के ने तय किया कि वह लड़की को खत लिखेगा। अगले पूरे दिन वह कॉलेज के पीछे की महुआरी में बैठकर लड़की के लिए प्रेमपत्र लिखने की कोशिश करता रहा। वह लड़की को ऐसा प्रेमपत्र लिखना चाहता था जैसा कभी भी किसी लड़के ने किसी लड़की को न लिखा हो। एकदम अनोखा पत्र। वह अपने खत में ऐसा असर पैदा करना चाहता था कि उसे पढ़ते ही लड़की के भीतर बिजली दौड़ जाए और खत का एक-एक शब्द लड़की के भीतर कुछ इस तरह से बस जाए कि लड़की भी उसी तरह से मर-मिटने लगे, जिस तरह से लड़का लड़की पर मर-मिटा था।

लड़के ने कुछ प्रेम-भरी पंक्तियाँ लिखीं, फिर कुछ पंक्तियाँ काट दीं। इसके बाद उसने कुछ नयी पंक्तियाँ लिखीं। उसे न जाने कहाँ से बहुत सारे शेर याद आये जो उसने उन पंक्तियों के बीच में भर दिए। पर लड़के ने जब अपने लिखे को दुबारा पढ़ा तो उसे लगा कि इन शेरों को पढ़कर लड़की उसके प्यार को चालू समझेगी और उसे सड़कछाप गन्दा समझेगी। उसने अपने लिखे हुए को दुबारा काट दिया। तब अचानक लड़के ने सोचा कि अगर वह अपने खत में इतना असर

न पैदा कर पाया कि उसके एक ही खत को पढ़कर लड़की उस पर मर-मिटने लगे और कहीं उस पर मर मिटने की बजाय लड़की उस पर नाराज हो गयी और उसे नापसन्द करने लगी तो...?

तो लड़के ने सोचा कि खत कम-से-कम ऐसा होना चाहिए कि लड़की नाराज तो न ही हो, बल्कि अच्छा होगा कि खुश हो जाए और हँसने लगे। जिस तरह से वह उस दिन लड़के के भस्से में गिरने पर या गाय से टकराकर गिरने पर हँसी थी।

तब लड़के को बहुत सारे चुटकुले याद आये। अकबर-बीरबल के किस्से याद आये और चुटकुलों की उसके पास उपलब्ध किताब 'रँगीली दुनिया' याद आयी और उसने अपने दिल का हाल बयान करने के बाद खत में अपनी पसन्द के ढेर-सारे चुटकुले लिख डाले। एक से बढ़कर एक चुटकुले, पर फिर वही बात कि कई बार पढ़ने के क्रम में लड़के ने पूरे खत को फिर से काट डाला। उसे लगा कि लड़की कहीं उसे मसखरा ही न समझ ले और कभी गम्भीरता से ले ही न पाये।

लड़का बेचैन हो गया। उसकी पूरी कॉपी भरने को आ रही थी। हाशिये तक पर आड़ी तिरछी पंक्तियाँ खड़े-खड़े थक गयी थीं और हाँफ रही थीं, पर लड़के को अपनी पसन्द की चार पंक्तियाँ नहीं मिल पा रही थीं। लड़का समझता था कि उसकी भाषा अच्छी है क्योंकि निबन्ध के पर्चों में उसे हमेशा अच्छे अंक और अध्यापकों की शाबाशी मिलती रही थी, पर आज वह अपने आपको असहाय पा रहा था। उसे अपने मनमाफिक शब्द ही नहीं मिल पा रहे थे। वह पूरा खत तो क्या, एक अच्छा वाक्य तक नहीं लिख पा रहा था, जो लड़की के दिल में तीर की तरह उतर जाए।

ऐसे ही कई दिनों तक चलता रहा। लड़का एक के बाद एक खत लिखता रहा और फाड़-फाड़ कर फेंकता रहा। इस बीच उसकी पढ़ाई भी जस-की-तस चलती रही, बल्कि अब उसमें एक नयी चीज आ गयी। वह लड़की की हँसी याद करता और पढ़ाई में डूब जाता। वह बार-बार तय करता कि उसे लड़की के लिए कुछ बनकर दिखाना है। यह कुछ बनकर दिखाने का भाव कई बार इतना प्रबल हो जाता कि वह लड़की को याद करने लगता और उदास हो जाता।

उसे डर सताने लगता कि लड़की ने कहीं उसे न पसन्द किया तो! आखिर तो वह इतना नाकारा साबित हो रहा है कि इतने दिनों की मेहनत के बावजूद लड़की के लिए एक खत तक नहीं लिख पा रहा है। ऐसे में लड़का बेचैन हो जाता और बेचैनी में फिर से खत लिखने बैठ जाता।

इस बीच वह लड़की को रोज उसी जगह पर देखता और पाता कि लड़की

के प्रति उसका लगाव हर बीते पल के साथ और बढ़ जाता। वह लड़की को रोज देखता पर देखते हुए इस बात का भी ख्याल रखता कि लड़की उसे देखते हुए न देखे पर अक्सर दोनों की नजरें मिल जाती और तब लड़की के चेहरे पर एक मुस्कान तैर जाती। लड़का कभी इस मुस्कान को अपने लिए समझकर खुश हो जाता तो कभी उसे लगता कि लड़की उसके बौड़मपने पर मुस्करा रही है, पर वह आखिरी तौर पर कुछ भी नहीं तय कर पाता।

सब कुछ ऐसे ही चल रहा था कि उसने निश्चय किया कि उसे जानना ही होगा कि लड़की के मन में क्या है। आखिर कब तक ऐसे चलता रहेगा? इस निश्चय के बाद उसने लड़की के लिए कामचलाऊ ही सही, पर एक खत लिख ही लिया। लड़के ने लिखा, ऐ लड़की मैं तुमसे बहुत प्यार करता हूँ— तुम्हारा बौड़म। इस एक पेज के खत में उसने कुछ फूल-पत्तियाँ बनायीं और नीचे जहाँ बौड़म लिखा था उसके नीचे एक जोकर का चित्र बना दिया।

लड़का अपने इस खत से बेहद निराश था पर उसने पाया कि फिलहाल तो इससे बेहतर खत वह नहीं लिख सकता। लड़के ने इस खत को अपने ही बनाए कागज के एक पर्स में रखा पर इसी के साथ एक दूसरी समस्या आ खड़ी हुई कि वह इस खत को लड़की को दे कैसे। रोज सुबह जब वह कोचिंग से निकलता तो खत निकालकर हाथ में ले लेता और हथेली और हैंडिल की मुठिया के बीच छुपाये रखता। जब लड़की सामने होती तो लड़के की हथेली पसीने से चिपचिपी हो जाती, उसके सीने में रेल चलने लगती और सामने कुहरा छा जाता। इस तरह से जब लड़की उसे दिखाई ही न देती तो वह खत किसे पकड़ाता। खत उसके साथ कॉलेज पहुँच जाता और लड़के के हाथ की बनी कागज का पर्स पसीने से पसीज जाता और तुड़मुड़ जाता। लड़के को रोज एक नया पर्स बनाना पड़ता। अगले दिन फिर से यही सब दोहराया जाता।

ये सब न जाने कब तक चलता रहता कि एक दिन जब वह हथेली और हैंडिल के बीच खत छुपाये लड़की को देख रहा था तो रेल के शोर और बढ़ते हुए कुहरे के बीच वह पहिए के नीचे आ रही ईंट को नहीं देख पाया। इसी के साथ साइकिल का सन्तुलन गड़बड़ा गया। लड़का गिरा तो नहीं पर साइकिल सँभालने के चक्कर में खत उसकी हथेली से नीचे फिसल गया। जब तक लड़का कुछ करता, साइकिल आगे बढ़ आयी और लड़की गिरे हुए खत के पास पहुँच गयी। लड़की ने खत उठा लिया।

लड़की भी सुबह ही उठती थी पर उसके काम लड़के से उलट थे। उठकर मुँहअँधेरे

ही जानवरों को उनके बाड़े से निकालती, सानी-पानी करती, तब तक उजाला होने लगता। उजाला होने के पहले ही दिशा मैदान जाती। लौटकर घर में झाड़ू लगाती। इसके बाद तो चावल बीनने, दाल बीनने, आटा गूँथने या सब्जी काटने जैसे काम आते रहते जिन्हें लड़की खुशी-खुशी निपटाती रहती।

लड़की अपने मामा के यहाँ रहती थी। लड़की की मामी कुछ देर के अन्तराल पर उसका नाम लेकर चिल्लाती रहती और साथ में इस बात का बखान भी करती रहती कि वह लड़की को वैसे तो कुछ करने के लिए कहती ही नहीं पर अगर लहसुन छीलने जैसा मामूली सा काम भी उसे देती है तो लहसुन का एक जवा भी कायदे से छिला नहीं मिलता। लहसुन के छिलके उसमें लिपटे रहते हैं, ऊपर से आधा लहसुन लड़की के फैशनेबल नाखूनों में फँसकर खर्च हो जाता है। लड़की इन बातों को सुनती और इन पर कोई भी प्रतिक्रिया नहीं व्यक्त करती और एक न दिखनेवाली मुस्कान के साथ अपना मुँह दूसरी तरफ घुमा लेती है। लड़की अपनी इस अदा के लिए बेशर्म भी कही जाती है।

लड़की कुल तीन बहनों में सबसे बड़ी है। लड़की के बड़े मामा को कोई बच्चा नहीं था, सो उन्होंने अपनी बहन से गुजारिश की कि वह लड़की को अपने साथ रखना चाहते हैं। थोड़े से इधर-उधर के बाद बहन मान गयी और इस तरह लड़की अपने मामा के यहाँ आ गयी। बड़े मामा सचमुच उसे खूब प्यार करते थे। वह पुलिस में थे। उनकी पोस्टिंग पड़ोसी जिले के किसी इलाके में थी जहाँ से वह सिर्फ रविवार के लिए घर आ पाते थे। रविवार का दिन लड़की के लिए एक अलग दिन होता। वह रोजवाले सारे काम करती रहती पर मामी साथ में टोकती भी रहती कि लड़की मैं कर रही हूँ न! तू क्यों परेशान हो रही है। अभी तो पढ़ने-लिखने और खेलने-कूदने की उमर है तेरी। लड़की सिर नीचे किये मुस्कराती रहती और अपना काम करती रहती। उसे पता था कि वह अगर सचमुच खेलने-कूदने चली गयी तो उसका अगला हफ्ता किस तरह से बीतेगा। तो मामी के इस लाड़ पर वह हँस देती पर दिन का सबसे मजेदार प्रसंग तब घटता जब वह खाना खाने बैठती। मामी उसे भूख का डेढ़ गुना खाना परोस देती और बार-बार पूछती भी रहती कि बता लड़की और क्या लेगी। लड़की मुस्करा-मुस्कराकर मना करती रहती।

इसी मुस्कराती हुई लड़की ने जब उस ऐतिहासिक दिन लड़के को देखा तो हँस पड़ी। लड़का उसे अच्छा लगा। बौड़म, पर सच्चा और प्यारा। लड़की बड़ी हो रही थी। रोज आते-जाते लड़की को अपने बदन पर ऐसी तमाम नजरों को झेलना पड़ता जो उसे असहज बना देतीं। इस असहजता से बचने के लिए उसने सिर नीचे करके चलते जाना सीख लिया था। इस तरह वह 'कौन उसे देख

रहा है या किस नजर से देख रहा है' जैसी चीजों से परे हो गयी थी।

जिस दिन लड़का भस्से में फँसकर गिरा उसके पहले लड़की ने कभी उसे देखा ही नहीं था इसलिए वह जान ही नहीं पायी कि लड़का उसी के जादू में फँसकर गिरा है। बाद में जब उसने लड़के को भस्से में फँसने पर घंटी बजाते देखा तो ये दृश्य उसे बहुत मजेदार लगा और वह हँस पड़ी। उसे दिन भर यह प्रसंग याद आता रहा और वह मुस्कराती रही। लड़के से ज्यादा उसे लड़के का घंटी बजाना याद आता रहा। दूसरे दिन जब लड़का उसे देखते हुए गाय से जा भिड़ा तो उसे फिर से हँसी आयी और इसी के साथ वह समझ गयी कि इस सबके पीछे उसका ही जादू काम कर रहा है। लड़का जिस तरह से उसे देख रहा था, लड़की को बहुत अच्छा लगा। उसका मन किया कि लड़का ऐसे ही उसे देखता रहे। तब उसे लड़के की थोड़ी चिन्ता भी हो आयी कि कहीं उसे चोट न लगी हो।

उस दिन के बाद वह स्कूल आते-जाते सतर्क हो गयी। अब लड़का ही उसे नहीं देखता था बल्कि वह भी उसे देखती थी। दोनों एक-दूसरे को ऐसे देखते कि दूसरा उसे देखते हुए न देखे पर ऐसा रोज होता कि दोनों की नजरें मिल ही जातीं और मिली ही रह जातीं। लड़की मुस्कराती और आगे बढ़ जाती। लड़का भी यही करता। दोनों सुबह से ही उस पल का इन्तजार करते जब वो एक-दूसरे की बगल से गुजरेंगे। ये गुजरना पल भर का ही होता। दोनों का ही इससे दिल नहीं भरता था पर कोई और रास्ता भी दोनों अब तक नहीं खोज पाये थे। और शायद यह भी कि एक-दूसरे को पसन्द करने के बावजूद दोनों ही एक-दूसरे के बारे में निश्चिन्त नहीं हो पाये थे।

ऐसे में लड़के के हाथ से गिरी चिट्ठी ने दोनों का काम आसान कर दिया। लड़की को कई दिनों से लग रहा था कि लड़का उससे कुछ कहना चाहता है। लड़का जब बिना कुछ कहे निकल जाता तो लड़की को गुस्सा आता कि बुद्धू कुछ कहता क्यों नहीं। तो जब उसे बुद्धू का खत मिला तो खत पढ़कर वह दिल खोलकर हँसी। सिर्फ एक पंक्ति का खत, वह भी एकदम सीधा, साथ में फूल पत्तियाँ और जोकर। आज तक उसने ऐसे किसी खत के बारे में नहीं सुना था। लड़की को सबकुछ जादू-जादू-सा लगा। वह एक अनोखे एहसास से रोमांचित हो उठी।

पल भर में उसने अपनी जी जा रही दुनिया को हाशिये पर छोड़ दिया और एक ऐसी अनजानी दुनिया में रहने लगी जो उसके लिए हर पल नयी थी और उसमें हमेशा डूबे रहने के बाद भी उसका नयापन खत्म नहीं हो रहा था। लड़की इसलिए भी अपने आपको जमीन से थोड़ा ऊपर उठा हुआ पा रही थी कि उसने

अपने लिए एक ऐसी छुपी हुई दुनिया खोज निकाली थी जिसके बारे में किसी को भी पता नहीं था। इस दुनिया में वह लड़के के साथ या उसके साथ के बिना भी, कभी भी गुम हो सकती थी और सबसे बढ़कर यह कि उसके लिए यह दुनिया किसी माँ-बाप या मामा-मामी ने नहीं खोजी थी, बल्कि लड़की ने इसे अपने लिए खुद रचा था। इस दुनिया को रचते-रचते लड़की के सपनों में पंख उग आये और उनमें अनवरत बिजली दौड़ने लगी।

खत मिलने के दूसरे ही दिन लड़की ने भी लड़के की ही तर्ज पर सिर्फ एक पंक्ति का खत लड़के के हाथों में पकड़ाया जिसमें लिखा था कि, मेरे बौड़म मैं भी तुम्हें प्यार करती हूँ— तुम्हारी लड़की। लड़का उसे वहीं खोलने लगा तो उसने कहा कि अभी नहीं, बाद में। लड़का खुशी के मारे कुछ बोल नहीं पा रहा था। वह उछल पड़ना चाहता था। वह वहीं लोट जाना चाहता था।

वह लड़की से कुछ और कहना चाहता था जब उसके मुँह से निकला कि चलो मैं तुम्हें स्कूल छोड़ देता हूँ। लड़की हँसने लगी। उसने कहा, न बाबा, तुम्हारा क्या भरोसा। रास्ते में भस्सा आएगा तो घंटी बजाने लगोगे। मैं ऐसे ही चली जाऊँगी। कल मिलना। लड़के ने स्कूल जाती हुई लड़की को देखा तो उसे लगा कि लड़की चलते हुए नहीं, बल्कि उड़ते हुए जा रही है। जाती हुई लड़की ने अपने पैरों से भस्से की धूल उड़ाई जिसे हवा लड़के के चेहरे तक ले आयी। लड़का खुश हो गया और वह भी अपनी साइकिल पर उड़ चला।

इस तरह प्रेम की गाड़ी चल निकली। लड़का-लड़की रास्ते में मिलने लगे पर यह मुलाकात सिर्फ चिट्ठियाँ बदलने भर को हो पाती और इस बीच मुश्किल से दो-चार बातें ही हो पातीं। जल्दी ही दोनों ने पाया कि राह चलते हुई मुलाकातें दोनों में से एक को भी पूरी तरह से खुश नहीं कर पातीं। दोनों देर तक एक-दूसरे से मिलना-बतियाना चाहते। इस तरह जल्दी ही कहीं और मिलने की जगह तय हुई। सुबह के समय लड़का-लड़की दोनों ही घर, स्कूल, रास्ता और कोचिंग जैसी चीजों से बँधे हुए थे तो तय हुआ कि वे दोपहर बाद मिलेंगे, स्कूल से लौटते हुए। इससे लड़के का रास्ता मील भर और बढ़ जाने वाला था पर लड़की उसे बहुत प्यारी लगी।

यह एक आधा बाग, आधा खेत जैसी जगह थी जहाँ दोनों ने मिलना तय कर रखा था। बाग के आधे पेड़ सूख या गिर चुके थे, तो बाग जिसका भी रहा होगा, उसने वहाँ अरहर बो रखी थी जो, अगर लड़का-लड़की बैठकर मिलें तो उनको छुपाने के लिए पर्याप्त थी। लड़का अपनी साइकिल दूर खड़ी करके आया था और एक पेड़ की ओट में अपना रूमाल बिछाकर लड़की के बैठने की जगह बना रहा था जब लड़की हाँफते हुए आयी।

उसकी साँसें तेज हो रही थीं और चेहरा लाल हो रहा था। लड़के ने रूमाल दिखाकर लड़की से कहा कि बैठ जाओ। लड़की हँसने लगी और उसने पूछा कि तुम कहाँ बैठोगे? जवाब में लड़के ने अरहर के दो-तीन पेड़ गिराए और उनके पत्तियोंवाले हिस्से पर बैठ गया। लड़की ने हँसते हुए कहा कि मेरा बौड़म कितना समझदार है, पूरा इन्तजाम करके रखा है। बौड़म लड़का पहले ही शरमाया-सा था, लड़की की इस बात पर और शरमा गया। वह लड़की से आँख मिलाता तो उसके भीतर रेल दौड़ने लगती और वह अरहर के मनोहारी खेत की खूबसूरती में डूब जाता। आखिरकार लड़की ने पूछा कि लड़के तुम्हारा नाम क्या है? लड़के ने जवाब दिया कि श्याम कुमार। और बदले में लड़के ने लड़की का नाम पूछा। लड़की ने कहा कि मेरे श्याम मेरा नाम राधा है और हँसने लगी।

हँस लेने के बाद लड़की ने बताया कि उसका नाम बबिता है। नाम बताने के बाद लड़की दुबारा हँसने को हुई तो लड़के को डर लगा कि उसकी हँसी की खनक खेत को पार कर दूर रास्ते तक न पहुँच जाए और किसी को पता चल जाए कि वहाँ खेत में लड़का-लड़की बैठे हैं और हँस रहे हैं। तब लड़के ने कहा कि बबिता तुम जोर से हँस रही हो, कोई सुन लेगा, तुम्हें धीरे हँसना चाहिए। लड़की ने कहा कि मैं तो ऐसे ही हँसूँगी, कोई सुने तो मेरी बला से, तुम भी हँसो।

तब लड़के ने कहा कि मेरी बबिता मैं तुम्हें बहुत प्यार करता हूँ। लड़की ने जवाब दिया, चल हट झूठे श्याम, प्यार करनेवाला श्याम कहीं इतनी दूर बैठता है। लड़का थोड़ा और पास हो आया, फिर भी दोनों के बीच इतनी दूरी बची रही कि कोई तीसरा उनके बीच आराम से बैठ सकता था। लड़की ने कहा कि प्यार करनेवालों को अपने बीच इतनी जगह नहीं छोड़नी चाहिए कि उनके बीच कोई तीसरा आ बैठे। मेरे और पास आओ श्याम। लड़का थोड़ा और पास आया फिर भी दोनों के बीच जगह बची रही तो लड़की ने उसका हाथ पकड़कर उसे अपनी तरफ खींच लिया। लड़के के भीतर नगाड़ा बजने लगा। उसने अपने दूसरे हाथ से लड़की का दूसरा हाथ पकड़ लिया। इस तरह मामला बराबर हो गया।

लड़का-लड़की ने एक-दूसरे को इतने पास से कभी नहीं देखा था। लड़के को लड़की जितनी सुन्दर और प्यारी लगी, उतरी सुन्दर और प्यारी लड़की उसने दुनिया में कभी नहीं देखी थी। लड़का इतना खुश था जितना अपनी जिन्दगी में पहले शायद कभी नहीं हुआ था। लड़की का भी लगभग यही हाल था पर सबसे ज्यादा मजा उसे लड़के के शर्मीलेपन पर आ रहा था। आज के पहले वह कभी सोच भी नहीं सकती थी कि कोई लड़का इतना भी शर्मीला हो सकता है। पर इसी शर्मीले लड़के ने लड़की को अपनी बाँहों के घेरे में लेकर उसके गालों को

चूम लिया।

जैसे लड़की की लटें उसे जहाँ-तहाँ चूमती रहती थीं उसी तरह लड़के ने लड़की के गालों पर अपने होंठ रख दिए। पर जब लड़की ने लड़के के होंठों को अपने गालों से दबाया तो लड़के के होंठ काँपने लगे। लड़की का गाल उसे ऐसे लगा जैसे ठोस हवा हो। लड़के ने अपने होंठों पर हवा का ऐसा ठोस दबाव पहले कभी नहीं महसूस किया था। इस दबाव में कोई ऐसा एहसास छुपा था कि वह काँपने लगा। काँपते हुए ही उसने अपने होंठों को हवाओं से जूझने दिया पर अचानक ही उसने लड़की को छोड़ दिया और दूर होकर बैठ गया।

लड़की को चूमते हुए उसे बहुत ही अच्छा लग रहा था और वह पहली बार मिलने वाले इस सुख में डूब ही रहा था कि उसे लगा वह कोई गन्दा काम करने जा रहा है। लड़की ने जब उससे पूछा कि क्या हुआ तो लड़के ने कहा कि प्यार एक पवित्र भावना का नाम है। लड़की हँसते-हँसते दोहरी हो गयी। वह लड़के के पास आयी और उसके गालों को अपने मुँह में भर लिया, दँतियाया और यह कहते हुए छोड़ दिया कि यह तुम्हारावाला गन्दा प्यार नहीं है। यह पवित्र प्यार है। लड़का दुबारा शरमाने लगा।

लड़की को उसके शरमाने पर मजा आया। वह बोली कि मेरा बौड़म इतना समझदार है कि भस्सा सामने आता है तो घंटी बजाने लगता है। ऐसे ही सामने कभी दलदल आ जाए तो भी घंटी बजाओगे मेरे जानूमानू? बता न श्याम, तू साइकिल से चला जा रहा है और सामने से ट्रेन आ गयी तो मेरा श्याम क्या करेगा... घंटी बजाएगा? लड़के ने अपना होंठ दाँतों से दबा लिया और मुस्कराने लगा। लड़की ने उसे इस तरह से मुस्कराते हुए देखा तो उसे बड़ा मजा आया और वह हँसने लगी।

इसके बाद दोनों अकसर मिलने लगे और उनका प्यार दिन-दूनी रात-चौगुनी रफ्तार से बढ़ने लगा। पर्स में मिले रुपयों से लड़के ने कुछ सुन्दर सी रूमालें खरीदीं और एक सुन्दर कागजोंवाली कापी भी। कागज लड़की को अपने दिल की बात लिखकर जताने के लिए और रूमालें... लड़के की पहुँच में खाने की जो भी चीजें उपलब्ध होतीं, लड़का रूमाल में बाँधकर लड़की के लिए ले जाता। तमाम मौसमी फल जैसे बेर, चीकू, करौंदा, आम, नीबू, कैथा, कच्ची इमली, बड़हल, आँवला या घर में बनी कोई ऐसी चीज जो लड़का लड़की के लिए छुपा पाता।

और कुछ नहीं तो चूरन, टॉफी या मूँगफली जैसी चीजें तो थीं ही। कई बार वह अपने दिल की दास्तान बतानेवाला खत भी उसी रूमाल में गठिया देता और लड़की के बगल से गुजरते हुए उसके हाथों में थमा देता। लड़के की इस

आदत पर लड़की नकली गुस्सा दिखाती और असल में खुश होती। वह लड़के को रोज झूठ-मूठ का मना करती पर लड़का किसी दिन कुछ भी न ला पाता तो उसे दिन भर खाली-खाली लगता रहता और रह-रहकर भूख सताती रहती।

लड़के की ऐसी ही आदतों से लड़की को यह प्रेरणा मिली होगी कि वह लड़के को हर बार अलग नाम से पुकारे। शुरुआत कुछ ऐसी हुई कि कैसे हो मेरे गुलाब? लड़के ने जवाब दिया कि अच्छा हूँ मेरी चमेली। पर लड़के की ये हाजिरजवाबी बेला, गेंदा और रातरानी पर आकर खत्म हो गयी जबकि लड़की की लिस्ट कभी नहीं खत्म हुई।

लड़की के भीतर जैसे-जैसे लड़के के लिए प्यार बढ़ रहा था वैसे-वैसे वह लड़के पर प्रेम जताने वाली शब्दावलियों का भी विस्तार कर रही थी। फूलों से वह फलों में घुसी और लड़का मेरे आम, मेरे सेब, मेरा अंगूर हुआ और इस तरह से मेरे परवल, मेरे कद्दू के रास्ते होते हुए मेरे शाहरुख खान, मेरे अभिषेक बच्चन और कई बार स्थितियों के अनुरूप मेरे गधे, मेरे चूहे तक पहुँचा। लड़की लड़के को कुछ भी कहती पर उसमें 'मेरा' लगा होता इसलिए लड़का खुश हो जाता। वह जिस तरह के सम्बोधन से लड़के को पुकारती, उससे लड़का लड़की के मूड का अन्दाजा लगा लेता और उसी हिसाब से अपने को ढाल लेता।

यही सब चल रहा था कि बातचीत के क्रम में लड़की ने लड़के को बताया कि उसके छोटे मामा कुलीबाज सिंह लड़के के स्कूल में ही पढ़ाई कर रहे थे। कुलीबाज पिछले साल इंटर की परीक्षा में फेल हो गये थे और इस साल फिर से उसी परीक्षा में बैठने जा रहे थे। लड़का कुलीबाज सिंह को जानता था। कुलीबाज एक लम्बा-चौड़ा लड़का था और भाला फेंक, गोला फेंक जैसी प्रतियोगिताओं में तहसील स्तर पर पहला स्थान पा चुका था। कुलीबाज की पढ़ने-लिखने में कोई रुचि नहीं थी और वह हमेशा आवारा-टाइप के दस बारह लड़कों से घिरा रहता था। आये दिन उसके झगड़े किसी-न-किसी से होते रहते थे और लड़का ही क्या कॉलेज के सभी लड़के चपरासी और अध्यापक तक उसकी दबंगई के कायल थे और गाहे-बगाहे अपने कामों के लिए भी उसकी मदद लेते रहते थे।

लड़के ने सोचा कि अगर उसकी दोस्ती कुलीबाज सिंह से हो जाए तो उसकी मोहब्बत की राह आसान हो सकती है और उसकी पहुँच लड़की के घर तक बन सकती है। पर लड़का पढ़ाकू और सीधा-सादा था और कुलीबाज सिंह के एकदम उलट था, तो ऐसे में लड़का उससे दोस्ती कैसे बनाए या उसके नजदीक कैसे पहुँचे, यह एक बड़ा सवाल था। ऐसे में लड़के की तकदीर ने काम किया और उसके हाथ एक मौका लग ही गया। लड़के ने अपनी जान पर खेलकर इस मौके को लपक लिया।

हुआ यह कि एक दिन जब वह कॉलेज से लौट रहा था तो उसने देखा कि अमबगिया के बगल में दो मजबूत लड़के मिलकर कुलीबाज सिंह को पीट रहे थे। कुलीबाज सिंह भी मजबूत कद-काठी का था पर दो लोगों से हार रहा था और एक हाथ मार रहा था तो बदले में चार खा रहा था। लड़के ने अपनी मोहब्बत के वास्ते कुलीबाज की तरफ से लड़ाई में कूदने का फैसला किया। हालाँकि लड़का लगभग निश्चित था कि इससे कुलीबाज का कोई फायदा नहीं होगा और उसके साथ में लड़का भी पिटेगा, फिर भी ये दाँव खेलने में लड़के ने जरा भी वक्त नहीं लगाया। उसने सारी सुनी हुई गालियाँ मन में दोहरायीं और एक उपयुक्त गाली को चबा और चिल्ला कर बकते हुए और कोई हथियार न पाकर पाठ्य पुस्तकों में देखे गये अभिमन्यु के चित्र की तरह साइकिल हाथों में उठाकर दौड़ा।

दोनों लड़कों ने उसे अचानक इस तरह अपनी ओर हमलावर होते हुए पाया तो घटना की अचानकता से वह दिग्भ्रमित हो गये। एक लड़का कुलीबाज से भिड़ा रहा और दूसरा लड़का उस लड़के की तरह बढ़ा। लड़के ने प्रतिद्वन्द्वी लड़के पर अपनी पूरी ताकत लगाकर साइकिल उछाल दी। प्रतिद्वन्द्वी लड़का साइकिल के नीचे आ गया। दूसरी तरफ कुलीबाज सिंह को सँभलने का मौका मिल गया और बाजी पलट गयी। इस तरह लड़के की मनचाही मुराद पूरी हो गयी।

कुलीबाज सिंह के पूछने पर लड़के ने आवाज में थोड़ा गहराई लाते हुए कहा कि उसके किसी सहपाठी पर बाहरी लड़का हाथ उठाए, इसे वह अपनी आँखों से कैसे देख सकता है। और कुलीबाज सिंह तो कॉलेज की शान हैं, जिन्होंने खेलों में कॉलेज का नाम बार-बार रोशन किया है। इस दिन के बाद से लड़का और कुलीबाज अकसर मिलने-जुलने लगे और धीरे-धीरे करके वह दिन आ ही गया जब लड़का पहली बार कुलीबाज सिंह यानी लड़की के घर पहुँचा। लड़के ने इस बारे में लड़की को कुछ भी नहीं बता रखा था।

लड़की ने जब उसे कुलीबाज सिंह के साथ बैठकर ठहाका लगाते हुए देखा तो पैर पटकते हुए अन्दर चली गयी। लड़की की राय अपने छोटे मामा कुलीबाज सिंह और उसके दोस्तों के प्रति बेहद खराब थी। वह कुलीबाज को तो आवारा-नाकारा समझती ही थी उसके दोस्तों से अलग से परेशान थी जो कुलीबाज के बहाने घर आते और उनकी निगाहें लड़की के बदन पर घूमती रहतीं।

दूसरे दिन मिलने पर लड़की ने लड़के को जमकर डाँटा और बोली, क्या अन्तर बचा है तुम में और मेरे उस गन्दे मामा के दोस्तों में? लड़का हकलाने लगा। उसने कहने के लिए सोचा कि वह लड़की को चौंकाना चाहता था और खुश देखना चाहता था और कहाँ लड़की उससे नाराज हो गयी थी और उससे

जवाबतलब कर रही थी। लड़के ने लड़की के सामने यही बातें दोहरा दीं। उसने कहा कि मेरी जानूमानू, मैं तुम्हें चौंकाना चाहता था और खुश देखना चाहता था।

लड़की ने कहा कि वह चौंकी जरूर पर खुश जरा भी नहीं हुई और वह नहीं चाहती कि लड़का दोबारा कभी कुलीबाज सिंह के साथ नजर आये। भले ही लड़की, लड़के से कितने दिन भी क्यों न मिल पाये। लड़के का मुँह लटक गया तो लड़की को उस पर प्यार आने लगा। उसने कहा कि मेरे बैगन, इस तरह मुँह मत लटकाओ। मैं तुमसे प्यार करती हूँ, तुम्हारे लिए तड़पती हूँ, चाहती हूँ कि हर पल मेरे सामने रहो, तब भी नहीं चाहती कि तुम मेरे उस गन्दे मामा के साथ कभी दिखो भी। और सुनो, इस सबकी बजाय अपनी पढ़ाई-लिखाई में मन लगाओ। एक और बात थी जिस वजह से लड़की नहीं चाहती थी कि लड़का मामा के घर आये। पता नहीं क्यों, पर वह अपनी जी जा रही दुनिया के बारे में लड़के को जरा भी भनक नहीं लगने देना चाहती थी।

लड़का अपना-सा मुँह ले कर रह गया। जिस कुलीबाज सिंह से दोस्ती करने के लिए उसे इतनी मेहनत करनी पड़ी, उससे अपने आपको काट पाना और भी कठिन रहा। लड़का, लड़की के कहे की प्रति पूरी तरह ईमानदार था इसलिए वह कुलीबाज सिंह की परछाईं से भी बचने लगा, जबकि कॉलेज में लड़की की किसी भी तरह की पहुँच नहीं थी। वह नहीं चाहता था कि कुलीबाज से मिलता भी रहे और लड़की से झूठ भी बोलता रहे। कुलीबाज जब भी लड़के से कहीं साथ चलने या बैठने वगरैह के लिए कहता, लड़का कोई-न-कोई बहाना बनाकर परे हट जाता। ऊपर से एक छोटी-सी दुर्घटना और भी हो गयी।

स्कूल के खेल अध्यापक जो लड़के के दूर की रिश्तेदारी में आते थे, उन्होंने एक दिन लड़के को कुलीबाज सिंह के साथ बातें करते हुए देख लिया। तब से वह जब भी लड़के के सामने पड़ते उसे समझाने लगते। लड़के के सामने दोहरी मुश्किल आ पड़ी। जहाँ पर एक तरफ उसे कुलीबाज सिंह से बचना होता, वहीं दूसरी तरफ कॉलेज के खेल अध्यापक से भी। लड़का दोनों में से किसी को भी देखता तो इधर-उधर गुम होने का रास्ता तलाशने लगता।

पर मुश्किलें थीं कि खत्म होने का नाम नहीं ले रही थीं। एक दिन लड़का जब एक खेत में लड़की के साथ बैठा था और दोनों एक-दूसरे के जादू में खोए हुए थे कि दूर से कुछ लड़कों की उत्तेजित आवाजें सुनाई पड़ीं। दोनों चौकन्ने हो गये। आवाजें लगातार पास आ रही थीं। दोनों ने एक-दूसरे की आँखों में देखा और वहाँ से दूर भागने का फैसला किया। दोनों ने आती हुई आवाजों से नब्बे अंश का कोण बनाते हुए धीरे-धीरे खिसकना शुरू कर दिया। तेजी से भागने पर अरहर के पौधे तेजी से हिलते और दोनों तुरन्त पकड़े जाते।

जहाँ दोनों बैठे थे वहाँ जब तक उत्तेजित लोगों का झुंड पहुँचा, दोनों वहाँ से काफी दूर खिसक गये थे और एक खाई की बगल में छुपते हुए लड़की के घर की तरफ बढ़ रहे थे। घर के पास पहुँचकर लड़की उसी रास्ते पर आ गयी जिस रास्ते से थोड़ी देर पहले लड़कों का झुंड निकला था। दरअसल इस तरह से छुप-छुपकर मिलते हुए दोनों होशियार हो चुके थे। लड़का अपनी साइकिल कम-से-कम तीन-चार सौ मीटर दूर छुपाकर खड़ी करता था। आज उसने अपनी साइकिल जहाँ खड़ी की थी, वहाँ एक बोरिंग थी जिसके चारों ओर की कच्ची दीवारों पर एक मड़ई छायी हुई थी। लड़के ने वहाँ से अपनी साइकिल उठाई और घर रवाना हो गया।

दूसरे दिन जब लड़का कॉलेज पहुँचा तो एक लड़का उसे अलग से कोने में ले गया। उसने लड़के को बताया कि उसका नाम शैतान पंडित है और वह जानता है कि कल उसके गाँव की एक लड़की के साथ कौन था। शैतान पंडित ने बताया कि वह लड़की के मामा का पड़ोसी है और उसके परिवारवालों की लड़की के मामा के यहाँ से पुरानी दुश्मनी है। इसी परिवार के एक बूढ़े ने लड़का-लड़की को खेत में घुसते हुए देख लिया था। बूढ़ा लड़की को तो जानता था पर लड़के को नहीं पहचानता था। घर आते हुए बूढ़े ने सोचा कि वह ठाकुरों की इज्जत मजे से उछाल सकता है। आते हुए उसे लड़कों का एक ताश खेलता हुआ समूह दिखा। बूढ़े ने लड़कों को ललकारा कि इतने जवान लड़कों के होते हुए गाँव का माल कोई बाहरी लड़का चाभ रहा है और तुम लोग शोहदों की तरह बैठे ताश खेल रहे हो। लड़कों को ये बात ठीक लगी कि उनके रहते गाँव का माल कोई बाहरवाला कैसे चाभ सकता था।

लड़के कुत्तों के झुंड की तरह दौड़े। इस झुंड में शैतान पंडित भी था जो सबसे ज्यादा शोर कर रहा था और सबसे तेज आवाज में गालियाँ बक रहा था। पंडित ने लड़के को बताया कि ऐसा वह इसलिए कर रहा था क्योंकि वह चाहता था कि लड़की खबरदार हो जाए और भाग जाए। शैतान ने कहा कि तब वह लड़के को नहीं जानता था। लड़के को तो उसने बाद में भागते हुए देखा था। शैतान ने कहा कि वह बहुत दिनों से लड़की को भोगना चाहता था, इसलिए वह सोच रहा था कि लड़की भाग जाए पर लड़का पकड़ लिया जाए। लड़का पकड़ा तो नहीं गया पर शैतान पंडित की निगाहों में आ गया।

शैतान पंडित ने लड़के से कहा उसे इस सम्बन्ध के चलते रहने पर कोई दिक्कत नहीं थी। उसकी बस एक छोटी-सी शर्त थी कि उसे भी लड़की का हिस्सेदार बनाया जाए। लड़का गुस्से मे काँपने लगा पर किसी तरह से खुद को काबू में करते हुए बोला, तुम होश में तो हो, ऐसा कुछ भी नहीं है और मेरा

किसी लड़की के साथ कोई चक्कर नहीं है। और होता भी तो मर जाता पर किसी की ऐसी गन्दी बात कभी नहीं मानता। जवाब में शैतान पंडित ने गाली बकी और कहा, देख बे, मुझे सब पता है। तू उसे खा-पी, मुझे कोई एतराज नहीं है पर अगर थोड़ा-सा मैं भी खा लूँगा तो उसकी घिस जाएगी क्या?

इस तरह की भाषा में लड़के से अब तक किसी ने बात नहीं की थी। लड़के की आँखों में खून उतर आया। उसने बचपन में सुना एक नुस्खा याद करते हुए शैतान पंडित की नाक पर एक भरपूर मुक्का मारा। शैतान की नकसीर फूट गयी और नाक से भल्ल-भल्ल खून बहने लगा। शैतान पंडित नाक दबाकर गाली बकते हुए भागा। लेकिन लड़का भी डर गया, उसे अपने लिए भी डर लगा और लड़की के लिए भी।

उसने अपना बस्ता उठाया और साइकिल लेकर लड़की के स्कूल की तरफ निकल आया। उसने स्कूल से थोड़ा दूर सरकंडों के पीछे अपनी साइकिल छुपायी और आम के एक पेड़ पर चढ़ गया जिसके नीचे से होकर लड़की के स्कूल का रास्ता जाता था। यहाँ बैठकर लड़की अपने स्कूल से जब भी निकलती, लड़का उसे आसानी से देख सकता था। लड़का वहीं पेड़ पर बैठे-बैठे लड़की के नाम एक-एक खत लिखने लगा, जिसमें दिल का हाल कम और शैतान पंडित की बातों से उपजी चिन्ताएँ ज्यादा थीं। शैतान पंडित का गन्दा प्रस्ताव लड़के से नहीं लिखा गया। उसकी समझ में नहीं आया कि यह बात वह लड़की से कैसे बताए, यह और बात थी कि उसके बारे में बताना जरूरी भी था कि लड़की सावधान हो जाए, नहीं तो वह गन्दा पंडित उसे मुश्किल में डाल सकता था।

लड़की जब पेड़ के नीचे पहुँची तो लड़का धीरे से खाँसा और इसी के साथ चिट्ठी नीचे गिरा दी। लड़की ने चौंककर ऊपर देखा और कुछ बोलने को हुई तो लड़के ने होंठों पर उँगली रखकर चुप रहने का इशारा किया। बदले में लड़की अपनी चप्पल में फँसा हुआ कंकड़ निकालने लगी और बोली कि आसपास कोई नहीं है।

तब ऊपर से लड़के ने कहा कि शैतान पंडित से बच के रहना। इसके बाद उसने शैतान पंडित से हुई मारपीट के बारे में बताया। लड़की ने कहा कि ठीक है, पर उसे कोई छूने की हिम्मत नहीं करेगा। लड़के को अपना ध्यान रखने की जरूरत ज्यादा है और लड़का रोज रास्ता बदलकर आया-जाया करे। लड़के ने कहा कि वह ऐसा ही करेगा, साथ में उसने लड़की से इसरार किया कि कल वह जवाब जरूर लिखकर ले आये, वह कल फिर इसी पेड़ पर लड़की का इन्तजार करेगा। लड़की ने कहा कि ठीक है पर ज्यादा पहले आने की जरूरत नहीं है या आ ही जाओ तो कोई किताब लेकर पेड़ पर चढ़ जाना और पढ़ाई में मन लगाना मेरे

बन्दर।

लड़की के जाने के बाद लड़का पेड़ से उतरा और घर चला गया। उधर स्कूल से छूटने के बाद शैतान पंडित अपनी टूटी नाक लिए लड़के को खोज रहा था।

लड़की घर पहुँची तो मामी का तना हुआ चेहरा उसका इन्तजार कर रहा था। मामी को कल हुई घटना की खबर लग चुकी थी। शैतान पंडित मामी के पास आया था और उसने मामी से कहा कि आपस की दुश्मनी अलग बात है पर गाँव में किसी की भी बहू-बेटी सबकी बहू-बेटी होती है और अगर कोई एक लड़की भी गलत रास्ते पर जाती है तो उससे पूरे गाँव की नाक कटती है और पूरे गाँव की लड़कियाँ संदिग्ध मान ली जाती हैं। और इसके बाद उसने कल की घटना में जमकर नमक मिर्च लगाते हुए मामी को बता डाली। तब से ही मामी तनी बैठी थी।

मामी लड़की की हिम्मत पर तो दंग थी हीं पर उन्हें इस बात का गहरा सदमा पहुँचा कि कल का लड़का उन्हें इज्जत मरजाद सिखा रहा है। मामी उसी समय भड़क गयी थीं और उन्होंने कहा कि उन्हें पता है कि गाँव में कौन कितना इज्जतदार है और उनका मुँह न खुलवाया जाए तभी अच्छा, नहीं तो शैतान पंडित की महतारी के किस्से कौन नहीं जानता। बदले में शैतान पंडित ने कहा कि वह तो अपना धर्म निभाने आया था, बाकी अगर लड़की की मामी की रुचि गड़े मुर्दे उखाड़ने में है तो उसे भी ऐसे बहुत से किस्से पता हैं।

लड़की आयी तो मामी बाल पकड़कर खींचते हुए उसे अन्दर ले गयीं और बिना कोई बात पूछे कई थप्पड़ जड़ दिए। बोली, आने दे तेरे मामा को, जो तुझे सर पे चढ़ाए रखते हैं। इसी उमर में जवानी का भूत चढ़ा है, मैं उतरवाती हूँ तेरा भूत। इसके बाद मामी ने लड़की को लम्बा प्रवचन दिया कि वह तो इस उमर में कुछ जानती ही नहीं थी और यह कि लड़की को अपनी इज्जत किस तरह से बचाकर रखनी चाहिए। मामी ने कहा कि लड़की जब तक तेरे मामा नहीं आ जाते तब तक तेरा स्कूल जाना बन्द। स्कूल पढ़नेवालों के लिए होता है, नाक कटानेवालों के लिए नहीं। इन बातों पर मुस्करानेवाली लड़की मुस्करा नहीं सकी, रोयी भी नहीं, बस चुप रही और चुपचाप ही शाम के कामों में लग गयी।

शाम को कुलीबाज सिंह घर लौटा तो उसे घर का माहौल बदला हुआ लगा। मामी का चेहरा तना हुआ था और मुस्कराने वाली लड़की को देखकर कोई कह ही नहीं सकता था कि ये लड़की कभी मुस्कराती भी होगी। कुलीबाज सिंह ने अपनी भाभी से पूछा कि क्या हुआ तो उनकी भाभी यानी लड़की की मामी फट पड़ीं कि तुमको क्या, जाओ मजे करो अपने आवारा दोस्तों के साथ, यहाँ कल

की छोकरी ठाकुरों की नाक काट रही है।

मामी ने न न करते हुए सारा किस्सा कुलीबाज को बयान कर दिया। कुलीबाज सिंह चुप हो गया। उसे शैतान पंडित की हिम्मत पर आश्चर्य हुआ और उससे ज्यादा आश्चर्य इस बात पर हुआ कि छुटन्नी-सी ये लड़की सचमुच ऐसा कुछ कर सकती है। बहरहाल उसने अपनी भाभी को आश्वस्त किया कि ऐसे ही किसी की बात पर कान देना ठीक नहीं है और कल से वह लड़की को स्कूल छोड़ने खुद जाएँगे।

अगले दिन सुबह कोचिंग से स्कूल जाते समय लड़के ने लड़की को आते हुए नहीं देखा तो उसे चिन्ता हुई। थोड़ा और आगे आकर उसे कुलीबाज सिंह आता दिखाई दिया। कुलीबाज अपनी हिरोपुक पर था जिसके पीछे लड़की के लटकते हुए पैर दिखाई दे रहे थे। कुलीबाज सिंह ने लड़के को देखा तो उसके चेहरे पर एक मुस्कराहट उभरी और हिरोपुक धीमी करते हुए वह बोला, और श्याम सब ठीक है न! अभी आता हूँ। लड़का जवाब में कुछ नहीं बोला, बस हौले से मुस्कराया। कुलीबाज आगे बढ़ा तो लड़के ने हीरोपुक के पीछे बैठी लड़की को देखा। लड़की ने उसे देखकर हाथ हिलाया और मुस्कराने की कोशिश की। लड़के को डर लगा, अपने लिए भी और लड़की के लिए भी।

उसने जान लिया कि लड़की के घरवालों को सब कुछ पता चल गया है। उसे शैतान पंडित का चेहरा याद आया। लड़के ने उसके नाम की गाली बकी और सोचा कि सब उसी का किया-धरा होगा। लेकिन अगर पता चल गया होता तो कुलीबाज सिंह उससे इतने आराम से कैसे बात करता। इस पर लड़के ने सोचा कि हो सकता है कि इसमें कुलीबाज सिंह की कोई चाल हो। जो भी हो पर लड़के ने तय किया कि आज वह कॉलेज में कुलीबाज सिंह के सामने जरूर पड़ेगा और कोई बहाना भी नहीं बनाएगा।

कॉलेज में कुलीबाज सिंह जब मिला तो लड़का रुक गया। कुलीबाज ने लड़के से कहा कि श्याम बाहर चलो, तुमसे कुछ बात करनी है। लड़का इस बात के लिए पहले से ही तैयार था। बाहर आकर कुलीबाज ने उसे बताया कि उसे पता चला है कि कल शैतान पंडित अपने कुछ दोस्तों के साथ तुम्हें खोज रहा था। तुम्हारे कोई झगड़ा हुआ था क्या उससे?

लड़के देर भीतर धक-सा हुआ पर वह बोला, हाँ कल मैंने उसकी नाक तोड़ दी थी। क्यों, कुलीबाज सिंह ने पूछा। लड़का इस सवाल के लिए बखूबी तैयार था। उसने समझ लिया था कि एक-दो दिन में वैसे भी कुलीबाज को सब कुछ पता चल जानेवाला था और क्या पता कि अभी भी पता हो पर वह अनजान होने का दिखावा कर रहा हो। ऐसे में वह उस जालिम सवाल से कहाँ तक भाग

सकता था। उसे सबसे बेहतर रास्ता यही नजर आया कि कुलीबाज सिंह को सब कुछ बता दे।

बदले में कुलीबाज सिंह ने लड़के को थप्पड़ मारा। लड़का चुप हो गया पर पल भर बाद ही वह कुलीबाज की आँखों में झाँकते हुए उसे बता रहा था कि जब उसने लड़की को प्यार किया तो उसे पता नहीं था कि वह कुलीबाज सिंह की भानजी है। इसका पता उसे तब चला जब वह कुलीबाज के साथ पहली बार उसके घर गया और वहाँ लड़की को देखा। लड़के ने कहा कि तब तक देर हो चुकी थी। वह लड़की से बहुत प्यार करता है और उसके बिना जिन्दा नहीं रह सकता। इन बातों के बीच लड़का ये बात छुपा ले गया कि लड़की के घर तक पहुँचने के लिए ही उसने कुलीबाज सिंह के लिए अपनी जान दाँव पर लगायी थी।

लड़के ने अपनी कशमकश का जिक्र जरूर किया कि यह पता चलने के बाद कि वह कुलीबाज सिंह की भानजी है, लड़का सोच में पड़ गया। वह लड़की के बिना भी नहीं रह सकता था और कुलीबाज सिंह जैसे दोस्त से दगा भी नहीं करना चाहता था। लड़के ने कुलीबाज को बताया कि यही वजह है कि वह उसके साथ दुबारा कभी घर नहीं गया और सामने पड़ने से भी बचता था क्योंकि सामने पड़ने पर उसे बार-बार लगता था कि वह अपने कुलीबाज भाई से दगा कर रहा है।

कुलीबाज को लड़के की बातों में सचाई नजर आयी, उसे याद आया कि कई बार उसके कहने के बावजूद लड़का दुबारा उसके घर नहीं गया। लड़के ने सोचा कि बातें उसके पक्ष में ही गयी हैं क्योंकि उसने खुद अपनी तरफ से कुलीबाज सिंह को सारी बातें बतायीं। जाहिर है कि ऐसा करते हुए लड़के को ये सहूलियत हासिल थी, बातें जितना हो सके उसके पक्ष में ही जाएँ और ऐसा करते हुए लड़के ने बार-बार यह जोर देकर कहा कि इसमें लड़की की कोई गलती नहीं है।

कुलीबाज सिंह बोला, इस बात का फैसला अब वह खुद करेगा कि इसमें किसकी गलती है और किसकी गलती नहीं है। फिर अचानक बोला कि इसमें यह बात तो रह ही गयी कि शैतान पंडित तुम्हें क्यों खोज रहा था। लड़के ने अबकी सचमुच कुछ नहीं छुपाया। कुलीबाज सिंह ने लड़के को ध्यान से देखा। लड़के की बहादुरी वह पहले ही देख चुका था और दुबारा फिर उसने बहादुरी दिखाई थी। कुलीबाज ने सोचा कि लड़के में दम है, नहीं तो इतनी दूर से साइकिल चलाकर आनेवाला लड़का इतनी हिम्मत नहीं दिखा पाएगा।

उसे शैतान पंडित पर क्रोध आया। वह दाँत पीसते हुए बोला कि उसे तो वह आराम से देखेगा। ऐसे ही बूढ़े के बारे में सुनकर वह भड़का था कि बुढ़ऊ

को उठाकर किसी दिन ताल में फेंक दूँगा। साला सड़ कर मर जाएगा कहीं कीचड़ में। इसके बाद दोनों बहुत देर तक चुप बैठे रहे, आखिर में कुलीबाज ने उससे कहा कि फिलहाल तो वह लड़की से दूर ही रहे, आइन्दा कोई बात हो तो तुरन्त बताए और अपना ख्याल रखे। बाकी वह बाद में देखेगा।

शैतान पंडित की नीयत जानने के बाद कुलीबाज गुस्से में उबल रहा था। उसे लड़के पर भी गुस्सा आ रहा था और लड़की पर भी। सब मिलकर उसकी इज्जत का कबाड़ा कर रहे थे। उसे लड़की की चिन्ता हुई जो रोज अकेले ही स्कूल आती-जाती थी। फिर से उसका ध्यान शैतान पंडित पर जाकर रुक गया। इस शैतान का तो कुछ करना ही पड़ेगा, उसने सोचा।

शाम को जब कुलीबाज सिंह लड़की को लेने स्कूल गया तब तक वह फिर से मुस्करा रही थी। लड़की को याद था कि लड़के ने आज पेड़ पर मिलने के लिए कहा था। उसने स्कूल में लड़के के लिए एक चिट्ठी लिख रखी थी। वह बेचैन थी पर उसकी उम्मीदें कायम थीं। उसे लग रहा था कि कोई-न कोई रास्ता जरूर निकलेगा। कुलीबाज सिंह की हिरोपुक पर बैठते हुए उसने चिट्ठी निकालकर हाथ में छुपा ली। उसने सोचा कि लड़का पेड़ पर छुपा हो सकता है या कहीं दूर से उसे देख रहा हो सकता है।

लड़का पेड़ पर तो नहीं था पर लड़की का अनुमान सच था। लड़का दूर से छुपकर लड़की को जाते हुए देख रहा था और जब पेड़ पर लड़के के होने पर पूरा यकीन करते हुए लड़की ने चिट्ठी गिराई तो वह लड़के की नजर में आ गयी और वह उस चिट्ठी तक पहुँचने के लिए मचल पड़ा।

शाम को कुलीबाज सिंह ने लड़की को अपने कमरे में बुलाया और पूछा कि क्या किस्सा है? लड़की सिर झुकाए खड़ी रही। कई बार पूछने के बाद भी लड़की कुछ नहीं बोली तो कुलीबाज ने सीधे-सीधे पूछा, श्याम कुमार को जानती हो? तब लड़की ने आँख उठाकर ऊपर देखा। लड़की ने कहा, "हाँ, पर इसमें श्याम की कोई गलती नहीं है।" इस पर कुलीबाज सिंह ने कहा कि जितना पूछा जा रहा है उतने का ही जवाब दिया जाए तो बेहतर। कुलीबाज पूछता रहा, लड़की बताती रही।

सब कुछ सुनने के बाद कुलीबाज ने लड़की से कहा कि वह पढ़ाई पर ध्यान दे। बोर्ड की परीक्षाएँ नजदीक आ रही हैं और हाँ, कल तेरे बड़े मामा आ रहे हैं। उनसे भूलकर भी इस बारे में कुछ मत कहना। वह कुछ भी पूछें, एक ही जवाब देना, ऐसा कुछ भी नहीं है। सब झूठ है। लड़की के कुछ समझ में नहीं आया। वह जाते-जाते रुक गयी और उसकी आँखों में एक सवाल उभर आया। जवाब में कुलीबाज सिंह उसके पास आये, उसके कन्धों पर हाथ रखा, फिर बोले,

भइया को मैं अच्छे से जानता हूँ। तुमसे जो कहा है वही करना है भूलकर भी न मानना कि ऐसा कुछ है।

दूसरे दिन बड़े मामा आये तो लड़की को मामी से मिली मार और गालियाँ याद आयीं। वह सुबह से ही रोने-रोने को हो रही थी पर मामी ने ऐसा कोई मौका उसे नहीं दिया कि वह मामा से दो बात भी कर सके। यह तय बात थी कि वह मामा से अकेले मिलती तो थोड़ा-सा लाड़ भी उसे रुलाने के लिए काफी होता। दोपहर बाद मामा ने उसे अपने पास बुलाया। मामी तब भी मामा के ही पास में बैठी थी। लड़की आकर खड़ी हो गयी। कमरे का सन्नाटा देखकर ही लड़की को अन्दाजा हो गया कि उसकी पेशी होने जा रही है। लड़की भी चुप रही।

बड़े मामा ने पूछा, बता लड़का कौन है? लड़की ने अपने आपको जब्त करते हुए कहा कि ऐसा कोई लड़का नहीं है और सब झूठ है। मामा ने कहा झूठ-सच हम अच्छे से समझते हैं लड़की। हम लोग ठाकुर हैं। तेरी जगह मेरी खुद की लड़की होती तो उसे मार कर गाड़ देता, पर तू मेरी भानजी है। प्यार और दुलार अपनी जगह है। पर तूने जो किया है वह बर्दाश्त के काबिल नहीं है। आगे से तू स्कूल नहीं जाएगी और घर में रहेगी। अगले संडे को मैं तेरी माँ को लेता आऊँगा। तूने मेरा भरोसा तोड़ा है। अब तू यहाँ नहीं रह सकती। अपने घर जा।

तभी कमरे में कुलीबाज सिंह आ गया। उसने कहा भइया आप जो भी कह रहे हैं वो ऐसे ही उड़ायी गयी अफवाह है। अपनी बब्बू ऐसी कतई नहीं है। फिर भी जब से ऐसी चीजें सामने आयी हैं, मैंने खुद उसे स्कूल छोड़ना और ले आना शुरू किया है। महीने भर बाद ही बोर्ड की परीक्षाएँ हैं। मुझे नहीं लगता कि उसका स्कूल बन्द कराना ठीक होगा। बब्बू की दो साल की मेहनत बरबाद जाएगी।

जवाब में बड़े मामा ने कहा कि मेहनत इज्जत से बड़ी नहीं होती। मेहनत दुबारा की जा सकती है पर खोयी हुई इज्जत दुबारा नहीं पायी जा सकती। और तुम तो चुप ही रहो। हमें पता है तुम कितने लायक हो। कुलीबाज सिंह ने कहा कि भइया मेरी नालायकी का अलग मामला है पर आप ठाकुर हैं तो मैं भी ठाकुर हूँ और मैं बब्बू को स्कूल नहीं छोड़ने दूँगा। वो मेरी भी भानजी है और जब ऐसी-वैसी कोई बात ही नहीं है तो वह बिना वजह सजा क्यों पाये! आपकी एक बात जरूर मानूँगा कि अकेली नहीं छोड़ूँगा उसे। कुलीबाज अपने भाई को जानता था सो भाई के जवाब का इन्तजार किए बिना बाहर निकल आया।

लड़की चुपचाप खड़ी थी। वह एक साथ ही दुखी और चकित थी। वह बड़े मामा से स्नेह और दुलार की उम्मीद कर रही थी, जिन्होंने उससे बात तक नहीं की और मामी की बतायी सारी बातें सच मान लीं। लड़की के भीतर लगातार

कुछ टूट-दरक रहा था और कुलीबाज सिंह जिसे वह हमेशा बुरा समझती आयी थी, उसके लिए खड़े हो गये थे। सुबह से रोने के लिए मचल रही लड़की अब रोने लगी और रोते-रोते कमरे से बाहर चली आयी।

बहरहाल जो भी हुआ, लड़की स्कूल जाती रही। कुलीबाज सिंह उसे ले आता, ले जाता रहा। लड़की की माँ को नहीं बुलाया गया। घर में मामी का अनुशासन और कड़ा हो गया पर दूसरी तरफ जानवरों को बाहर निकालने या सानी-पानी देने जैसे काम कुलीबाज सिंह ने अपने हाथों में ले लिया। लड़की कुलीबाज सिंह के इस संकटमोचक व्यवहार से चकित-चमत्कृत थी और उन स्थितियों में जितनी खुश रह सकती थी, उतनी खुश रहने की कोशिश करती थी। दुखी होते ही लड़की गलत करार दे दी जाती। उसे लड़के की बहुत याद आती थी। लड़के के लाए बेर अमरूद जैसी चीजों के बिना उसका पेट नहीं भरता था। लड़का उसे आते-जाते दिखाई भर पड़ता था। वह हिरोपुक पर बैठी होती थी और लड़का साइकिल पर, सो दोनों एक दूसरे को इतनी जल्दी पार कर जाते थे कि आँखों-आँखों में भी कोई बात नहीं हो पाती थी।

लड़के को शैतान पंडित ने कई बार घेरने की कोशिश की। लड़के का संयोग ठीक रहा, उसे किसी-न-किसी तरह से पहले ही पता चल जाता रहा और वह बच निकलता रहा। उसकी भी बोर्ड की परीक्षाएँ निकट थीं। लड़की का परीक्षा केन्द्र उसी के स्कूल में पड़ा था, जहाँ वह पढ़ती थी लेकिन लड़के का दूर एक-दूसरे कॉलेज में। लड़का, लड़की से मिलने के लिए मर रहा था पर उसे ऐसा कोई रास्ता नहीं दिखाई दे रहा था। वह रोज रास्ते में लड़की को देखता और लड़की की तड़पानेवाली मुस्कराहट से सन्तोष कर लेता। कुलीबाज सिंह कॉलेज में अक्सर मिलते रहते पर उनसे भी औपचारिक बातें ही हो पातीं।

ऐसे में एक दिन कुलीबाज सिंह उसे मिला तो नाराज दिखा। कुलीबाज सिंह ने लड़के से पूछा कि शैतान पंडित उसे बार-बार घेर रहा है, ये बात उसने कुलीबाज सिंह को क्यों नहीं बतायी। लड़का जब तक कुछ कहता, उसने कहा कि आगे से तुम निश्चिन्त हो जाओ, शैतान पंडित की परछाईं भी अब तुम्हारे रास्ते में कभी नहीं आएगी।

लड़का खुश हो गया कि अभी भी कुलीबाज को उसकी इतनी चिन्ता है। उसने हिचकिचाते हुए लड़की के बारे में पूछा। कुलीबाज ने उसे घूरा तो वह हकलाने लगा। बोला, मेरा मतलब कि उसकी पढ़ाई ठीक चल रही है न और... और कैसी है बब्बू। कुलीबाज सिंह कुछ नहीं बोला, बस लड़के को देखता रहा। थोड़ी देर बाद बोला, बब्बू ठीक है। उसकी पढ़ाई ठीक चल रही है। तुम भी अपनी पढ़ाई में मन लगाओ। इसी में उसकी और तुम्हारी दोनों की भलाई है। ये कहने के

बाद कुलीबाज सिंह उठकर चला गया।

लेकिन लड़के की उम्मीद बनी रही। उसे पता था कि इम्तिहान बाद लड़की अपनी माँ के घर जाएगी जो शहर से लगे हुए एक कस्बे में था जहाँ लड़के को भी आगे की पढ़ाई के लिए जाना था। उसे भरोसा था कि वह लड़की का घर खोज निकालेगा पर परेशान और सशंकित वह इसीलिए हो रहा था कि उसे पता नहीं था कि इन दिनों लड़की के मन में क्या चल रहा है। उसकी जानूमानू अब भी उसे वैसे ही प्यार करती है या डर और दबाव में उसका प्रेम कम हो गया था। लड़का बहुत सोचता पर किसी नतीजे पर नहीं पहुँच पाता।

जिस दिन वह अपना प्रवेश पत्र लेने कॉलेज गया, लौटते समय वह पूरे रास्ते रोता रहा। उसने अपने कॉलेज से लड़की के स्कूल के रास्ते पर कई चक्कर लगाए पर लड़की क्या, लड़की की परछाईं तक नहीं दिखी। आखिरी चक्कर में वह लड़की के स्कूल के गेट तक हो आया। उसे वहाँ भी कोई चहल-पहल नहीं दिखी। स्कूल बन्द था। लौटते हुए वह वहीं आम के पेड़ की जड़ों पर बैठ गया और रोने लगा। लड़का देर तक रोता रहा, फिर साइकिल उठाकर घर चला आया। वह नहीं जानता था कि वह लड़की को दुबारा कब देखेगा और यह तो बिल्कुल नहीं जानता था कि उसके संग बैठकर उससे दो बातें कब कर पाएगा।

लड़का पूरी मेहनत से परीक्षा दे रहा था। उसे याद था कि लड़की उससे खूब पढ़ने को कहती थी और आखिरी मुलाकात में भी उससे पढ़ाई के लिए कहा था। लेकिन उसका मन बार-बार लड़की की तरफ खिंचा चला जाता था। जिस दिन उसका आखिरी पर्चा था, पर्चा देकर निकलने के बाद उसने कुलीबाज सिंह को अपनी तरफ आते हुए देखा। लड़का जहाँ-का-तहाँ खड़ा हो गया। कुलीबाज ने उससे उसके पर्चे के बारे में पूछा। लड़के ने कहा कि उसके पर्चे अच्छे हुए हैं। जवाब में उसने कुलीबाज के पर्चों के बारे में पूछा।

कुलीबाज सिंह ने हँसते हुए बताया कि वह इस बार फिर से फेल होंगे, पर कोई चिन्ता की बात नहीं है। इन दिनों वह राजा राजकरन सिंह के साथ रहने लगे हैं और अब वह राजनीति करेंगे। लड़के ने कुलीबाज सिंह को ध्यान से देखा। उसकी समझ में नहीं आया कि वह कुलीबाज सिंह से क्या कहे। राजकरन सिंह को वह जानता था। राजकरन सिंह उसके क्षेत्र के विधायक थे और प्रदेश सरकार में मन्त्री थे। लड़का कुछ नहीं बोला तो कुलीबाज सिंह ने उससे कहा कि जब पर्चे अच्छे हो रहे हैं तो थोबड़ा क्यों लटक रहा है। लड़का फिर कुछ नहीं बोला तो कुलीबाज सिंह ने कहा कि कल सुबह साढ़े नौ बजे तक कॉलेज आ जाना, तुमसे कुछ काम है। आओगे? लड़के ने कहा, हाँ जरूर आऊँगा।

अगले दिन सुबह नौ बजे ही लड़का कॉलेज पहुँच गया। वह थोड़ा सशंकित

था पर उसे लगा कि न जाकर वह अपना डर दिखाएगा और अपना ही नुकसान करेगा। कुलीबाज सिंह ने आते ही कहा कि चलो घर चलते हैं, वहीं चलकर बात करेंगे। तुम अपनी साइकिल यहीं दुकान पर रख दो। मैं लौटते हुए तुमको यहीं छोड़ दूँगा। लड़के को अपने कानों पर भरोसा नहीं हुआ। वह कुलीबाज सिंह का मुँह ताकता रह गया। कुलीबाज ने कहा, बहरे हो क्या? मैं तुमसे कुछ कह रहा हूँ? लड़के ने सिर हिलाया और दुकान पर साइकिल रखने चला गया।

घर में कोई नहीं था। मामी के मायके में शादी पड़नेवाली थी सो मामी मायके में थीं। थोड़ी देर कुलीबाज सिंह लड़के से इधर-उधर की बात करता रहा, फिर बोला, तुम घर में रहना, मैं बाहर से ताला लगाकर जा रहा हूँ। मुझे बब्बू को लेने जाना है। उसका पेपर छूटने का समय हो रहा है। लड़का जब तक कुछ कहता, कुलीबाज सिंह बाहर का दरवाजा बन्द कर रहा था। लड़के की कुछ भी समझ में नहीं आ रहा था। उसे लगा कि उसके साथ या तो बहुत ही अच्छा होनेवाला है या बहुत ही बुरा।

वह देर तक जहाँ-का-तहाँ बैठा रहा, फिर वह कुलीबाज सिंह का घर देखने लगा। वह एक-एक कर सारे कमरों में गया, और एक कमरे में जाकर रुक गया। इस कमरे में उसे लड़की की महक आ रही थी। उसने चारों ओर नजरें दौड़ायीं। खूँटी पर लड़की के कपड़े टँगे हुए थे। उसने लड़की के कपड़े खूँटी पर से उतारे और उन्हें देखने लगा, अपने चेहरे पर फिराया। ऐसे ही वह लड़की की कॉपियाँ और किताबें पलटने लगा। कई कॉपियों में बहुत कुछ ऐसा था जो लिखकर इस तरह से काट दिया गया था कि दुबारा किसी भी तरह से न पढ़ा जा सके।

लड़के ने जान लिया कि यह सब उसी के लिए लिखा गया होगा। उसने सोचा कि अभी लड़की आएगी तो वह किस तरह से उसके सामने जाएगा और क्या लड़की को इस बात का पता होगा कि लड़का यहाँ उसके घर में है। क्या लड़की भी उससे मिलने के लिए उसी की तरह तड़प रही होगी। और अगर उसे लड़के के घर में होने का पता नहीं है तो वह उसे अचानक अपने सामने पाकर क्या करेगी। और क्या कुलीबाज सिंह के साथ आने के लिए वह अभी भी नाराज होगी।

तभी दरवाजा खुलने की आवाज आयी। लड़का जहाँ-का-तहाँ खड़ा रहा। उसे कुलीबाज सिंह की आवाज सुनाई दी। दरवाजा अन्दर से बन्द कर लो और खाना जल्दी बना के रखना। मैं अभी घंटे भर में आता हूँ। लड़की ने दरवाजा बन्द किया और अपने कमरे की तरफ बढ़ी। कोने में एक चारपाई खड़ी रखी थी। लड़का चारपाई के पीछे जाकर छुप गया। लड़की कमरे में आकर कपड़ों सहित बिस्तर पर पड़ गयी।

मुस्करानेवाली रो रही थी। आज उसका आखिरी पर्चा था। वह लड़के से मिलने के लिए परेशान थी। एक दिन जब कुलीबाज सिंह ने उसे सुनाते हुए कहा था कि कोई एक लड़का पेड़ के नीचे बैठा रो रहा था तो वह जान गयी थी कि वह उसका पगलू ही होगा और कौन हो सकता है। उस दिन से तो वह पल-पल लड़के से मिलने के लिए तड़प रही थी। उसे लगा कि अब वह लड़के से कभी मिल भी पाएगी या नहीं और वह रोने लगी। घर में कोई नहीं था। उसे अपने आँसू या रोने की आवाज किसी से छुपाने की जरूरत नहीं थी।

लड़का बाहर निकल आया और लड़की की बगल में जाकर बैठ गया। वह अपने को कोसने लगा। उसे लगा कि अगर वह छुपा हुआ नहीं होता तो लड़की को रोना नहीं पड़ता। उसने रोती हुई लड़की की हिलती हुई पीठ पर हाथ रखा। लड़की तेजी से पलटी। लड़की ने रोने के दौरान उसको देखा तो उसका रोना जहाँ-का-तहाँ थम गया और आँखें अचरज से फैल गयीं। तू यहाँ कैसे, दरवाजा तो बन्द है, लड़की ने पूछा।

लड़के ने कोई जवाब नहीं दिया और उससे अपनी तरफ खींच लिया। अब लड़की चुप हो गयी और लड़का रोने लगा। उसने हिचकियाँ लेते हुए अपने वहाँ होने की कहानी सुनाई। लड़की खुश हो गयी। बोली, अभी मैं तुमको शीशा दिखाती हूँ कि रोते हुए तुम कितने लल्लू लग रहे हो। अब क्यों रोता है मेरे अमरूद... और लड़की उससे लिपट गयी। लड़की ने लड़के का हाथ अपने हाथों में कस लिया और बोली, कुलीबाज मामा ने इम्तिहान के बाद उसे एक शानदार सरप्राइज देने के लिए कहा था। उसे नहीं पता था कि मामा का सरप्राइज इतना रोता-रोता-सा होगा।

लड़का भीगी आँखों से हँसने लगा। उसने पूछा, 'मेरी जानूमानू तेरे पर्चे कैसे हुए।' 'अच्छे हुए', लड़की ने जवाब दिया, 'और तेरे?' लड़के ने कहा, 'मेरे भी अच्छे हुए, तू कैसी है?' लड़की ने जवाब दिया अभी तो अच्छी हूँ मेरे खजूर। फिर वह लड़के को तकिया बनाकर लेट गयी और बोली, "मेरे बन्दर कभी सोचा है आगे क्या होगा?" लड़के ने कहा हम शादी कर लेंगे।

लड़की बोली चुप बुद्धू, पहले शादी लायक तो बन। 'तेरा मतलब', लड़के ने पूछा। लड़की बोली, सरकारी कानून है मेरे चिकने, शादी के लिए लड़के का दाढ़ी-मूँछ आना जरूरी है। लड़का हँसने लगा। लड़की भी हँसने लगी। लड़की की इस हँसी में वही खनक थी जो लड़के ने तब सुनी थी जब उसने लड़की को पहली बार हँसते हुए देखा था। लड़की चुप हुई तो उसने कहा कि बड़े मामा ने मम्मी पापा को सारी बातें बता दी हैं और अब वह वहीं जाकर रहेगी।

लड़के ने कहा कि ये तो खुशी की बात है। मैं भी तो अब शहर चलूँगा।

मैं तुम्हारे ही मोहल्ले में कमरा किराए पर ले लूँगा। तुम्हारे यहाँ कमरा मिलेगा क्या? चुप पगलू, लड़की ने कहा कमरा दूर के मोहल्ले में लेना और वहाँ से रोज मुझसे मिलने आना। ऐसे ज्यादा मजा आएगा। मुझसे मिलने आओगे न मेरे बन्दर। लड़का खुश हुआ। उसने कहा बन्दर ही क्यों चूहे, बकरे, कुत्ते, शेर सब तुमसे मिलने आएँगे। तुम अपने घर में एक चिड़ियाघर खोल लेना।

कुलीबाज सिंह घर आया तो लड़की शरमायी-सी दिख रही थी। लड़का उससे भी ज्यादा शरमाया था। कुलीबाज सिंह ने लड़की से पूछा कि कुछ खाना-वाना बना या नहीं। लड़की ने कहा, अभी बनाती हूँ और रसोई में घुस गयी।

लड़का सिर झुकाये हुए कुलीबाज सिंह के पास पहुँचा और उससे लिपट गया। कुलीबाज सिंह ने कहा, छोड़... अरे छोड़ न हरामी। लड़के ने जैसे कुछ सुना ही नहीं, उसने कुलीबाज सिंह को छोड़ दिया और बोला कि मैं खाना बनाने में लड़की की मदद कर दूँ तो जल्दी हो जाएगी, यह कहते हुए लड़का रसोई की तरफ बढ़ा।

लड़का अभी दो कदम भी न चला होगा कि उसने कुलीबाज सिंह की गाली सुनी और पलट ही रहा था कि उसके सिर पर बिजली गिरी और सिर के दो फाड़ करते हुए जमीन में समा गयी। लड़के ने गिरते-गिरते पीछे देखा। पीछे कुलीबाज सिंह हाथ में फरसा लिए खड़ा था। उसकी बगल में शैतान पंडित भी था। कुलीबाज सिंह ने शैतान पंडित से कहा कि तुम जाकर लड़की को सँभालो। शैतान जैसे ही आगे बढ़ा कुलीबाज सिंह ने फरसे का भरपूर वार उसकी गर्दन पर किया। गर्दन लुढ़कती हुई दूर जा गिरी।

लड़के की आँखें एक-दूसरे से बित्ता भर दूर हो गयी थीं। लड़के ने चिल्लाना चाहा। वह पूरा दम लगाकर चिल्लाया **'बब्बू'** पर गले से आवाज नहीं निकली, बल्कि तेज धार के साथ खून के छींटे निकले जो सामने से आ रही लड़की पर पड़े।

फरसे का एक वार लड़की के लिए भी काफी था जो न भी किया जाता तो भी कोई फर्क नहीं पड़ता। लड़की पहले ही मर चुकी थी।

तीन दिन बाद कुलीबाज सिंह पकड़ा गया और सारे अखबारों में फोटो के साथ उसका बयान प्रमुखता से छपा। कुलीबाज सिंह ने अपने बयान में कहा कि कोई ठाकुर यह बात कैसे बर्दाश्त कर सकता है कि उसकी बेटी या भानजी को किसी नीच जाति का लड़का खराब करे, और उसने वही किया जो ऐसे में कोई भी ठाकुर करता, जो अपने बाप की असली औलाद होता। शैतान पंडित को उसने

इसलिए मारा क्योंकि वह उसकी भानजी को बिगाड़ने में लड़के की मदद कर रहा था। रही लड़की की बात तो ऐसी कलंकवाली लड़की जिन्दा रहकर भला क्या करती! कुलीबाज सिंह ने कहा कि उसे अपने किये पर कोई अफसोस नहीं है और लड़की की जगह उसकी खुद की बेटी या बेटा होता तब भी वह यही करता।

पर अगले ही दिन कुलीबाज सिंह ने अपने बयान का खंडन किया और कहा कि वो बातें पुलिस ने जबरदस्ती उनसे कहलवायी थीं। घटना के समय वह अपने घर पर न होकर मन्त्री राजा राजकरन सिंह के घर पर थे और जिले में पार्टी का विस्तार किस तरह से किया जाए, इस मुद्दे पर चल रही बैठक में हिस्सा ले रहे थे।

मन्त्री ने इस बात की पुष्टि की थी और कहा कि इसी बैठक में कुलीबाज सिंह को पार्टी की युवा शाखा का जिला सचिव मनोनीत किया गया था। मन्त्री ने पत्रकारों को उस बैठक की तस्वीरें भी दिखायी थीं जिसमें कुलीबाज सिंह बैठे दिखाई दे रहे थे। मन्त्री ने अपने बयान में कहा कि पार्टी के एक युवा नेता के साथ पुलिस की गुंडई बर्दाश्त नहीं की जाएगी और जिम्मेदार पुलिसवालों को इसकी कीमत चुकानी होगी।

हफ्ते भर के भीतर ही घटना के सम्बन्ध में पुलिस ने अपना आखिरी वर्जन लगाकर केस बन्द कर दिया। इसके अनुसार लड़की के सम्बन्ध दोनों लड़कों से थे। घटना के दिन लड़के ने शैतान पंडित के साथ लड़की को आपत्तिजनक स्थिति में देख लिया और उस पर खून सवार हो गया। उसने वहीं पड़ा फरसा उठाया और शैतान पंडित तथा लड़की की हत्या करने के बाद खुद भी उसी फरसे से आत्महत्या कर ली। फरसे के हत्थे पर लड़के की उँगलियों के निशान मिल गये थे।

बहरहाल कुलीबाज सिंह बाइज्जत छूट गये हैं और ठाकुरों के युवा नेता के रूप में तेजी से उभर रहे हैं।

□

पुरोहित जिसने मछलियाँ पालीं

जब रामदत्त प्रतिष्ठानपुर के एक आश्रमनुमा संस्कृत विद्यालय से पुरोहिती और कर्मकांड की दीक्षा लेकर वापस लौटे तब तक उनके पिता पंडित कृष्णदत्त त्रिपाठी बूढ़े हो चुके थे। इसके बावजूद उन्होंने अपनी पुरोहिताई बखूबी सँभाल रखी थी। उनकी गर्दन लगातार हिलती रहती थी इसलिए अब वह मूँड़हिलावन पंडित के नाम से जाने जाते थे। मूँड़हिलावन पंडित के बारे में कई चीजें मशहूर थीं, जिनके बारे में गाँव के लोग पीठ पीछे तो मजा लेते ही, कई बार उनके सामने भी कहने से नहीं चूकते थे। जैसे उन्हें प्याज बहुत पसन्द था पर उन्होंने प्रचारित कर रखा था कि वह प्याज और लहसुन छूते भी नहीं। इस वजह से उन्हें अपने जजमानों के यहाँ से प्याज, लहसुन नहीं मिला करता था जबकि उनके कई जजमान इनकी खेती भी किया करते थे। इस वजह से उन्हें लहसुन प्याज दूर के बाजारों से चोरी-छुपे खरीद कर लाना पड़ता था। वह बात-बात में 'हे नाथ नारायण वासुदेवाय' भी कहते थे, इस वजह से लोग उन्हें नाथ नारायण पंडित भी कहते थे। उन्हें उनके असली नाम से शायद ही कोई सम्बोधित करता था।

जल्दी ही रामदत्त ने सारी पुरोहिताई अपने पास समेट ली। अब अगर एक ही दिन दो जगहों पर जाना होता तभी पंडित कृष्णदत्त जाते नहीं तो वह घर ही रहते। अपने पिता कृष्णदत्त के विपरीत रामदत्त ने अपनी छवि एक सन्तोषी पंडित की बनायी। जो अपने जजमानों से कुछ माँगता नहीं था, सब कुछ उनकी श्रद्धा पर छोड़ देता था। ऊपर से उनकी यह प्रतिष्ठा कि वह फलाने गुरुजी महाराज के आश्रम से समस्त कर्मकांडों की विधिवत शिक्षा लेकर आये हैं, इन वजहों से उनकी माँग तेजी से बढ़ी। और जब चार गाँव की दूरी पर के एक नामी पंडित मुरारी उपाध्याय ने अपनी बेटी पार्वती की शादी उनसे कर दी तो इसी के साथ वह अपने इलाके के सबसे ज्यादा जजमानवाले पंडित होने की तरफ बढ़े। मुरारी उपाध्याय को कोई बेटा नहीं था और उनके भी जजमान देर-सबेर रामदत्त के पास आने वाले थे। पर युवा रामदत्त का ध्यान अभी तक इन बातों की ओर नहीं गया था। वे तो अपनी नयी-नवेली पत्नी पार्वती में पूरी तरह से डूब गये थे।

पार्वती उनसे लगभग सात साल छोटी थीं। गोरी चिट्टी, तीखे नाक नक्स,

रूप और लावण्य से भरपूर। रामदत्त हर समय उन्हें खुश करने की फिकर में डूबे रहते। कस्बे के बाजार से उनके लिए छुपाकर जलेबी-समोसे लाते, तरह-तरह की मिठाइयाँ और पकौड़ियाँ लाते, मतलब कि पार्वती का हर कहा मानने को हमेशा तैयार। पंडित कृष्णदत्त मुंडी हिलाते हुए गरियाते कि ससुर यही मेहरई सीखने गये थे आश्रम। थोड़ा जजमानों पर भी ध्यान दो। कुछ न हो तो भी उनके बीच निकल जाया करो। कभी खाली हाथ नहीं लौटोगे। कुछ न कुछ लेकर ही लौटोगे। जवाब में रामदत्त दहेज में मिली नयी चमकीली साइकिल उठाते और कहीं इधर-उधर निकल जाते। और जब भी आते खाली हाथ कभी नहीं आते, पार्वती के लिए कुछ-न-कुछ जरूर लेकर आते। कृष्णदत्त बड़बड़ाते रह जाते।

पार्वती उनसे खूब हँसतीं बोलतीं, अपने मायके की बातें बतातीं, रामदत्त के बारे में पूछतीं। शक करने की कोई वजह नहीं थी पर रामदत्त को हमेशा लगता कि कुछ और है जो पार्वती उनसे छुपाती हैं। एक अनमनापन है पार्वती के भीतर जो दिन पर दिन जस-का-तस बना रहता है। कई बार रामदत्त पार्वती को छुप-छुपकर देखते। चेहरे का एक-एक भाव। पलकों का उठना-गिरना। उनका चलना फिरना उठना-बैठना। शरीर का एक-एक कटाव। उन्हें अपनी किस्मत पर रश्क होता पर वे पार्वती के अनमनेपन की वजह नहीं जान पाते। कई बार उन्होंने महसूस किया कि जब वे पार्वती के पास जाते हैं तो उनके चेहरे पर कुछ रेखाएँ बढ़ जाती हैं। पर उन्हें कभी इसका कोई कारण नहीं दिखाई पड़ा। वे पार्वती से बार-बार पूछते, उन्हें यहाँ कोई दिक्कत तो नहीं है? वे रामदत्त से खुश तो हैं? इन सवालों का जवाब उन्हें हमेशा अपने पक्ष में मिलता। पर शक करने की एक वजह और थी। मिलन के मधुरतम क्षणों में पार्वती कई बार अचानक ठंडी पड़ जातीं तो कई बार रामदत्त को लगता कि वह कुछ सूँघने की कोशिश कर रही हैं।

पर रामदत्त पार्वती को लेकर कभी किसी निष्कर्ष पर नहीं पहुँच पाये। बाद के दिनों में उन्होंने मान लिया कि शायद यह उनका वहम ही है और धीरे-धीरे इसके प्रति लापरवाह होते चले गये।

बाद में पंडित कृष्णदत्त नहीं रहे। इसी के साथ रामदत्त को कोई रोकने-टोकने वाला भी नहीं रहा पर अब तक उन्हें समझ में आ गया था कि उन्हें पुरोहिती और पत्नी-प्रेम के बीच एक सन्तुलन बनाकर रखना होगा। नहीं तो दोनों नष्ट हो जाएँगे। प्रेम के लिए जरूरी है कि पेट भी भरा रहे और पेट भरने का पुरोहिती के अलावा उन्हें कोई और रास्ता नहीं आता था। एक बार पुरोहिती पर ध्यान केन्द्रित होने के बाद रामदत्त बहुत जल्दी एक पेशेवर पंडित में बदल गये। उन्होंने विवाह, मुंडन, तिलक, सत्यनारायण व्रत कथा और गृह-प्रवेश आदि के साथ-साथ कुछ अनुष्ठानों के भी चक्र चलाए। लोगों को समझाने लगे कि अभीष्ट तो अनुष्ठानों

से ही सिद्ध होता है और ये अनुष्ठान किसी भी चीज के लिए कराए जा सकते थे। सुन्दर सुलक्षण्ण पत्नी या बहू के लिए, अच्छी फसल के लिए, मुकदमे में जीत के लिए, नौकरी पाने के लिए, सम्पत्ति और शान्ति बढ़ाने के लिए या ऐसी ही किसी भी अन्य इच्छा के लिए। उन्होंने अपने जजमानों को छूट दी कि कोई न बताना चाहे कि वह अनुष्ठान क्यों करवा रहा है तो भी वे उसके लिए अनुष्ठान करवा सकते हैं। इस तरह उन्होंने उन लोगों को भी अपने अनुष्ठान के दायरे में खींच लिया जो पत्नी या भाई या दुश्मन की मृत्यु के लिए, पड़ोसी को नष्ट करने के लिए या किसी दूसरे की पत्नी, बहन या बेटी पर हाथ साफ करने के लिए अनुष्ठान करवाना चाहते थे। रामदत्त का ये अनुष्ठानवाला नुस्खा जमकर कामयाब हुआ।

जब कहीं अनुष्ठान वगैरह करवाना होता तो रामदत्त जजमान को बरामदे में छोड़ पूजागृह में जाने की बात कहकर उठ जाते कि देवी से पूछकर आता हूँ। पूजागृह से वे पार्वती की कोठरी में पहुँच जाते कि घर की जरूरतों के लिए क्या-क्या चाहिए। चीजें सीधे रुपये में भी ली जा सकती थीं पर उसकी एक सीमा थी, दूसरे यह कर्मकांड की भव्यता को नष्ट करनेवाली बात भी होती। तो रामदत्त देवी से पूछकर आते और अपने जजमानों को कर्मकांड की सामग्री लिखाते। सौ ग्राम हींग, आधा किलो जीरा, दस किलो चीनी, पाँच किलो गुड़, चाँदी की पायल या बिछिया, सोने की कील या सलाई या सोने का कोई पक्षी या अन्य आकृति, सेर भर सूखा मेवा, एक गद्दा-रजाई, तकिया, चादर सहित और पच्चीस बेल आदि। पर पंडित रामदत्त इतना ही नहीं लिखाते थे। वे पूरे पेशेवर थे इसलिए जजमानों को ऐसी भी अनेक चीजें लिखाते थे जो सिर्फ कर्मकांड का भोकाल बनाए रखने के लिए होती थीं। मसलन एक सौ एक कमल के फूल, सवा ग्यारह किलो गंगा की बालू, समी की लकड़ी, पन्द्रह कुओं का पानी, सात व्यक्तियों के खेत की मिट्टी, पाँच तरह के सफेद फूल, सात तरह के पीले फूल या दस ग्राम पारा जैसी अनेक चीजें।

अगर दुश्मन से मुक्ति के लिए कोई तान्त्रिक किस्म का अनुष्ठान हो रहा हो तो दुश्मन के घर की मिट्टी, गिद्ध का पंख, मोर और उल्लू की हड्डी, लोहबान, साँप की केंचुल या मदार का एक छटाँक दूध जैसी वस्तुएँ लिखवाते। इस तरह के अनुष्ठान रामदत्त गुप्त रूप से करते थे। वे जानते थे कि चीजों को गुप्त कह देने से उनके साथ एक रहस्यात्मकता जुड़ जाती है और वे और तेजी फैलती हैं। इस तरह की वस्तुओं या कर्मकांड के तरीके का एक फायदा यह भी होता था कि इनके नीचे जीरा, जवाइन, चीनी या गुड़ जैसी वस्तुएँ दबकर रह जाती थीं बल्कि कई बार तो वह जजमान को ज्यादा आसान लगती थीं। उनमें

पैसा भले लगता था पर उन्हें जुटाना आसान था जबकि मुफ्त चीजों को जुटाना अक्सर बेहद कठिन या श्रमसाध्य होता था।

इस तरह की चीजें रामदत्त के लिए एक तीसरे तरीके से भी मुनाफे का सौदा होती थीं। कई बार उन्हें इकट्ठा करने में आनेवाली मुश्किलों से बचने के लिए लोग उन्हें एकमुश्त दक्षिणा देने की पेशकश करते थे। बदले में सारी सामग्रियों को जुटाने का काम रामदत्त का हो जाता था। रामदत्त इस तरह की अनेक चीजों का एक बड़ा भंडार अपने पास रखते थे। बहुधा तो पहले के अनुष्ठानों में इस्तेमाल की चुकी चीजें ही होती थीं जिन्हें रामदत्त यह कहकर अपने घर मँगवा लेते थे कि फला दिन या रात को इन्हें मिट्टी में गाड़ देंगे या मन्त्रों के साथ जला देंगे। और उसी के साथ अनुष्ठान पूरा हो जाएगा। उनमें से ज्यादातर चीजों को वे अपने पिछवाड़े के खपरैल में सुरक्षित रखते जाते थे जो जल्दी ही दोबारा काम में आ जाती थीं। धीरे-धीरे रामदत्त और-और लालची होते गये और अपने शुरुआती दिनों के सन्तोष को कहीं बहुत गहरे दबा दिया। उन्होंने दान-दक्षिणा के हिसाब से तरह-तरह के अनुष्ठानों की कोटियाँ तय कर दीं। जैसे कोई जजमान सत्यनारायण व्रत कथा के लिए उनके पास आता तो सीधे ही पूछ लेते, एक सौ एक वाली या पाँच सौ एक वाली? दक्षिणा से ही तय हो जाता कि वह कितना समय देंगे और संस्कृत में कथा बाँचने के अलावा किस्सा भी सुनाएँगे या बाँचते समय बीच के कुछ अध्याय भी गायब कर देंगे।

रामदत्त की ऐसी हरकतों के बाद भी उनका रुतबा कायम रहा तो उसकी अनेक वजहें थीं। पहली तो यही कि उन्होंने सभी विधि-विधानों की विधिवत दीक्षा ली थी, इसका या उसका पिछलग्गू बनकर नहीं सीखा। दूसरा छोटे से छोटे अनुष्ठान को भव्य रूप देने की उनकी कला। जैसे किसी भी पूजा या अनुष्ठान की वेदी बनाते समय रामदत्त एक मछली जरूर बनाते थे जिसका चेहरा कुछ-कुछ इनसानी शक्ल लिए होता था या जीभ जिसे वह सरस्वती का प्रतीक कहते थे। मछली के बारे में कुछ लोगों ने पूछा तो रामदत्त ने बताया कि उन्हें विष्णु का मत्स्यावतार सिद्ध है। इसी तरह से उन्हें पुराणों की बहुत-सारी कथाएँ कंठस्थ थीं जो उन्हें एक अच्छा खासा कथावाचक बना देती थीं। वे जब बीच-बीच में अपनी चोटी सहलाते हुए कथाएँ सुनाते तो लोग उनमें डूब जाते। इसके बावजूद ऐसा नहीं था कि उनके विरोधी नहीं थे। उनके विरोधियों में वे लोग तो थे ही जिनके खिलाफ उन्होंने अनुष्ठान सम्पन्न कराए थे। वे भी थे जिनके लिए रामदत्त ने अनुष्ठान कराए थे पर अनुष्ठान कामयाब नहीं हुए। इसके बावजूद गाँव के अनेक झगड़ों और अनहोनियों का श्रेय रामदत्त को दिया जाता था। पर लोगों ने उन्हें सीधा निशाना इसलिए नहीं बनाया क्योंकि उनके पास इन बातों का कोई प्रमाण

नहीं था। दूसरे वे पंडित रामदत्त त्रिपाठी की रहस्यमयता से डरते भी थे।

रामदत्त को दो बेटे हुए, जुड़वा। रामदत्त ने उनका नाम रखा वशिष्ठ नारायण त्रिपाठी और विश्वामित्र नारायण त्रिपाठी। जिस दौर में उनके बच्चे धीरे-धीरे बड़े हो रहे थे, रामदत्त की समृद्धि लगातार बढ़ रही थी। खपरैल घर अच्छे-खासे पक्के घर में बदल गया था। दरवाजे पर का कच्चा कुआँ पक्के कुएँ में। रामदत्त ने कुएँ की बगल में एक छोटा-सा मन्दिर भी बनवा लिया था। एक-दो जगहों पर थोड़ी-थोड़ी जमीनें दान में मिल गयी थीं। कुछ आम और महुए के फलदार पेड़ दान में मिल गये थे। रामदत्त ने पार्वती के नाम पर बीघे भर खेत भी खरीद लिया था। घर दान की चारपाइयों और तख्तों, बिस्तरों, स्टील के बर्तनों और ताँबे के कलशों से भरा था। पार्वती ने गाय और भैंस भी पाल ली थी जिनका दूध पी करके वशिष्ठ और विश्वामित्र अपनी छाती चौड़ी कर रहे थे। बीच-बीच में रामदत्त को पार्वती का अनमनापन फिर सताने लगता जिससे निपटने का रामदत्त ने एक आसान-सा तरीका खोज निकाला था। ऐसे मौकों पर रामदत्त सोने-चाँदी के सारे पशु-पक्षी निकालते और बदले में पार्वती के लिए कोई जेवर गढ़ा लाते। पार्वती खुशी जाहिर करतीं और रामदत्त को भी लगता कि उन्होंने पार्वती का अनमनापन फिलहाल कुछ समय के लिए तो दूर कर दिया है जिसकी वजह के बारे में रामदत्त अपनी पूरी कोशिश के बाद भी कभी कुछ नहीं जान पाये थे।

रामदत्त के दोनों बेटे हू-ब-हू उन पर जा रहे थे। गोरा रंग तेजी से बढ़ती लम्बाई और दोहरी कद-काठी। पर रामदत्त अपने बचपन में शर्मीले और दब्बू थे, उनके विपरीत वशिष्ठ और विश्वामित्र जमकर शरारती निकल रहे थे। उनकी शरारतों और बदमाशियों की शिकायतें उन तक पहुँचतीं, जिस पर वे उन्हें ऊपर-ऊपर डाँटते रहे पर भीतर-भीतर मुग्ध होते रहे। उन्हें प्यार करते रहे। उनकी बलाएँ लेते रहे। रामदत्त इस बात पर खुशी महसूस करते कि उनके बेटे उनकी तरह दब्बू नहीं हैं इसलिए उनके साथ कभी वैसा कुछ नहीं होगा जैसा रामदत्त के साथ बचपन में होता रहा था। इस तरह से वशिष्ठ और विश्वामित्र के कारनामों के प्रति रामदत्त और पार्वती दोनों में ही एक उपेक्षा का भाव रहा। रामदत्त खुश थे पर उपेक्षा की एक वजह और भी थी कि वे अपने पुरोहिती साम्राज्य में इतने खोए हुए थे कि कभी जान ही नहीं पाये कि दोनों भाइयों की बदमाशियाँ उन्हें किस तरफ ले जा रही हैं। पार्वती अपने अनमनेपन में ही खोयी रहतीं। और जब रामदत्त घर पर नहीं रहते तो उनसे पूछनेवाला भी कोई नहीं होता कि उनके अनमनेपन की वजह क्या है जिसे वे हमेशा नकारती रही थीं।

इस स्थिति का फायदा गाँव के उन लोगों ने उठाया जो रामदत्त से किसी वजह से दुखी या नाराज थे। उन्होंने दुश्मन को समूल नष्ट करने के गाँवों के

एक प्रचलित और सर्वमान्य तरीके पर अमल करना शुरू कर दिया। यह तरीका था किसी के बेटों को बिगाड़ना या बिगड़े हुए को और शह देना। इसके बाद तो दोनों को रोकना असम्भव हो गया। बदमाशी और कमीनापन जैसे दोनों के खून में शामिल था। दोनों की एक जोड़ी बन गयी थी जो हमेशा साथ रहती। किसी की चलती हुई साइकिल के पहिए में डंडा डाल देना, किसी बच्चे के ऊपर थूक देना, बच्चों को गालियाँ सिखाना, पौधों को तोड़ देना या दोपहरियों में जब लोग सो रहे हों उनके जानवर खोल देना जैसी बातों से उनकी बदमाशियाँ शुरू हुईं तो बढ़ती ही गयीं। रामदत्त को अपने से ही फुर्सत नहीं थी पर पार्वती जब कभी अपने अनमनेपन से बाहर निकलतीं तो दोनों की जमकर पिटाई करतीं या उनका खाना बन्द कर देतीं। पर पिटाई के लिए दोनों हाथ में कम ही आते थे और खाना उनके लिए कोई समस्या नहीं थी। ऐसे कई घर थे जहाँ वशिष्ठ और विश्वामित्र चुपचाप खा-पी लेते थे।

गाँव में एक लड़का था चम्पक। चम्पक लम्बे बाल रखता था और गाँव की नौटंकी मंडली में स्त्रियों की भूमिकाएँ किया करता था। पता नहीं ये भूमिकाएँ करते-करते या ऐसे ही सहज रूप में उसके शरीर में स्त्रियों वाली कमनीयता आ गयी थी। दोनों भाई एक साथ उसके पीछे पड़े और जाने उसकी सहमति से या कुछ पैसे का लालच देकर या डरा-धमकाकर उसके साथ मुँह काला किया और इसके बाद उसकी गुदा में पैट्रोल डाल दिया। वह जलन से चीखता रहा, दोनों भाई हँसते रहे।

उस दिन रामदत्त के घर में खाना नहीं बना। पार्वती का चेहरा पत्थर की तरह सख्त हो गया था। चम्पक की माँ रामदत्त के दरवाजे पर जी भर के गालियाँ बक के गयी थी। एक तो वशिष्ठ और विश्वामित्र की इतनी गलीज हरकत और ऊपर से चम्पक की माँ का दरवाजे पर आकर गाली बकना। पार्वती सदमे की हालत में थीं। उनकी समझ में नहीं आ रहा था कि वे क्या कर डालें। वे भयंकर क्रोध और बेचैनी में घर के एक छोर से दूसरे छोर के बीच घूम रही थीं। ऐसे में जब रामदत्त शाम को घर लौटे और घर में अँधेरा देखा तो सहज ही पूछ बैठे। क्या हुआ पार्वती, घर में अँधेरा क्यों है? तुम्हारे दोनों बेटों की मौत हो गयी है इसलिए, पार्वती ने जवाब दिया। क्या बक रही हो होश में तो हो? कहाँ हैं वशिष्ठ और विश्वामित्र? रामदत्त के इस सवाल के जवाब में पार्वती ने कहा कि उन्हें गंगा माई खा गयीं। रामदत्त को समझ जाना था कि घर में कुछ भयानक घटा है पर रहे तो पंडित ही, नहीं समझ पाये। और बदले में पार्वती को तमाचा खींच मारा।

पार्वती जैसे क्रोध से पागल हो रही थीं। वे चिल्लायीं, मार ले मछरगन्धा,

एक मैं ही थी जो तेरे साथ निबाह लाई। कोई दूसरी होती तो मुँह पर थूककर चली गयी होती। तेरा ही पाप है कि ऐसे कुकर्मी बेटे मिले हैं। मरते भी नहीं कि फुर्सत मिले। घिन आती है मुझे तुमसे। ये तुम्हारा ही पाप है जो मेरे बेटों के सिर चढ़कर बोल रहा है। अब तक न रामदत्त ने पार्वती को कभी मारा था न पार्वती ने उनसे कभी ऐसे बात की थी। पार्वती हाँफने लगी थीं, जैसे गिरने को हुईं। रामदत्त सँभालने के लिए बढ़े जिन्हें स्थिति की गम्भीरता से ज्यादा उसकी अचानकता ने अपनी गिरफ्त में ले लिया था कि पार्वती दोबारा चीखीं। मत छुओ मुझे। तुम्हारे शरीर से मछलियों की गन्ध आती है। उबकाई आती है मुझे तुम्हारे साथ सोते-जागते। तुम जब सामने होते हो तो मेरा मन करता है कि मैं साँस लेना बन्द कर दूँ। जब से तुम्हारे घर आयी, मैं कायदे से कभी साँस नहीं ले पायी। वही घिनौनी गन्ध और अब वही गन्ध मुझे तुम्हारे बेटों से आने लगी है। तुम्हारी गन्ध तो घर में ही थी, तुम्हारे बेटे पूरा इलाका गन्धवा रहे हैं पंडित। उनको सँभालो। मुझ पर हाथ उठाकर अपनी मर्दानगी मत दिखाओ।

रामदत्त लद से बैठ गये। इस पार्वती को तो वे जानते ही नहीं थे। उस चेहरे, जिसे खुश करने के लिए वे उसके आगे-पीछे डोलते थे, गहने गढ़ाते थे, के पीछे ये कौन-सा रूप छुपा था जिसे वे आज तक नहीं जान पाये। तो यहाँ छुपा था अनमनापन! अचानक उनकी चोटी में बेतरह दर्द उठा। चोटी को हाथ से मसलते हुए उन्होंने कहा मैंने उसे कभी नहीं याद किया पार्वती। मैं तो तुम्हारे पीछे घूमता रहा और तुम्हें मुझसे मछलियों की गन्ध आती है। इतना तेल, साबुन, चन्दन, इत्र! नहीं ये कैसे हो सकता है? मैना को तो मैं कब का भूल चुका हूँ तो क्या वह मेरे इतने भीतर बसी हुई थी कि खुद मुझे भी नहीं पता चला। क्या मेरे चेहरे के पीछे से मैना का चेहरा झाँकता है? क्या मेरी दोनों आँखों की जगह पर दो मछलियाँ हैं? क्या मेरी त्वचा का रंग बदल रहा है? क्या मेरे नाखूनों में मछलियों की चमड़ी भर गयी है। अगर नहीं तो ये गन्ध कहाँ से आयी तुम्हें, बोलो पार्वती बोलो, रामदत्त जैसे वहीं पड़े-पड़े बुदबुदा भर रहे थे। वे दरअसल पार्वती से नहीं अपने आप से बात कर रहे थे।

इसी के समानान्तर एक दूसरा एकालाप पार्वती का भी चल रहा था। रामदत्त तुम्हारी इस घिनौनी गन्ध ने मेरा सर्वनाश कर दिया। इसने कभी एक पल को भी मुझे तुम्हारे साथ नहीं होने दिया। मैं हमेशा तरसती रही तुम्हारे ऐसे साथ के लिए जब ये मरजानी गन्ध हमारे तुम्हारे बीच न आये। जिस क्षण तुम्हारे दोनों बेटे मेरी कोख में आये उस क्षण भी मैं तुमसे घृणा कर रही थी रामदत्त।

उस पूरी रात वशिष्ठ और विश्वामित्र घर नहीं आये। रात भर घर में दीपक नहीं जला। रामदत्त जस-के-तस पड़े रहे अपनी फुसफुसाहटों में डूबे। पार्वती पूरी

रात उन्माद में रहीं। आतीं और रामदत्त को झिंझोड़ने लगतीं, हमारी क्या गलती थी पंडित कि तुम मुझे मिले इस गन्ध के साथ, ऐसे बच्चे मिले जो नाक कटा रहे हैं गली-गली। सब तुम्हारी उसी गन्ध की वजह से हुआ। बताओ कहाँ से ले आये ये गन्ध? दोनों एक साथ बोल रहे थे पर कोई एक, दूसरे को सुनने की स्थिति में नहीं था। पार्वती की वर्षों की संचित घृणा फूट पड़ी थी पर उसे कोई दिशा नहीं मिल रही थी। पलटकर वह पार्वती को और उन्मादी बना रही थी। ऐसे ही रामदत्त उन्हीं मत्स्यगन्धा दिनों में पहुँच गये थे। इस क्षण वे पार्वती से इतनी दूर थे कि पार्वती उन्हें मार भी डालतीं तो भी वे जीवित बने रहते। रामदत्त और पार्वती दोनों को जीवन ने दुबारा मौका दिया था। पर दोनों में से कोई भी इस हालत में नहीं था कि उसे सहेज पाता।

रात भर डूबे रहना मछलियों की गन्ध में

रामदत्त त्रिपाठी के पिता कृष्णदत्त त्रिपाठी एक छोटे-मोटे गँवई पुरोहित थे। वे पढ़े-लिखे नहीं थे। उन्हें पुरोहिती का कोई काम-काज नहीं आता था पर अभ्यास से संस्कृत का ऐसा कामचलाऊ ज्ञान उन्होंने अर्जित कर लिया था कि अटक-अटक कर सत्यनारायण कथा वगैरह का पाठ कर लेते थे। कृष्णदत्त के पास लोग तभी आते थे जब कोई दूसरा पंडित उन्हें ढूँढ़े भी नहीं मिलता था। कुछ गजब नहीं कि ऐसे में कृष्णदत्त का सबसे बड़ा सपना ही यही बन गया कि वह अपने बेटे रामदत्त को इलाके का सबसे बड़ा पंडित बनाएँ। वे जानते थे कि यह उनके किए धरे नहीं हो सकता इसलिए उन्होंने रामदत्त को किसी जानकार पंडित के साथ लगाने की सोची। पर जल्दी ही उन्हें पता चल गया कि इस तरह से उनका बेटा सिर्फ झोला उठाना या सीदा सामान बाँधना सीखेगा। दूसरे जीवन भर के लिए वह इसी पिछलग्गू की छवि में बँध जाएगा। कृष्णदत्त खुद कुछ दिनों तक एक पंडित का झोला ढो चुके थे इसलिए इस दर्द को जानते-बूझते थे। इन्हीं दिनों उनको कहीं से इलाहाबाद में गंगा किनारे प्रतिष्ठानपुर में चलनेवाले एक आवासीय संस्कृत विद्यालय के बारे में पता चला जहाँ न सिर्फ संस्कृत की तालीम दी जाती थी बल्कि तरह-तरह के कर्मकांड भी सिखाए जाते थे।

जब कृष्णदत्त त्रिपाठी अपने इकलौते मातृविहीन बालक रामदत्त को लेकर वहाँ पहुँचे तो धोती-कुर्ता पहननेवाले और लम्बी चोटी रखनेवाले किशोरों के सस्वर संस्कृत पाठ पर मुग्ध हो गये और बिना कुछ भी सोचे-समझे ही बालक रामदत्त को आश्रम में छोड़कर चले आये। रामदत्त की उम्र उस समय पन्द्रह-सोलह साल से अधिक नहीं थी। अगले सात-आठ साल उन्हें वहीं रहना था। आश्रम एक अविवाहित आचार्य चलाते थे और वहाँ स्त्रियों का प्रवेश वर्जित था।

आश्रम में रामदत्त का सिर घुटा दिया गया। सिर पर एक मोटी सी चोटी छोड़ दी गयी। उनका यज्ञोपवीत कराया गया। जाँघिए की जगह पर लँगोट बाँधना सिखाया गया और पैंट-कमीज की जगह पर धोती-कुर्ता। इसी तरह उन्हें बैठने, खड़े होने, नहाने, चन्दन लगाने और सोने के तरीके भी बताये गये। उन्हें यह भी बताया गया कि नहाते समय गंगा में किस दिशा की ओर मुँह करके कितनी डुबकियाँ लगानी हैं।

आश्रम में मुफ्त शिक्षा और रहने खाने के बदले इन विद्यार्थियों को कुछ खास नहीं करना था। उन्हें आश्रम के कठोर अनुशासन का पालन करना था। और आचार्य जी के द्वारा अपने जजमानों या शिष्यों के हित में आये दिन सम्पन्न होनेवाले कर्मकांडों में स्वयंसेवक की भूमिका निभानी थी। यहाँ रामदत्त को अपने जैसे अनेक बच्चे मिले जो लम्बी चोटी और जनेऊ धारण किए हुए संस्कृत भाषा और कर्मकांड को सीखने का सपना लेकर आये थे। हालाँकि यह जान पाना किसी के लिए भी मुश्किल नहीं था कि इस सपने में कितना हिस्सा इन बच्चों का खुद का था और कितना उसमें उनके पिताओं के सपने या मजबूरियाँ थीं। यहाँ अनाथ बच्चों की भी एक बड़ी संख्या थी जिन्हें उनके निकट-सम्बन्धी यहाँ छोड़ गये थे। आधे अनाथ तो रामदत्त भी थे। बिना माँ के।

आश्रम के कठोर अनुशासन में बच्चे सहमे और बुझे से रहते। रात में कई बार कुछ बच्चे रोने लगते जिन्हें उनके साथी ही चुप कराते। या थोड़ा पहले आये बच्चे डाँटते। धीरे-धीरे आश्रम में बच्चों का एक समूह बनने लगता। वे एक-दूसरे से लड़ते-झगड़ते, साथ रहना सीखते। शुरुआती दिनों में बच्चों को लँगोट बाँधना न आता। उनके लँगोट अक्सर खुल जाते और दूसरे बच्चों का मनोरंजन हो जाता। आश्रम में मनोरंजन के साधन बहुत सीमित थे। आचार्य जी के पास एक रेडियो था जो उन्हीं के पास रहता था। बच्चों को मनोरंजन के लिए सोते समय एक-दूसरे की चोटी बाँध देने या लँगोट खोल देने जैसे कामों तक ही सीमित रहना पड़ता था। एक उपाचार्य थे जिनके ऊपर बच्चों की देखरेख की समूची जिम्मेवारी थी। ये आचार्य बेहद सख्त थे और जरा-सी भी गलती पर भयंकर पिटाई करते थे। बच्चे उनसे बेहद डरते थे। इतना कि जब वे बच्चों को लेकर गंगा स्नान आदि के लिए जाते तो उनके पीछे चलनेवाले सैकड़ों बच्चों के कदमों से आवाज तक नहीं निकलती थी। वे जोर से साँस लेना तक भूल जाते थे। इसी तरह उन्हें अपने मन और इन्द्रियों पर नियन्त्रण रखने की शिक्षा दी जा रही थी।

पर इस दुनिया के नीचे एक और दुनिया थी। नये आये बच्चे पुराने हो रहे थे। उपाचार्य के आतंक के बावजूद वह चुहलें करना, इशारे करना सीख रहे थे। पल भर के लिए ही सही उनकी किशोरावस्था आती और कुछ खेल करके चली

जाती। बहुत बार ये खेल पकड़े जाते। मार पड़ती, सजाएँ मिलतीं फिर भी। इन्हीं सब के बीच बच्चों को ठोंक-पीटकर इस लायक बनाया जाना था कि वह भविष्य में धर्म की ध्वजा को सँभाल सकें। सफलतापूर्वक कर्मकांड सम्पन्न करा सकें। सफल कथावाचक बन सकें।

चाहे माहौल का असर हो या वहाँ रत्ती-रत्ती में फैली विकल्पहीनता का अगले दो तीन सालों में रामदत्त आश्रम में पूरी तरह रम गये। और संस्कृत में तो कुछ इस तरह रमे कि कोई भी और भाषा न जानने के बावजूद संस्कृत को दुनिया की सर्वश्रेष्ठ भाषा मानने लगे। रामदत्त के साथ के ज्यादातर बच्चे ऐसे ही सोचते थे। यहाँ से निकलकर उन्हें पुरोहिती या अन्य कर्मकांडों को अपनाना था। वे धार्मिक कर्मकांडों के लिए तैयार किये जा रहे पेशेवर पंडित थे। उनकी शिक्षा पूरी तरह से रोजगारपरक थी। उनका अपना ड्रेस कोड था। उनका अपना छल-छद्म था जिसकी आड़ में उन्हें जीवन भर रहना था। उनके शब्द, शैली, उठने बैठने के तरीके से लेकर तकिया-कलाम तक सब कुछ तय किया जा रहा था। यही उनका भविष्य था। यही उनकी दुनिया थी। उन्हें लोगों के विश्वासों और डर के बीच अपना रोजगार तलाश करना था। वे पूरी तरह से पेशेवर होनेवाले थे बावजूद इसके उन्हें जीवनभर फ्रीलांसर रहना था।

अक्सर किसी विद्यार्थी को आचार्य या उपाचार्य लोगों का पैर आदि दबाने जाना पड़ता था। यह विद्यार्थियों के नैतिक कर्तव्यों में शामिल था। रामदत्त उपाचार्यों के पैर तो दबाते रहे थे पर आचार्य से उनका सीधा साबका कभी नहीं पड़ा था। एक दिन आचार्य ने उन्हें अपनी सेवा के लिए बुलवाया। आचार्य लँगोट के ऊपर पीली धोती पहनकर लेटे हुए थे। रामदत्त के आते ही आचार्य ने धोती उतार कर बगल रख दी और रामदत्त को पैर दबाने के लिए कहा। रामदत्त पैर दबाते रहे और आचार्य उनसे उनकी पढ़ाई के बारे में, घर-बार के बारे में और यहाँ कोई दिक्कत तो नहीं है आदि पूछते रहे। यह भी आश्वासन दिया कि कोई दिक्कत हो तो सीधे मुझसे बताया करो।

रामदत्त खुश हो गये। बेकार में ही सब लोग आचार्य से इतना डरते हैं। आचार्य तो उनसे कितना हँस-हँसकर बात कर रहे हैं। उनका गाल भी सहलाया... पर रामदत्त की खुशी ज्यादा देर नहीं टिकी। आचार्य ने अपना लँगोट खोल दिया और बोले यहाँ भी दबा दो। देखो ये बेचारा दर्द से बेहोश-सा पड़ा है। रामदत्त शर्म और अपमान से कुंठित हो गये। उनका मन वहाँ से भाग जाने को हुआ पर वे भाग नहीं पाये। आचार्य ने रामदत्त का हाथ पकड़कर उस मरे हुए घिनौने चूहे पर रख दिया और उनके हाथों को अपने हाथों में लेकर चूहे को दबाने सहलाने लगे। चूहा जिन्दा होने लगा। तब आचार्य ने कहा कि नहीं इसका जिन्दा होना

ठीक नहीं। इसे मार दो पर इसे मारने का एक खास तरीका है।

रामदत्त आँखें मूँद लेते हैं। कसमसाते रहते हैं। शर्म और उत्तेजना से ठंडे पड़ जाते हैं। डर से काँपते रहते हैं और उनकी धोती और लँगोट उतर जाती है। रामदत्त पूरी ताकत से चीखने को होते हैं पर अनुभवी आचार्य का हाथ पहले ही ही उनके मुँह पर है। चीख भीतर ही घुटकर रह जाती है। थोड़ी देर बाद लगभग बेहोश रामदत्त को आचार्य एक तेज धारवाला लम्बा चाकू दिखाते हैं कि किसी से कुछ कहा तो इसी से तुम्हें काट-काट कर गंगा की मछलियों को खिला देंगे। वे बाहर निकले तो उन्हें कहीं बगल से एक उपाचार्य की हँसी सुनाई दी कि आचार्य ने आज इसे भी गूढ़ ज्ञान दे दिया।

उस पूरी रात रामदत्त बार-बार बेहोश होते रहे। बुखार और अर्द्धबेहोशी में मर जाऊँगा आचार्य जी या चूहा-चूहा जैसा कुछ बुदबुदाते रहे। मर जाऊँगा आचार्य जी को आचार्यजी के प्रति उनका प्रेम और चूहा को बुखार से उपजा डर मान लिया गया। आचार्य मुस्कराते रहे। उनके साथ कुछ बच्चे भी मुस्कराते रहे। दूसरे कुछ बच्चे डरे सहमे रहे। उनकी रही-सही मुस्कानें भी गायब हो गयीं। ऐसे ही कई दिनों तक चलता रहा। चाकूवाले आचार्य जी न सिर्फ रामदत्त के सपनों में आते रहे बल्कि हकीकत में भी रोज आकर उनका हालचाल लेते रहे। रामदत्त दिन-रात डरे-सहमे रहते। रात में सोते-सोते चौंक पड़ते। उन्हें सपने में भी अपने साथ वही गन्दा काम दोहराया जाता दिखता, चाकू की उसी चमकती हुई नोंक पर। वे बार-बार चाकू का अपने भीतर जाना महसूस करते और जड़ हो जाते।

जल्दी ही वे ठीक हो गये पर किशोर दिनों का चमकदार उल्लास उनके चेहरे से गायब हो गया। उनकी चंचलता, दुनिया की हर चीज को अपने तरीके से जानने-समझने की उत्सुकता सब गायब हो गयी। आँखों की चमक गायब हो गयी। उसकी जगह पर आँखों के नीचे एक धुँधला स्याह अँधेरा आ बैठा। पहले मस्ती और बेफिक्री की वजह से वे पैर कहीं और रखते थे तो पैर कहीं और पड़ता था, अब डर, संशय और आत्महीनता की वजह से पैर कहीं और रखते हैं तो पैर कहीं और पड़ता है। एक ठंडा अनमनापन, उदासी और अपने आप में ही खोए रहने ने उन्हें उनके दोस्तों से भी काट दिया।

वे हमेशा इस बात से डरे रहते कि जो कुछ उनके साथ हुआ इस बात का उनके किसी दोस्त को पता न चल जाए। नहीं तो सब दोस्त उनसे दूर हो जाएँगे, उनसे घृणा करेंगे, उनका मजाक बनाएँगे। एक चुप्पी उनके चेहरे पर स्थायी छाया की शक्ल में जमा हो रही थी। ये चुप्पी कभी चिड़चिड़ेपन के साथ टूटती तो कभी वीतरागी भाव से। दोस्तों के खुद से दूर हो जाने का डर या अपना मजाक उड़ाने का डर उनके ऊपर कुछ इस कदर हावी हो गया कि वे खुद ही सबसे

दूर हो गये। कोई उनकी तरफ देखकर मुस्कराता तो रामदत्त को उसका चेहरा टेढ़ा दिखाई पड़ता। उन्हें लगता कि शायद वह जान गया है कि उस दिन उनके साथ क्या हुआ था।

दोस्तों से कट जाने के बाद अकेले पड़ गये रामदत्त ने अपने आसपास की दुनिया को नये सिरे से पहचानना शुरू किया ही था कि वही घटना फिर से दुहरायी गयी। इस बार उन्हें बुखार नहीं आया। अपने आप को खत्म कर लेने की इच्छा आयी। यह इच्छा क्षणिक थी, जीवन से प्यार इस पर हावी रहा। पर जब वही घटना उनके साथ बार-बार दुहरायी जाने लगी और कभी-कभी एक उपाचार्य ने भी उन्हें बुलाना शुरू कर दिया तो जान देने की उनकी इच्छा बलवान होती चली गयी। जीवन का मोह खत्म होता गया और इस खत्म होते मोह के बीच उन्होंने जाना कि यह दारुण नरक भुगतनेवाले वे अकेले नहीं थे।

उनके जैसे और भी कई थे जो चुपचाप इस यातना से गुजर रहे थे। उनका आत्मविश्वास खत्म हो गया था। वे अकेले पड़ रहे थे। वे अपने से ही जूझ रहे थे और हार रहे थे। पर कुछ उन चीजों के अभ्यस्त भी हो रहे थे। कुछ इसका बदला दूसरे बच्चों से निकालने की कोशिश में थे। एक बार इस पूरे यथार्थ से परिचित हो जाने के बाद रामदत्त चुपचाप घर भाग आये। पर बहुत कोशिश के बाद भी उन्हें वे शब्द नहीं मिले जिनमें वे अपने पिता को अपने साथ घट रही घटनाओं के बारे में बता पाते। नतीजे में पिता उन्हें दूसरे दिन फिर से आश्रम छोड़ आये। शाम को उपाचार्य ने उन्हें बेंतों से मारा और रात को पैर दबाने के लिए बुलाया। इसके बाद अब जीने को क्या बचा है, रामदत्त ने सोचा।

एक बार तय कर लेने के बाद जान देने का जो सबसे आसान तरीका उन्हें समझ में आया वह गंगा में डूब जाने का था। रामदत्त के मन में अपनी माँ की बहुत धुँधली-सी स्मृति थी। फिर भी उन्होंने माँ के न होने को गहरे महसूस किया। उन्हें लगा अगर माँ होती तो सब कुछ उनके बिना बताये भी जान जाती। माँ को सब कुछ सपने में दिखाई पड़ जाता। उन्हें पिता का ख्याल आया और इसी के साथ गुस्सा भी कि वे यहाँ रामदत्त को इन राक्षसों के बीच में छोड़ गये थे। उन्हें गाँव के अपने साथ के दूसरे बच्चे याद आये जो पढ़-लिख भले ही न रहे हों पर घर में तो होंगे। गाँव के उनके हमउम्र दोस्तों का भी अपना नरक हो सकता था, यह सोचने के लिए रामदत्त अभी छोटे थे।

अपने दोस्तों से कटने के बाद गंगा का किनारा उन्हें वैसे भी अच्छा लगने लगा था। कई बार रामदत्त को इस वजह से भी डाँट पड़ी थी कि हमेशा गंगा किनारे क्या करते रहते हो पर जब भी उन्हें मौका मिलता गंगा की तरफ भाग निकलते। वहाँ उन्हें सुकून मिलता, जमकर उदास होने और रोने के लिए एकान्त

मिलता और कई बार पलभर के लिए ही सही पर सब कुछ भूल जाने का मौका भी। तो जब रामदत्त ने मरने की बात तय की तो गंगा की गोद के सिवा कुछ और उनकी समझ में नहीं आया।

वे धीरे-धीरे पानी में उतरते गये पर जैसे-जैसे वे भीतर चलते गये, जान देने का उनका हौसला डगमगाता गया। जब पानी ठुड्डी तक पहुँच गया तो उन्हें मौत का भयानक चेहरा दिखाई पड़ा। वे वहीं जड़ हो गये। पलभर में ही रामदत्त ने वहाँ से लौटना चाहा पर पैरों के नीचे की नरम बालू उनको अपनी तरफ बुला रही थी। पानी का बहाव और दबाव उनके खिलाफ था। अपनी पूरी कोशिश के बावजूद वे किनारे की तरफ एक भी कदम नहीं बढ़ा पाये बल्कि बाहर निकलने की घबरायी हुई कोशिश में खड़े रहने का भी सन्तुलन बिगड़ गया और वे गहरे पानी में पहुँच गये। अपनी लम्बाई से ज्यादा गहराई में। पानी से लड़ने की बेतरतीब कोशिश में उन्होंने पानी के ऊपर आना चाहा और पता नहीं उनकी कोशिश से या पानी के खेल से ही उनका सिर जरा-सा बाहर निकला। वे पानी में थे। पैर के नीचे भी पानी ही था। ऊपर आसमान था। उस एक पल में उन्हें फिर से माँ की याद आयी। वे अपनी पूरी ताकत से अनजाने ही पुकार उठे 'अम्माँ'। और इसी के साथ वे पानी में समा गये। उनके खुले मुँह में पानी भरने लगा।

जब रामदत्त को होश आया तो उन्होंने पाया कि कोई उनका पेट दबा-दबा कर पेट का पानी निकालने की कोशिश कर रहा है। रामदत्त ने आँखें खोलीं तो यह उनका इसी शरीर में नया जन्म था जिसे अपने मजबूत मेहनती शरीर के सहारे एक युवती ने पैदा किया था। रामदत्त ने आँखें खोलकर उसे देखा और आँखें बन्द कर लीं। रामदत्त पल भर के लिए सब कुछ भूल गये। वे सोचने लगे कि वे यहाँ कैसे पहुँचे। तब उन्हें पिछला सबकुछ एक झटके में याद आता चला गया। इस क्षण उन्हें वो सारी बातें किसी बुरे सपने की तरह लगीं। पल भर में वे दुबारा सब कुछ उसी तरह से भूल गये जैसे सपना स्मृतियों से धुल-पुँछ जाता है। उन्हें एक दूसरी छवि दिखी जो अब थोड़ी निश्चिन्त-सी उनके ऊपर झुकी थी। वो खुश थी कि उसकी मेहनत बेकार नहीं गयी थी।

तभी उस लड़की ने, जिसका नाम मैना था और जिसे बाद के दिनों में रामदत्त ने अपने पौराणिक ज्ञान के खुमार में मत्स्यगन्धा नाम दिया था, उनसे पूछा कि पंडित हो। रामदत्त की समझ में ही नहीं आया कि वह क्या जवाब दें। तब उसने बताया कि जब उसने रामदत्त को पकड़ने के लिए हाथ बढ़ाया तो बस उनकी चुटिया ही हाथ में आ पायी। इस पर रामदत्त ने अपनी चोटी की जड़ों में एक मीठा-सा दर्द महसूस किया जो सारी जिन्दगी उनकी चोटी में बना रहनेवाला था। वे शरमा गये।

उनका शरीर बेदम हो गया था। हाथ पैर भारी हो गये थे जैसे उन पर किसी ने गीली मिट्‌टी के लोंदे छोप दिए हों। फिर भी उन्होंने उठने की कोशिश की तो लड़की ने कहा कि थोड़ी देर लेटे रहो पंडित जी, तुम्हें मेरा कहा मानना चाहिए। रामदत्त ने चुपचाप आँखें मूँद लीं और कहा कि तुम जाओ, मैं चला जाऊँगा। मैं अब ठीक हूँ। लड़की ने कहा कि ये तो बताओ कि तुम डूब कैसे रहे थे तो घबराये हुए रामदत्त ने जवाब दिया कि बाद में बताऊँगा। लड़की हँसने लगी। उसने कहा कि तुम सोचते हो कि मैं बाद में भी तुमसे मिलूँगी। रामदत्त हाँ, नहीं, हाँ करके रह गये। वे कई वजहों से शरमा रहे थे। वे खुश थे कि बच गये थे पर इस बात पर शरमा रहे थे कि उन्हें एक लड़की ने बचाया था। इससे भी ज्यादा शर्म उन्हें इस बात पर आ रही थी कि एक लड़की उनके इतने पास बैठकर उन्हें देखती रही थी। इस शर्माने में थोड़ा अच्छा लगने का भाव भी शामिल था कि उसने उनका पेट दबाया था और चोटी पकड़कर पानी से खींच लायी थी।

रामदत्त ने दोबारा आँखें खोलीं तो पाया कि लड़की एकटक उन्हीं की तरफ देख रही है। उन्होंने झटपट आँखें मूँद लीं और कहा कि तुम जाओ। लड़की ने कहा कि ठीक है पंडित जी मैं जाती हूँ। रामदत्त ने दूर जाते हुए कदमों की आवाज सुनी और आँखें खोल लीं। उन्हें चोटी की जड़ों में मीठा-मीठा दर्द महसूस हो रहा था। उन्होंने चोटी सहलायी और उठ बैठे। और पिछले दो-तीन सालों के अभ्यास की वजह से स्वाभाविक रूप से आलती-पालथी मारकर बैठ गये। बैठते ही उनकी नाक ने एक परिचित-सी गन्ध महसूस की। जब रामदत्त को लगा कि गन्ध पीछे की तरफ से आ रही है तो झट से पीछे की तरफ घूम गये। पीछे वही मत्स्यगन्धा मुस्कराती हुई खड़ी थी। उन्होंने चिढ़कर कहा कि आप जाती क्यों नहीं। रामदत्त का पूरा शरीर अजीब तरीके से टूट रहा था पर वे उठे और बिना लड़की की तरफ देखे या उससे कुछ कहे सुने आश्रम की तरफ चल पड़े। आश्रम पहुँचने तक उन्होंने पीछे मुड़कर एक बार भी नहीं देखा पर गन्ध जस-की-तस बनी रही और उनका पीछा करती रही।

आश्रम में विद्यार्थियों को साबुन लगाने की मनाही थी। आचार्य जी का मानना था कि सुगन्धित चीजों से वासनाएँ भड़कती हैं इसलिए विद्यार्थियों को उनसे बचकर रहना चाहिए। आश्रम में वह गंगा की बालू मल-मल कर देर तक नहाते रहे। जब उन्होंने सोचा कि अब तक गन्ध चली गयी होगी तभी उन्हें लगा कि मत्स्यगन्धा उनके पीछे ही खड़ी है। उनसे इतनी सटकर कि वह उसकी साँसों की गर्मी को भी अपनी गर्दन पर महसूस कर सकते हैं। रामदत्त को लगा कि अगर वह पलटे तो जरूर उसके चेहरे पर पलटेंगे। वे पलटे पर मत्स्यगन्धा कहीं नहीं थी। सिर्फ उसकी महक थी। उनकी चोटी में दुबारा दर्द होने लगा। चोटी

सहलाते हुए रामदत्त ने सोचा कि ऐसा क्यों हो रहा है पर कुछ समझ नहीं पाये। वे एक साथ ही इस गन्ध से बचना भी चाह रहे थे और यह भी चाह रहे थे कि यह गन्ध उनके आसपास बनी रहे। कहीं वह चुड़ैल तो नहीं थी, अपनी चोटी को सहलाते हुए रामदत्त ने सोचा।

किशोर रामदत्त ने पहली बार किसी लड़की को इतना करीब से महसूस किया था। वे बार-बार सोचते उसके बारे में। उसने उन्हें डूबते देखा होगा, दौड़ कर आयी होगी। उन्हें छुआ होगा पर इसके बाद वह कुछ भी नहीं सोच पाते और उनकी चोटी दर्द करने लगती। वह चोटी सहलाते हुए बैठे रहते। यूँ तो रोज ही सुबह वह नहाने के लिए गंगा की तरफ जाते थे पर उन्हें मत्स्यगन्धा नहीं दिखी। तीसरे दिन शाम उसे देखने की ललक आखिरकार उन्हें गंगा की तरफ अकेले खींच ही ले गयी। बहुत देर तक इधर-उधर ताकने-खोजने के बाद जब वह निराश होकर लौटने लगे तो वह सामने की तरफ से आती हुई दिखी। वह रामदत्त को देखकर मुस्करायी तो वह शरमा गये। उनकी चाल धीमी हो गयी पर उन्होंने जाहिर किया कि जैसे उन्होंने उसे देखा ही नहीं। रामदत्त प्रकृति का नजारा लेते हुए धीरे-धीरे बढ़ते रहे। जैसे ही उन्हें लगा कि वह नहीं रुकी और चलती चली गयी तो तुरन्त पलट गये और बिना किसी कोशिश के उनकी नजरें उस साँवली सलोनी लड़की पर टिक गयीं।

लड़की ने कहा घोंचू पंडित जब मुझी को खोज रहे हो तो इतनी नौटंकी क्यों कर रहे हो? रामदत्त हकबका गये। जवाब में उन्होंने कहा कि हाँ, हाँ, नहीं, नहीं। लड़की हँसने लगी और बोली पहले तय कर लो कि हाँ कहना है कि नहीं कहना है। रामदत्त लजा गये तो वह बोली उस दिन डूब कैसे रहे थे? तैरना नहीं आता? रामदत्त ने मुंडी हिलाकर कहा हाँ, हाँ, नहीं, नहीं। डर लगता है? हाँ, इस मुलाकात में ऐसा कुछ खास नहीं है कि याद आये पर याद का क्या है उसके अपने ही तर्क होते हैं। इस मुलाकात के बाद रामदत्त अक्सर गंगा किनारे जाने लगे। लड़की रामदत्त से दो-तीन साल बड़ी थी और उसका नाम मैना था। उसका घर वहीं मछुआरों की बस्ती में था। उसके पिता मछली पकड़ने का और माँ मछली बेचने का काम करती थी। जब रामदत्त लड़की के साथ होते तो अमूमन वही बोलती। रामदत्त बस हूँ, हाँ करते। पर पिछले कुछ दिनों के घटनाक्रम ने उनका जो आत्मविश्वास पूरी तरह से खंडित कर दिया था, वह फिर से पनपने लगा।

इस बीच मैना ने रामदत्त के साथ तैरते हुए उन्हें तैरने के गुर बताये। उसने रामदत्त को घुमरी नाम का पानी पर तैरनेवाला एक कीड़ा जिन्दा निगलने के लिए विवश किया जिसके बारे में मैना का भरोसा था कि उसे निगलने के बाद तैरना अपने आप ही आ जाता है। फिलहाल चाहे मैना के साथ का असर हो या घुमरी

निगलने का कि वह उस कीड़े की तरह ही पानी पर तैरने लगे। रामदत्त के चेहरे की चमक दोबारा लौटने लगी। आश्रम में उन्हें कई बार सजा मिली फिर भी मौका लगते ही वह गंगा किनारे भागते। शाम के झुटपुट अँधेरे में वे साथ-साथ तैरते, शर्त लगाते कि कौन आगे जाएगा, चुहलें करते बालू पर एक-दूसरे को खदेड़ते-पकड़ते और गुत्थमगुत्था हो जाते। हालाँकि दोनों में से किसी ने नहीं कहा था कि उनके बीच प्यार जैसा कुछ है, इसके बावजूद दोनों ने एक-दूसरे को तन-मन से महसूससना शुरू कर दिया था।

इसी क्रम में दोनों ने धीरे धीरे एक-दूसरे को पहचाना और रामदत्त के मन में अपने शरीर के घृणित होने को लेकर जो एक ग्रन्थि बन गयी थी उससे वह मुक्त होने की तरफ बढ़े। जब रात के अँधेरे में गंगा की बालू पर दोनों एक हुए तो उसके बाद रामदत्त ने तुरन्त कसम खायी कि अब शादी करेंगे तो मैना से ही करेंगे। रामदत्त ने अपने इस दृढ़ निश्चय के बारे में मैना को बताया तो उसने हँसी में उड़ा दिया। बोली पंडित जाति से शादी कौन करेगा। वहाँ जाकर मछली की जगह कोंहड़े की सब्जी खानी पड़ेगी। ऊपर से तुम्हारी ये मोटी-सी चुटिया, मुझे तो तुम्हारे साथ चलते भी शर्म आएगी। मैं तो किसी मछेरे से ही शादी करूँगी। तुम झूठमूठ का सपना मत देखो।

आश्रम वापस लौटते समय रामदत्त ने अपनी चोटी कटाने के बारे में सोचा। एक के बाद एक कई बहाने आये पर सबको उन्होंने खारिज कर दिया। असल बात यह थी कि वह खुद बिना चोटी के अपनी कोई कल्पना नहीं कर पाये। एक चोटी के कट जाते ही उनकी जाति चली जानी थी, कुछ इसी तरह के संस्कार उनके मन में बसे हुए थे। अपनी जाति की श्रेष्ठता का ख्याल तो ऐसे ही उनके खून में बसा हुआ था, ऊपर से उनके आश्रम की पिछले पाँच-छह सालों की पढ़ाई... कि दुनिया ब्राह्मणों के ही इर्द-गिर्द घूमती है। या नहीं घूमती तो घूमनी चाहिए, कि सूर्य पृथ्वी की परिक्रमा करने के साथ-साथ ब्राह्मणों की भी परिक्रमा करते हैं। और ब्राह्मणों के कुछ धर्म और संस्कार होते हैं। चोटी, चन्दन और जनेऊ जैसे संस्कार उन्हें अपवित्र दुनिया के बीच में पवित्र बनाए रखते हैं। वे उस किस्से की पिनक में खोए थे जो आश्रम में उन्हें कई बार सुनाया जा चुका था कि पहले ब्राह्मणों की धोतियाँ आकाश में सूखतीं थीं। वे नहाकर धोतियाँ ऊपर उछाल देते और धोतियाँ सूखने के बाद तह होकर नीचे आ जातीं। ब्राह्मणों की पवित्रता और जलाल अब पहले जैसा नहीं बचा है इसलिए अब उन्हें अपनी धोतियाँ जमीन पर ही सुखानी पड़ती हैं। पंडित रामदत्त ने ये किस्सा सुनने के कुछ दिनों बाद ही तय कर लिया था कि वे भी अपनी धोती आकाश में सुखाएँगे।

इस पिनक के दूसरी तरफ मैना थी जो कई बार अपनी जीभ पर किसी

मिठाई का टुकड़ा, कोई फल या और कोई चीज रख लेती और कहती, खाओगे घोंचू पंडित और रामदत्त खाने के लिए मरे रहते। वह अँजुरी में पानी भरकर पूछती, घोंचू पंडित प्यास तो नहीं लगी है और रामदत्त का गला प्यास से सूखने लगता। रामदत्त उसकी अँजुरी से पानी पीते और मैना की उँगलियाँ उनके मुँह में आ जातीं। वह पूछती और प्यास लगी है पंडित, तो रामदत्त झट से मुंडी हिला देते। वह अंजुरी में पानी भरती और बदमाशी से अपने शरीर के किसी हिस्से पर गिरा लेती। कहती, थोड़ा-सा ही तो पानी था, गिर गया राम जी। जहाँ गिरा है वहीं से पी लो और रामदत्त पीने लगते। सामने गंगा लहलहाती रहती पर ऐसे क्षणों में गंगा का पानी खारा हो जाता।

ऐसे ही एक दिन उसने अपनी जीभ पर रखकर पंडित को मछलियाँ भी खिलायीं। वह एक-एक टुकड़ा अपनी जीभ पर रखती जाती और रामदत्त खाते जाते। इस तरह तो पंडित रामदत्त जहर भी खा सकते थे। वही मछलियों की गन्ध तो वह मैना के शरीर में महसूस करते थे जो उन्हें बार-बार मैना की तरफ खींच ले आती थी। एक तीखी और उत्तेजित करनेवाली गन्ध। हवा में बसकर अपनी तरफ खींचकर अपने में मिला लेनेवाली गन्ध। ऐसे क्षणों में वह खुद को महर्षि पराशर और मैना को योजनगन्धा सत्यवती समझने लगते। पर यही पूरा सच नहीं था।

जिस दिन रामदत्त ने मछलियाँ खायीं लौटते हुए रास्ते में जमकर उल्टियाँ कीं। अपना पतित होना महसूस किया। ऐसा हमेशा होता था। रामदत्त मैना के सामने अपना ब्राह्मण होना या उच्चता के सारे संस्कार भूल जाते थे पर आश्रम की तरफ बढ़ते ही उन्हें फिर से अपना ब्राह्मण होना याद आने लगता। धोती आकाश में सुखाने का संकल्प याद आने लगता। चोटी, चन्दन और जनेऊ याद आने लगते। रटे हुए मन्त्र याद आने लगते और पुराणों में पढ़ी गयी पतित ब्राह्मणों की अनेक कथाएँ याद आने लगतीं। पर और भी कुछ उल्टा-पुल्टा हो गया था रामदत्त के भीतर।

पुराणों को पढ़ते हुए श्रृंगार और काम के प्रसंगों पर रामदत्त ठहर-ठहर जाते। वे प्रसंग उन्हें बिना किसी अतिरिक्त प्रयास के याद हो जाते। संस्कृत के ऐसे बहुत सारे श्लोक इस बीच रामदत्त को याद हो गये थे जिनमें प्रेम, काम या श्रृंगारिक अठखेलियों का चित्रण होता था। ऐसे प्रसंग पुराणों में भरे हुए थे। पर जब वह मैना के मछली मारने के पुश्तैनी पेशे के बारे में सोचते तो उन्हें घिन आने लगती। आश्रम में पढ़ाई के दौरान जिस जीवन के लिए उन्हें तैयार किया जा रहा था वह ज्यादा श्रेष्ठ और पवित्र लगता। मैना की जीभ पर मछलियाँ उन्हें अमृत लगतीं पर मछलियाँ मारने की कल्पना ही उन्हें भयानक और घृणित लगती।

एक बार रामदत्त ने वैसे ही मैना को भाग चलने का प्रस्ताव किया था। रामदत्त ने कहा कि मैं बप्पा से कह दूँगा कि तुम अनाथ लड़की हो। तुम्हारे पिता वहीं आश्रम के बगल के एक मन्दिर में पुजारी थे। वे अब जीवित नहीं हैं। इतने पर ही मैना गुस्से में बोली, पंडित रामदत्त मेरे पिता जीवित हैं और मुझे पंडित नहीं बनना है। तुम्हें बनना हो तो मछुवारे बन जाओ। अभी मेरे साथ चलो। मैं तुमको अपने पिता के पास ले चलूँगी। तुम्हें झूठ भी नहीं बोलना पड़ेगा। तुम आराम से बता देना कि तुम मछुवारे नहीं पंडित हो। रामदत्त मैना से बहस करने लगे, जैसे कि वह तैयार हो जाती तो सब कुछ इतना आसान ही होता।

रामदत्त को अपना भविष्य का जीवन दिखा। मिलनेवाला सम्मान और प्रतिष्ठा दिखी और अपने भीतर के सदियों पुराने श्रेष्ठता के खयाल दिखे। उन्हें मैना पुराणों की उन अप्सराओं की तरह लगी जो ऋषियों को पतित करने की ताक में ही बनी रहती थीं। उन्हें यह भी याद आया कि मैना ने उन्हें नया जीवन दिया था। मैना न होती तो रामदत्त भी न होते पर जल्दी ही इस ख्याल को उन्होंने यह सोचकर खारिज कर दिया था कि अगर उन्हें बचना ही होता तो वहाँ कोई और होता।

रामदत्त मैना को लेकर दो अतिरेकी स्थितियों के शिकार थे। एक स्थिति में सब कुछ होता था, मैना नहीं होती थी या कई बार उन्हें पतित करने के एक कारक के रूप में होती थी। जबकि दूसरी स्थिति में सिर्फ मैना होती थी। दुनिया नहीं होती थी। उस दिन मैना ने उन्हें जिन्दगी का एक दूसरा विकल्प सुझाया था। जिसमें मैना जीवन भर के लिए उनकी हो जाती पर रामदत्त को विकल्प मंजूर नहीं था।

सब कुछ ऐसे चलता रहा और एक दिन वे मैना को छोड़कर घर चले आये। बिना मैना को बताये। उनके अन्दर इतनी हिम्मत नहीं थी कि मैना की आँखों में आँखें डालकर कह सकते कि अब मैं तुमसे नहीं मिलूँगा क्योंकि तुम मुझे पतित कर रही हो। इसके उलट वे जानते थे कि जब, जिस क्षण वे मैना को यह बताने जाएँगे उनका लौटना स्थगित हो जाएगा। रामदत्त के भीतर इतनी हिम्मत नहीं थी कि मैना से अपने ब्राह्मणत्व की बात भी कर पाते जो मैना और उनके बीच द्वन्द्व पैदा कर रहा था, सो वे भाग गये। पर उस मैना से भागना इतना आसान था क्या जिसने उन्हें जीभ पर रखकर मछलियाँ खिलायी थीं। जिसकी गन्ध उन्हें पागल करती थी और रामदत्त के भीतर कहीं धँसकर गायब हो गयी थी। उसी तरह जैसे मछलियों के भीतर उनकी गन्ध रहती है पर जिसके बारे में उन्हें खुद शायद ही पता होता हो।

घर लौटकर रामदत्त ने तय किया कि अब मैना से कभी नहीं मिलेंगे और

जीवन को उसी तरीके से जिएँगे जिस तरह जीने के लिए वे पैदा हुए हैं। पर यह सवाल भी उनके भीतर बना रहा कि क्या वह धोखा करने के लिए पैदा हुए हैं, अगर नहीं तो छुपकर भागकर उन्होंने मैना के साथ क्या किया था! यह शायद मैना ही थी जिसने उनके भीतर बैठे हुए धीरे-धीरे उन्हें यह बताया था कि जिस ब्राह्मणत्व के खुमार में वे खोये हुए हैं और जो जीवन वह जी रहे हैं वह ठगी के अलावा और कुछ भी नहीं है भले ही उसे कितना भी बड़ा नाम क्यों न दिया जाए। यह बात अलग है कि यह ज्ञान होते ही वह उसी ठगी में ही जमकर डूब गये थे।

जब रामदत्त के जीवन में पार्वती आयीं, सुन्दर सुकोमल पार्वती, उन्हें लगा कि अब मैना को भुलाना आसान हो जाएगा। और यह कोई झूठ भी नहीं था। अपनी समझ में वह मैना को भूल ही गये। उनकी चोटी का दर्द जब-तब उभर आता था पर वह उसकी वजह भूल गये। और गन्ध तो...

वे नहीं, मछलियाँ खाएँगी उन्हें

सुबह जब रामदत्त उठे तो उन्हें भी अपने शरीर में मछलियों की गन्ध महसूस हुई। रात भर में उनका शरीर और थुलथुल हो गया था। आँखें मटमैली हो गयी थीं। चाल में वही पुराना आत्मविश्वासहीन बेढंगापन। वे अपने शरीर पर ही नहीं शरीर के भीतर भी एक सिकुड़न महसूस कर रहे थे। उनके लिए यह जानना ही उनको बदल देने के लिए काफी था कि मैना को वह अपने भीतर से कभी नहीं निकाल पाये। उनकी समझ में वेदी पर मछली या जीभ बनाना एक खेल भर ही था और कुछ नहीं। रामदत्त नहीं जान पाये पर वह हमेशा बनी रही उनके भीतर। एक हत्यारी गन्ध की शक्ल में।

उन्हें अपनी खड़ाऊँ खोजने में काफी समय लगा। उन्होंने पाया कि उनकी आँखों की रोशनी रातभर में ही धुँधली हो गयी थी। और थोड़ा दूर जाकर जब वे लघुशंका के लिए बैठे तो उन्होंने पाया कि उनका लिंग कुछ उसी तरह सूख कर ऐंठ गया था जैसे कोई मछली सूखकर ऐंठ जाती है। वे घबरा गये। घबराए हुए रामदत्त की समझ में कुछ और नहीं आया तो उन्होंने झाड़ू उठायी और दुआरे पर झाड़ू लगाने लगे। इसी तरह जानवरों की सानी-पानी की, गोबर फेंका। मेहनत से दूर भागनेवाले रामदत्त ने जो भी काम सामने पड़ा देखा, कर डाला। जब तक पार्वती उठीं सुबह के सारे काम रामदत्त ने निपटा डाले थे। पूरे दिन वह पार्वती के सामने पड़ने से बचने की कोशिश करते रहे, जिससे मछलियों की गन्ध पार्वती को परेशान न कर सके। रात में पार्वती और रामदत्त के बिस्तर अलग-अलग हो गये। एक-दूसरे से दूर।

अगले दिन ही पता नहीं कैसे पर यह बात चारों तरफ फैल गयी कि पंडित रामदत्त त्रिपाठी के शरीर से मछलियों की गन्ध आती है। अचानक ढेरों लोगों को याद आया कि यह गन्ध तो उन्हें भी आयी थी पर एकाएक वह कुछ समझ नहीं पाये इसलिए किसी से कुछ नहीं कहा। इस तरह यह बात रामदत्त के घर से चारों दिशाओं में फैल गयी और जल्दी ही नये रूप में लौटी कि पंडित रामदत्त त्रिपाठी रोज सुबह-शाम बिना नागा मछली खाते हैं। इसीलिए हमेशा उनके मुँह से मछली की बास आती रहती है जबकि आश्रम से लौटने के बाद रामदत्त ने मछली को कभी हाथ भी नहीं लगाया था। आस-पास के जिन गाँवों में लोग रामदत्त को सीधे-सीधे नहीं जानते थे वहाँ भी उनके मछली खाने की अफवाहें फैल गयी। किसी ने कहा कि वह अपने शरीर में मछली का तेल लगाते हैं तो किसी ने उन्हें गाँव की हाट में अँगोछे से मुँह छुपाये मछली खरीदते देखा था। और तो और कुछ लोगों ने उन्हें शहर के नानवेज होटल में भी मछली भात खाते हुए देख लिया था। तब रामदत्त पैंट-कमीज पहने हुए थे और सिर पर टोपी लगाए हुए थे।

अपनी लालच और नालायक बेटों वशिष्ठ और विश्वामित्र की वजह से रामदत्त पहले से ही गाँव भर की आँखों में चढ़े हुए थे। ऐसे में मछली वाली अफवाह ने अनेक लोगों को सामूहिक रूप से रामदत्त के बारे में खुलेआम कुछ भी कहने का मौका दे दिया। धीरे-धीरे लोग उनसे कटने लगे। साइत वगैरह लोग उनके दरवाजे पर ही आकर पूछ जाते पर उन्हें अपने दरवाजे पर बुलाने से बचते। साइत भी विवाह, लगन या मुंडन आदि की नहीं, बस ऐसे ही कि बाँस काटना हैं पाँचक तो नहीं लगा है, एकादशी कब पड़ रही है या परसों बहू को घर ले आना ठीक रहेगा या नहीं।

बदले में लोग कुछ सीदा वगैरह दे जाते। किसान कई बार पुआल का गट्ठर या ताजी तरकारियाँ लाते पर घर बुलाना तो बन्द ही कर दिया था लोगों ने। यह जैसे पूरे गाँव का अघोषित निर्णय था। इसमें वे जातियाँ भी शामिल थीं जो घोषित रूप से मछलियाँ खाती थीं, चिड़ियों का शिकार करती थीं, खरगोश खा जाती थीं या मोरों के अंडे हजम कर जाती थीं। उनके लिए भी किसी पंडित द्वारा मछलियाँ खाना धर्मविरुद्ध था। और अब पंडित रामदत्त त्रिपाठी इस लायक नहीं रह गये थे कि लोग उनसे धार्मिक कर्मकांड करवाएँ। बदले में लोगों ने बगल के गाँव के लम्बोदर पाँड़े के पास जाना शुरू कर दिया था जो इन दिनों आश्चर्यजनक रूप से निस्पृह हो गये थे। वे खाली होने पर इस बिना पर भी पूजा सुनाने चले जाते कि कोई उन्हें दो जून का सीदा दे दे और एक जून भरपेट भोजन करा दे। एक बार भरपेट भोजन कर लेने के बाद वैसे भी उन्हें दो-तीन दिनों तक भोजन की जरूरत नहीं पड़ती थी।

लम्बोदर पांडे ने लोगों को एक किस्सा सुनाया जिसके अनुसार पूर्वजन्म में पंडित रामदत्त मछुआरों की बस्ती में कुत्ते थे, जो प्रयाग में गंगा किनारे बसी हुई थी। वहीं थोड़ी दूर पर प्रभु हनुमानजी का एक मन्दिर भी था जिसमें भक्तगण दिन-रात हनुमानजी की महिमा का गान करते रहते थे। इस तरह कुत्ते के कान में हमेशा प्रभु का नाम पड़ता रहता था। इसलिए यह बिना किसी पुण्य के भी इस जन्म में पंडित रामदत्त बना। पर संस्कारवश इसकी पूर्वजन्म की कुत्ते की प्रवृत्ति अभी तक नहीं गयी। न ही पिछले जन्म में खाई मछलियों का स्वाद ही इसे भूला। इसी से इस जन्म में भी यह मछली के स्वाद का दीवाना बना फिरता है। अगले जन्म में यह फिर कुत्ते के रूप में जन्म लेगा। यही कर्म का विधान है। लम्बोदर पाँड़े रस ले लेकर यह किस्सा सुनाते और अपने लम्बे-चौड़े उदरों पर हाथ फेरते रहते।

दूसरी तरफ रामदत्त के बेटों के नाम भले ही वशिष्ठ और विश्वामित्र थे पर इन नामों के मान्य रूपों के साथ उनका कोई रिश्ता बन सकने की सम्भावना कब की खत्म हो चुकी थी। वे पुराणों में वर्णित उन राक्षसों के रास्ते पर चल रहे थे जो अकारण ही बुरा करते फिरते थे। वशिष्ठ और विश्वामित्र बगल में देशी पिस्तौल और चाकू रखते और बाहर निकल जाते। गाय, भैंस, बकरी चरानेवाली बच्चियाँ और घास छीलनेवाली औरतें उनका सबसे आसान शिकार बनतीं। दोनों ही हरी घास के लोभ में दूर तक चली जातीं। घसवारिनें तो खेतों के भीतर तक चली जातीं। दोनों अपने मुँह पर कसकर अँगोछा बाँधे रखते। वे चीखतीं पर हाथ में पिस्तौल या चाकू देखकर शान्त पड़ जातीं। कभी वे प्रतिरोध भी करतीं तो उनका प्रतिरोध एक डरा हुआ प्रतिरोध होता।

एक पिस्तौल या चाकू लिए खड़ा रहता और दूसरा बलात्कार को अंजाम देता। फिर यह क्रम बदल जाता। ताकत की हिंसक खुशी से लबालब दोनों बाद में जबरदस्ती के साथ-साथ जेवर भी लूटने लगे। जो ज्यादा-से-ज्यादा पैरों के बिछुवे, नाक की कील या कानों की बाली-बूँदी तक ही सीमित होता था। जिस इलाके में वे वैसा करते अगले कई दिनों तक उधर का रुख नहीं करते। बाद में जब उन्होंने जाना कि औरतें अपने ऊपर की गयी यौनिक हिंसा तो छुपा ले जाती हैं क्योंकि उन्हें अपने घरवालों की प्रतिक्रिया पर भरोसा नहीं होता पर बिछुवे जैसा मामूली जेवर गुम हो जाने की स्थिति में भी घर पर बताना जरूरी हो जाता था। इस स्थिति के बारे में पता चलते ही दोनों भाइयों ने जेवर लूटना बन्दकर दिया। वे जेवर पर तभी हाथ डालते जब वह सोने का होता। ऐसा मौका उनके हाथ सिर्फ एक बार आया जब एक नयी बहू कानों में सोने के झुमके पहने-पहने ही घास छीलने आ गयी थी।

वशिष्ठ और विश्वामित्र के बारे में गाँव के सारे लोग जान गये थे, सिर्फ रामदत्त और पार्वती को छोड़कर। इसकी पहली वजह तो यही थी कि रामदत्त और पार्वती का, गाँव के साथ सहज सम्पर्क सीमित होता गया था पर इसकी एक दूसरी वजह भी है। गाँवों में लोग अपने घरों को छोड़कर पूरे गाँव के बारे में जानते हैं। किसकी लड़की किसके साथ फँसी है, कौन किसके यहाँ उठ बैठ रहा है, कौन कलिया-मछरी खा रहा है, कौन शराब सिगरेट पी रहा है, किसकी बहू या बेटी सालभर से मायके या ससुराल नहीं गयी, राई रत्ती सबकुछ यानी एक-एक बात। पर वे बेचारे नहीं जानते कि उनके घरों में भी यही सबकुछ हो रहा है। या फिर इसकी एक दूसरी वजह भी हो सकती है कि उन्हें अपने घरों के बारे में भी सबकुछ पता है। पर उनमें इतनी हिम्मत नहीं होती कि वह सीधे-सीधे अपनी औलादों से कुछ कहें इसलिए सीधे कुछ कहने की बजाय गाँव के दूसरे लड़के-लड़कियों के माध्यम से अपनी बात कहते थे। लड़के-लड़कियाँ सुनते और अनजान बनकर वहाँ से हट जाते। उनके माँ-बाप हवा में अस्फुट स्वरों में जाने क्या-क्या बुदबुदाते रह जाते।

बाहर मन बढ़ा तो वशिष्ठ और विश्वामित्र ने अपने गाँव में भी वही सब कुछ करने की ठानी। शुरुआती दो-चार मौकों पर वे कामयाब भी रहे पर एक दिन दोनों भोला मुनक्का के नशे में चूर गाँव की पुलिया पर राहजनी करते धर लिए गये। गोहार लगी। चारों तरफ से लोग लाठियाँ लेकर दौड़े। उस दिन वशिष्ठ और विश्वामित्र की जमकर पूजा की गयी। दोनों तमाम टूट-फूट के शिकार हो गये। कुछ लोग थाने जाना चाहते थे पर गाँव की इज्जत के नाम पर कुछ बड़े बुजुर्गों के समझाने पर रुक गये। वशिष्ठ और विश्वामित्र महीनों घर में पड़े-पड़े हल्दी-मट्ठा पीते रहे, तरह-तरह की देशी दवाइयाँ खाते रहे। लेप और पुलटिश बाँधते रहे।

विश्वामित्र और वशिष्ठ के बारे में फुसफुसाहटें तो लम्बे समय से चल रही थीं पर एक बार बात सार्वजनिक होने के बाद फुसफुसाहटों की जरूरतें खत्म हो गयीं और खुलेआम उनकी बुराइयाँ की जाने लगीं। बातें पुलिस तक भी पहुँचीं। इसी के साथ दोनों समय-समय पर धरे जाने लगे। इलाके में कोई भी वारदात होती, दोनों उसमें शामिल होते या न भी होते पर पुलिस उन्हें उठा ले जाती। कुछ दिन उनकी सरकारी आवभगत होती फिर वे छूट जाते। शुरुआत में एक-दो बार उन्हें छुड़ाने रामदत्त भी गये पर जब ये रोज-रोज का काम हो गया तो उन्होंने जाना बन्द कर दिया। उनकी जगह गाँव के कुछ दूसरे लोगों ने ले ली जो बाकायदा इस गैंग में शामिल हो चुके थे या इस गैंग का फायदा उठा रहे थे।

इस गैंग ने जानवर चुराने, घर लूटने, औरतों पर हाथ डालने, राहजनी करने जैसे हर उपलब्ध अपराध किए, वे पकड़े जाते, जमानत पर छूटते और इसके बाद गायब हो जाते। तब कुर्की आती। ऐसे ही दो-तीन कुर्कियों के बाद रामदत्त की सारी जमा पूँजी स्वाहा हो गयी। जो थोड़ी-बहुत बचत थी वह भी तेजी से खत्म हो रही थी। जजमानों ने उनके घर की तरफ रुख करना बन्द कर दिया था। रामदत्त ने वशिष्ठ और विश्वामित्र को समझाने और सख्त होने की कोशिश की पर इन बातों का समय बहुत पहले ही बीत गया था। वशिष्ठ ने सीधा-सा जवाब दिया कि जो तुम करते हो वह क्या है? एक तरह की ठगी ही तो है। लोगों को डराना या उन्हें झूठे प्रलोभन देकर उल्लू बनाना और रुपये या सामान ऐंठना गलत नहीं है तो हमारा काम कैसे गलत है? रामदत्त चुप हो गये। उनसे बेहतर कौन जानता था कि वे जो काम करते रहे हैं वह है तो ऐसा ही कुछ। भले ही इतना सीधे-सीधे न कहा जा सके या भले ही एक ऐसा ढाँचा बन गया है कि ठगा जानेवाला कई बार खुद ही हाथ जोड़कर खुद को ठगने का निवेदन करे। वे चुप हो गये। वैसे भी चुप्पी उनके व्यक्तित्व का अभिन्न हिस्सा बनती जा रही थी।

एक दिन गाँव की ही एक औरत को अकेला पाकर दोनों उसके घर में घुस गये। औरत किसी तरह उनके चंगुल से छूट गयी और उसने गोहार मचा दी। दोनों घर भाग आये। उन्होंने रामदत्त से कहा कि कोई आये तो कहना कि दोनों घर में नहीं हैं। बाहर शोर मचा हुआ था, उसमें से आवाजें छन-छनकर रामदत्त तक पहुँच रही थीं। रामदत्त ने जीवन में शायद पहली बार लाठी उठायी और जब तक दोनों कुछ समझ पाते उन्हें तीन-चार लाठियाँ पड़ चुकी थीं। समझ पाते ही वशिष्ठ ने लाठी छीन ली और रामदत्त के ऊपर दनादन लाठियाँ बरसाने लगे। रामदत्त की चीख सुनकर पार्वती दौड़ीं। रामदत्त पर एक के बाद एक लाठी पड़ रही थी। पार्वती की समझ में और कुछ नहीं आया तो वे अरे-अरे करते हुए रामदत्त से लिपट गयीं। बदले में जवान हाथों की एक भरपूर लाठी उनकी पीठ पर पड़ी। पार्वती एक चीख के साथ रामदत्त की बाँहों में झूल गयीं। तब तक गाँव के लोगों का झुंड रामदत्त के दरवाजे पर पहुँच चुका था। दोनों भाग खड़े हुए। कुछ लोग उनके पीछे दौड़े, कुछ रामदत्त के पास रुक गये, जहाँ रामदत्त के शरीर से मछली की गन्ध आने की शिकायत करनेवाली पार्वती अपनी पूरी ताकत से रामदत्त को जकड़े हुए थीं।

गाँववालों को सामने देखकर जब रामदत्त ने पार्वती-पार्वती पुकारा और खुद को छुड़ाने की कोशिश की तो पार्वती जमीन पर ढेर हो गयीं। वे बेहोश थीं पर उनके चेहरे पर अथाह पीड़ा के निशान थे। रामदत्त उन्हें उठाने लगे तो एक-दो लोग और आगे आ गये। पार्वती को बगल में पड़े तख्ते पर लिटा दिया गया।

गाँव की कई औरतें रोने लगीं। वे पूरे के पूरे समूह में अपनी पूरी ताकत और इच्छा के साथ वशिष्ठ और विश्वामित्र को शाप देने लगीं। इनमें से अनेक ने बचपन में दोनों के गाल चूमे थे। उनके सिरों पर हाथ फेरा था और उन्हें जी भर प्यार किया था। कइयों ने उन्हें राखी बाँधी थी और कुछ उन दोनों की खूबसूरती और रंग-ढंग पर मोहित हुई थीं। कुछ ऐसी भी थीं जिनके साथ दोनों ने समय-समय पर जबरदस्ती की थी पर उस समय वे चुप रह गयी थीं। उन सबके भीतर बेपनाह घृणा और क्रोध था। उन सबका गुस्सा सामूहिक रूप से फूट पड़ा था। ऐसा लग रहा था कि पूरे गाँव की सामूहिक अच्छाई, उसकी सम्मिलित ताकत, महक और मधुरता सब मिलकर दोनों को शाप दे रही थीं।

पार्वती इसके बाद अपने पैरों पर कभी नहीं खड़ी हो पायीं। उनकी कमर के नीचे का हिस्सा मांस के निष्क्रिय लोथड़े में बदल गया। वे पीछे से टेक लगा कर बैठी रहतीं या लेटी रहतीं। ऐसे ही टट्टी-पेशाब, खाना-पीना सबकुछ। पार्वती को टट्टी-पेशाब हो जाती और उन्हें पता नहीं चलता। जब पता चलता तो गालियाँ बकना शुरू कर देतीं। अगले कुछ महीनों में उन्होंने इतनी गालियाँ खोज निकालीं जो दुनिया में कहीं भी एक जगह पर मिल पाना असम्भव थीं। कभी वे अपनी माँ को गालियाँ बकतीं जिन्होंने उन्हें पैदा किया तो कभी अपने पिता को जो उन्हें एक मछरगन्धा के पल्ले बाँध गये। रामदत्त को, जिन्होंने पार्वती को जीवन में कभी किसी तरह का सुख नहीं दिया और मछलियों की गन्ध में डूबे रहे। वे खुलेआम चिल्लातीं की उन्होंने जाना ही नहीं कि औरत मर्द का रिश्ता क्या होता है। वशिष्ठ और विश्वामित्र को गालियाँ बकतीं कि उन्हें पैदा होते ही मार क्यों नहीं दिया। मार के ऊपर बोरी भरकर नमक रख देतीं और गल जाते दोनों। पार्वती चौबीसों घंटे दोनों का मरना मनाया करतीं। वे चाहतीं कि दोनों को मरता हुआ देखकर मरें।

पार्वती के उलट रामदत्त हर बात पर मुस्कराते रहते थे। उन्हें गुस्सा आना ही बन्द हो गया था। उन्होंने स्थितियों के सामने समर्पण कर दिया था और अपने लिए एक दयनीय मुस्कराहट उधार माँग ली थी। लोग उनकी मुस्कराहट को बेशर्मी कहते क्योंकि उनके जीवन में ऐसा कुछ भी नहीं बचा था जिस पर वह मुस्करा सकें। पार्वती बिस्तर पर थीं और बेटे घृणित थे। कहने को पक्का घर था पर उसका सारा सामान एक के बाद एक कुर्कियों में थाने जा चुका था। पार्वती के सारे जेवर बिक चुके थे। जजमानों ने अभिशप्त और पतित मानकर उन्हें छोड़ दिया था। उनके बारे में तमाम अफवाहों को सच मानते हुए ज्यादातर लोगों की राय थी कि उन्होंने जैसा किया था वैसा ही भुगत रहे हैं। कुल मिलाकर भूखों मरने की नौबत थी।

इसी समय प्रधानी के चुनाव आये। वर्तमान प्रधान को अपनी हालत पतली

दिख रही थी। ऐसे में जब वो रामदत्त के घर का दो वोट पक्का करने उनके घर आये तो रामदत्त ने उनके सामने विजय अनुष्ठान का पासा फेंका। रामदत्त ने प्रधान को प्रभावित करने के लिए अपने पूरे पुरोहिती कौशल को दाँव पर लगा दिया। प्रधान इस समय कोई भी कसर बाकी न रखना चाहते थे। उन्होंने तुरन्त स्वीकृति दे दी पर यह भी कहा कि ये अनुष्ठान रामदत्त अपने घर पर गुप्त रूप से करें। वे नहीं चाहते थे कि इसके बारे में किसी को पता चले जिससे कि चुनाव पर किसी तरह का असर पड़े। रामदत्त सामग्री लिखने लगे तो प्रधान ने कहा कि पंडित जी आप देख लीजिए। हम इस समय यह सब कहाँ खोजते फिरेंगे। प्रधान ने उन्हें सामग्री के लिए रुपये दिये और चुनाव जीत जाने पर रामदत्त के घर के सामने का ग्राम सभा का तालाब रामदत्त के नाम पट्टा करने का वचन दिया। रही रामदत्त की बात तो उनके पास खोने को कुछ नहीं था। प्रधान हार भी जाते तो कुछ दिनों की रोटी का इन्तजाम तो उन्होंने कर ही लिया था।

यह अनुष्ठान का प्रभाव हो या दिन-रात बँटनेवाली शराब और साड़ियों का या प्रधान के भट्ठे पर दिन-रात पक रहे मुर्गों और बकरों की खपत का, जो भी हो प्रधान चुनाव जीत गये। उनको अपना वादा याद रहा और उन्होंने रामदत्त के घर के सामने का तालाब उन्हें इस शर्त पर पट्टे पर दे दिया कि उससे होने वाली कमाई का आधा हिस्सा वह प्रधान को देते रहेंगे। साथ में प्रधान ने रामदत्त को यह सलाह भी दी कि अगर वह तालाब में मछली पलवा लें तो उन्हें साल भर में बिना किसी मेहनत के लाखों का फायदा हो सकता है। उन्हें कुछ भी नहीं करना पड़ेगा। बीज पड़वाने से लेकर मछलियाँ बिकवाने तक सारा जिम्मा प्रधान का रहेगा। रामदत्त ने एक बार यह भी नहीं कहा कि देवी से पूछकर बताता हूँ। तुरन्त हाँ कर दिया।

अब क्या सोचना? पार्वती बिस्तर पर थीं और दुनिया की सबसे अश्लील गालियाँ बका करती थीं। वशिष्ठ और विश्वामित्र के बारे में बहुत दिनों से कोई खोज खबर नहीं थी। रामदत्त को खुद अपने शरीर से मछलियों की गन्ध आने लगी थी और चोटी का दर्द इतना बढ़ गया था कि उनका मन करने लगता था कि चोटी ही उखाड़ फेंकें। पर रामदत्त ऐसा कुछ भी करने के बदले मुस्कराते थे। वे पार्वती की टट्टी-पेशाब साफ करते, आँगन में ले जाकर उन्हें नहलाते धुलाते, तेल-फुलेल लगाते, कपड़े पहनाते और पार्वती गालियाँ बकती रहतीं। वह रामदत्त को कोसती रहतीं कि यह सब उन्हीं के पापों का फल है कि औलादें बिगड़ गयीं, वे बिस्तर पर पड़ी हैं, सारे जजमान लुट गये और पता नहीं कब तक उन्हें इसी तरह घिसटना पड़ेगा। अब तक पार्वती भी मानने लगी थीं कि रामदत्त छुप-छुप कर मछलियाँ खाते हैं, नहीं तो इस बुढ़ापे में वो मछली पालने जैसा निकृष्ट काम

क्यों करते। पार्वती उनके हाथ का पानी भी पीना नहीं पसन्द करतीं, पर उनके पास कोई विकल्प नहीं रह गया था। वे गालियाँ बकती जातीं, रामदत्त गालियाँ सुनते जाते और मुस्कराते जाते।

इधर वशिष्ठ और विश्वामित्र दोबारा घर में आने लगे थे। उनकी जब मर्जी होती घर में आ जाते। उनके साथ उनके दोस्त भी होते। वे जो मर्जी होती पकाते, खाते पीते और चले जाते। पार्वती के बिस्तर पर पड़ जाने के बाद से रामदत्त ने बेटों से बात करना बन्द कर दिया था। वशिष्ठ और विश्वामित्र जब भी आते उनकी चोटी में दर्द बढ़ जाता और वे कराहने लगते। उधर पार्वती चुप हो जातीं। उनका चेहरा विकृत हो जाता, कई बार दाँत बैठने लगते और मुँह से अबूझ आवाजें निकलने लगतीं जो पूरे घर में चक्कर खाती गूँजती रहतीं।

वशिष्ठ और विश्वामित्र के जाने के थोड़ी देर बाद सबकुछ सामान्य हो जाता। रामदत्त मुस्कराते हुए घर की साफ-सफाई में जुट जाते और पार्वती नयी-नयी गालियों के आविष्कार के अपने मनपसन्द काम में जुट जातीं। जब कभी मौका मिलता रामदत्त तालाब किनारे जाकर बैठ जाते और हसरतभरी निगाहों से तालाब को ताकते रहते। पर एक यही समय होता जब उनकी मुस्कराहट गायब हो जाती। वे उदास होने लगते। ऐसे समय में उनका चेहरा इतना पारदर्शी हो जाता कि उसमें न जाने कितनी चीजें तैरती दिखाई देने लगतीं। ऐसा समय देर तक न टिकता। घर तक आते-आते वे फिर मुस्कराने लगते और चोटी सहलाते हुए घर के कामों या पार्वती की सेवा में जुट जाते।

जिस दिन मछलियाँ बिकीं और प्रधान ने रामदत्त को उनके हिस्से का पैसा दिया, पता नहीं कैसे उन सबको पता चल गया जिनसे उन्होंने उधार ले रखा था। कोई ऐसे ही घूमते हुए आ गया, कोई पार्वती का हालचाल लेने के बहाने आ गया। उन लोगों का सारा उधार चुकाने के बाद भी रामदत्त के हाथ में इतना पैसा बचा हुआ था कि वह अगले पाँच-छह महीने के लिए पेट की चिन्ता से मुक्त हो ही सकते थे। पर अचानक वशिष्ठ और विश्वामित्र आ धमके। उन्होंने अपना हिस्सा माँगा। जब रामदत्त ने कहा कि पैसा नहीं बचा, सब उधार चुका दिया तब वशिष्ठ ने रामदत्त को धक्का दिया और कहा कि रामदत्त हम तुम्हारी रग-रग जानते हैं। अपना बुढ़ापा और खराब मत करो। हम सबेरे फिर आएँगे तब तक हमको हमारा हिस्सा मिल जाना चाहिए।

रात भर रामदत्त चोटी के दर्द से कराहते रहे। पार्वती का चेहरा विकृत बना रहा। उनके मुँह से ऐसी भाषाओं में लगातार शब्द निकलते रहे जो भाषा दुनिया के किसी भी कोने में नहीं थीं। रामदत्त की कराहों और पार्वती के अनजाने शब्दों की अनुगूँजों से सुबह तक घर काँपने लगा था। इतना कि अब वह कभी भी गिर

सकता था।

सुबह वशिष्ठ और विश्वामित्र के आने की बात सोच-सोच कर रामदत्त की कराहें बढ़ रही थीं कि हल्ला मचा। एक साथ कई लोग रामदत्त के घर पर थे। रामदत्त बाहर निकले तो उन्हें बताया गया कि एक अरहर के खेत में वशिष्ठ की लाश पड़ी है। रामदत्त उन लोगों के साथ कुछ इस तरह से चल पड़े जैसे किसी अनजाने व्यक्ति की लाश देखने जा रहे हों। अपने साथ वालों की उत्तेजना की परवाह न करते हुए, हमेशा की तरह मुस्कराते हुए। वह लोगों से कुछ कह भी रहे थे। उन बातों में जाति, मछली, गुरु, मछुवारा, और चोटी के दर्द का उल्लेख था। लोगों को कुछ समझ में नहीं आया तो उन्होंने मान लिया कि बेटे की मौत के सदमे में रामदत्त पागल हो गये हैं। खेत में पहुँचकर रामदत्त ने देखा कि वशिष्ठ को लगभग चीर डाला गया है। हँसिए से कटकर गर्दन झूल गयी थी। फरसे और कुल्हाड़ियों के निशान भी पेट और कमर पर पहिचाने जा सकते थे। एक कान कटकर दूर पड़ा हुआ था। रामदत्त ने देखा कि वहाँ टूटी हुई हालत में कुछ चूड़ियाँ भी बिखरी पड़ी थीं। जो अलग-अलग रंगों की थीं।

वे बैठ गये। उनकी मुस्कराहट न जाने कहाँ गुम हो गयी। उन्होंने वशिष्ठ के शरीर पर हाथ फेरा। इतने लगाव के साथ और धीरे-धीरे कि इसमें उन्हें घंटों लग गये। वशिष्ठ का शरीर तिरछा पड़ा था। रामदत्त ने उसे सीधा करना चाहा तो उन्हें वशिष्ठ के नीचे एक तीसरा हाथ दिखाई पड़ा जिसमें एक लोहे का कड़ा पड़ा हुआ था। यह विश्वामित्र का था जिसे शायद फरसे के एक ही भरपूर वार ने शरीर से अलग कर दिया था। रामदत्त दोबारा मुस्कराने लगे। जैसे कि इस दृश्य से उनका कोई सम्बन्ध ही नहीं था। उन्हें दिखाई पड़ा कि एक तरफ खून के ऐसे निशान दिखाई पड़ रहे हैं जैसे कोई खून का स्प्रे करता हुआ उधर से गया हो। अभी तक उस तरफ किसी का ध्यान नहीं गया था।

रामदत्त उठे तो बाकी लोगों का ध्यान भी उधर को गया। यह एक ताजा बना रास्ता था जो उसी तालाब की ओर जाता था जिसमें रामदत्त ने मछलियाँ पाली हुई थीं। रामदत्त हवा में कुछ सूँघ रहे थे, रामदत्त हवा में कुछ कह रहे थे, पता नहीं क्या! तालाब के एक कोने की तरफ जिधर चोपियहवा आम का पेड़ था, उसी के नीचे पंडित विश्वामित्र त्रिपाठी अधनंगे पानी में तैर रहे थे। एक ही हाथ के विश्वामित्र। रामदत्त उनकी तरफ ऐसे चलते चले जा रहे थे जैसे जमीन पर चलते चले जा रहे हों। उन्हें एक-दो लोगों ने पकड़ लिया। कुछ दूसरे लोग पानी में उतरने को हुए तो उन्हें गाँव के ही कुछ लोगों ने बरज दिया कि पुलिस केस है। पुलिस को आने दिया जाए। वे रुक गये।

रामदत्त को लोग पकड़े हुए थे। उन्होंने अपने को छुड़ाने की कोई कोशिश

नहीं की। उन्होंने बगल वाले व्यक्ति से कहा कि इसी चक्कर में आज मछलियों को चारा डालने में कितनी देर हो गयी। उधर पार्वती भी सुबह-सुबह उन्हें न पाकर चिल्ला रही होंगी। यह कहकर रामदत्त ने अपने को छुड़ाया तो उन्हें ताकत लगाने की जरा भी जरूरत नहीं पड़ी। लोगों ने उन्हें आसानी से छोड़ दिया। पंडित रामदत्त सिर झुकाए, अपने में गुम मुस्कराते हुए अपने घर की तरफ चल पड़े। गाँव के लोग अभी भी तालाब के किनारे और अरहर के खेत में जमे हुए थे। धीरे-धीरे वे भी कम होने लगे। पुलिस के आने के पहले सभी जवान लोगों को गाँव छोड़ देना था। यह एक ऐसी चीज थी जिसके बारे में किसी को भी समझाने की जरूरत नहीं थी।

रामदत्त ने घर का दरवाजा भीतर से बन्दकर लिया। पार्वती धाराप्रवाह गालियों के बीच उनसे पूछ रही थीं कि वह सुबह-सुबह कहाँ चले गये थे। रामदत्त ने उन्हें कोई जबाव नहीं दिया। उन्होंने देखा कि पार्वती अपनी स्वाभाविक अवस्था में लौट आयी थीं। तो क्या इस बीच पार्वती वशिष्ठ और विश्वामित्र की तरफ से निश्चिन्त हो गयी हैं? वे डर गये। कहीं पार्वती को किसी ने इस बारे में बता तो नहीं दिया। फिर उन्होंने इस बात को तब तक के लिए टाल दिया जब तक कि पार्वती खुद उनसे कुछ न कहें। उन्होंने पार्वती के बिस्तर के पास से उनका हंडिया उठाया और उसे साफ करने चले। अनेक आँखें उनके घर की तरफ लगी हुई थीं पर उन्होंने किसी को नहीं देखा। चापाकल की खटरपटर के बीच पानी भरा। आज उन्हें बहुत ताकत लगानी पड़ी।

पार्वती को उठाने गये तो पार्वती का शरीर आज बहुत भारी लगा। वे पूरी ताकत लगाने के बाद भी उन्हें नहीं उठा पा रहे थे। उन्होंने पार्वती पर ये सच जाहिर नहीं होने दिया। उन्होंने दोबारा कोशिश की और पार्वती को एक झटके में उठा लिया पर आँगन तक पहुँचते-पहुँचते अपने शरीर का सन्तुलन साध नहीं पाये और पार्वती को लेकर जमीन पर आ गिरे। पार्वती ने एक कराह के साथ गाली बकी पर रामदत्त के ऊपर कोई असर नहीं पड़ा। पार्वती की गालियों ने बहुत पहले ही अपना असर खो दिया था। रामदत्त मुस्कराए और पार्वती को नहलाने लगे।

यह एक नयी बात थी। नहाने का काम तो पार्वती खुद से ही करती थीं। उन्होंने रामदत्त को झिड़का पर वे नहीं माने। पूरे इत्मीनान और प्यार के साथ उन्होंने पार्वती के शरीर को मल-मलकर साफ किया। इस क्रम में उनके हाथ जहाँ-तहाँ देर-देर तक रुकते रहे। पार्वती ने शुरू में तो भरपूर गालियाँ बकी पर जल्दी ही उनको लग गया कि आज का दिन और दिनों से बहुत अलग है। उन्होंने बहुत दिनों के बाद रामदत्त से सीधे मुँह बात की, पूछा, क्या हुआ पंडित। जवाब में

रामदत्त ने कहा कि कुछ नहीं। हफ्ते में एक बार तो कायदे से नहाना ही चाहिए। पार्वती को यह सब इतना अबूझ लगा कि थोड़ी देर के लिए वे अपनी गालियाँ भी भूल गयीं। उन्होंने रामदत्त को वह सब कुछ करने दिया जो उन्होंने करना चाहा।

नहला कर रामदत्त ने पार्वती के शरीर को पोंछा, पाउडर लगाया और पहनाने के लिए एक नयी साड़ी निकाल लाये। अपने हाथों से साड़ी पहनायी, आईना दिखाया और बोले, देखो कितनी सुन्दर लग रही हो। तुम थोड़ा-सा चावल बीन लो, मैं सब्जी काट लेता हूँ। आज मैं तुम्हारी पसन्द की कटहल की सब्जी बनाता हूँ। अचानक उन्हें लगा कि ये जीवन शायद और बेहतर हो सकता था। ये वाक्य एक पीड़ा भरी हूक के साथ उनके भीतर से आया पर उन्होंने इसे झटका और कटहल तोड़ने चल दिए।

पता नहीं क्यों पर कटहल तोड़ते समय उन्हें मत्स्यगन्धा की याद आयी। पर इस याद के साथ उनके भीतर जो चेहरा बना वह पार्वती के जवान दिनों का था। लौटकर उन्होंने पार्वती की ओर देखा और उस जवान चेहरे से इस बूढ़े चेहरे का मिलान करना चाहा। उनके मुँह से एक अजीब-सी आवाज निकली। इस चेहरे का नाश भी मैंने ही किया है। इसी के साथ रामदत्त का सिर कुछ-कुछ अपने पिता की तरह हिलने लगा। इस क्षण रामदत्त सभी चीजों के लिए खुद को ही जिम्मेदार मान रहे थे। वशिष्ठ और विश्वामित्र के इस निर्मम अन्त के लिए भी। अपने जीवन के इस हाल के लिए भी। अपने भीतर की उस घातक गन्ध के लिए भी जिसने पार्वती को हमेशा के लिए उनसे दूर ढकेल दिया था और इस बात को लगभग नामुमकिन बना दिया था कि पार्वती उन्हें प्यार कर सकें। उन्होंने अपने भीतर एक कँपकँपी महसूस की जो उनके रोएँ-रोएँ में उतर गयी। पर मैं तुम्हें प्यार करता हूँ पार्वती, रामदत्त ने एक गहरी जिद के साथ खुद से कहा और कटहल काटने लगे।

आज खाना बनाने में रामदत्त ने अपना पूरा कौशल लगा दिया। पार्वती की पसन्द की कटहल की तीखी मसालेदार सब्जी और चावल, फिर उन्होंने सब्जी में सल्फास मिला दिया। ऐसा करते हुए उन्हें पानी में अपना डूबना याद आया जब मैना ने उन्हें बचाया था। इस समय मैना नहीं थी। सामने पार्वती थीं, बूढ़ी लाचार और अपंग पार्वती, जिन्होंने आज घर में कुछ अलग-सी गन्ध सूँघ ली थीं और चुप हो गयी थीं।

जब रामदत्त थाली लेकर पार्वती के सामने पहुँचे तो उन्होंने जैसे माहौल को सामान्य बनाने की कोशिश में गाली बकी जिसमें रामदत्त के पिछवाड़े का सम्बन्ध गदहे के साथ कायम किया गया था। रामदत्त ने जैसे सुना ही नहीं। अपने काँपते हुए चेहरे के साथ मुस्कराये और बोले आओ आज तुम्हें अपने हाथों से

खिला दूँ और कहो तो मैं भी तुम्हारे साथ ही खा लूँ। पार्वती को अपने कानों पर भरोसा नहीं हुआ। वह अगली कोई गाली खोज रही थीं कि उनकी आँखें रामदत्त से जा मिलीं। रामदत्त मुस्करा रहे थे पर उनकी आँखें लाल थीं। और आँखों की कोरों पर आँसू टिके हुए थे जो आँखों की ललाई की आभा में खून की बूँदों की तरह दिखाई दे रहे थे। पार्वती जब तक कुछ और समझ पातीं सब्जी और चावल का बहुत प्यार से बनाया हुआ कौर उनके मुँह में था। रामदत्त की आँखों की कोरों में फँसी बूँदें थोड़ा और नीचे सरक आयी थीं और उनकी खसखसी दाढ़ी में फँस गयी थीं। रामदत्त ने पूछा, मैं भी इसी में खा लूँ पार्वती, तुम्हारे साथ?

पार्वती को लगा कि उनके सामने कोई और रामदत्त है। यह वो तो नहीं हो सकता जिसके शरीर से मछलियों की बास आती थी। जिसके साथ वह सोती जागती रही थीं, न चाहने के बावजूद। तब ये कौन है जो उन आँखों के भीतर से झाँक रहा है और उसी चेहरे के भीतर बैठा हुआ है। तभी पार्वती के भीतर अचानक कुछ कट सा गया। उन्हें बहुत तीखा दर्द हुआ। लगा जैसे भीतर का एक एक हिस्सा कोई चाकू से काट रहा है। पार्वती ने रामदत्त के चेहरे की तरफ देखा तो उन्हें रामदत्त का चेहरा भी बिखरता हुआ लगा। जिस हरजाई गन्ध की वजह से वह रामदत्त को कभी प्यार नहीं कर पायीं वो गन्ध रामदत्त का साथ छोड़ गयी थी। उन्हें इस दर्द-भरे क्षण में भी रामदत्त पर बहुत प्यार आया पर अभी प्यार करने को कोई चेहरा नहीं बचा था।

रामदत्त का सिर काँप रहा था। आँखें जैसे बाहर निकल आने के लिए लगातार बिछल रही थीं। पर होठों पर एक मासूम मुस्कराहट बनी हुई थी। इस मुस्कराहट से प्यार किया जा सकता था। पार्वती ने उन्हें जीवन भर बर्दाश्त किया था पर यही वे क्षण थे जब उन्होंने जाना कि गलत सिर्फ उनके साथ ही नहीं हुआ था। शायद रामदत्त के साथ भी कुछ बहुत गलत हुआ था। शायद मछली की गन्ध एक धोखा थी पर अब उस हत्यारी गन्ध को याद करने का कोई मतलब नहीं था। पार्वती जान गयीं कि कम-से-कम इस क्षण तो दोनों के बीच कोई गन्ध नहीं बची हुई है। पार्वती के भीतर एक भयानक तोड़-फोड़ मची हुई थी। उन्होंने रामदत्त को अपनी तरफ खींचा और खींचकर अपनी बाँहों में भर लिया। उन्होंने रामदत्त को चूमा पर अब इसका कोई मतलब नहीं था या कि इसका मतलब तो हमेशा ही बना रहता है। दर्द भीषण था और इतना दर्द कोई भी अकेले नहीं सह सकता था।

जीवन जिसे जीने के अनेक विकल्प हो सकते थे, तेजी से नष्ट हो रहा था।

□

बूढ़ा जो शायद कभी था ही नहीं

एक बूढ़ा था। उसकी उम्र कितनी थी कोई नहीं जानता था। इतिहास की किताबों में उसका जिक्र किस्सों में ही मिलता था। दरअसल वह था भी गजब का किस्सागो। पर वह बूढ़ा होने के कारण स्मृतिदोष का शिकार था। इस वजह से वह कभी भी एक बात को हू-ब-हू वैसे का वैसा नहीं दोहरा पाता था जैसा पहले कह चुका होता था। पर वह किस्सागो था इसलिए उसका किस्सा कभी टूटता नहीं था बल्कि नये-नये सिरों से और कई बार तो एकदम ही विपरीत दिशाओं में आगे बढ़ता चला जाता था।

वह खुद अपने बारे में भी परस्पर विरोधी बातें किया करता था। और वही बातें जब कभी उसके सामने दुहराओ तब तक वह उन्हें भूल जाता था। बल्कि कई बार तो वह झगड़ने भी लगता था कि यह बात तो उसने कभी कही ही नहीं थी। वह अपनी ही कही बातों को अकसर बदल देता और कहता कि यह वैसे नहीं ऐसे हुआ था। अगले ही दिन उसके पास उस घटना का एक नया ही संस्करण होता।

ऐसे में यह पता लगा पाना असम्भव था कि जिन सच्ची घटनाओं के बारे में वह बात करता है वह पता नहीं कभी घटी भी थीं या नहीं। और अगर वे कभी घटीं नहीं थीं तो उनके बारे में पहले भी कभी किसी ने सोचा था या वे बूढ़े के दिमाग की मौलिक गप्पें थीं! पर जब वह अपने किस्से कहता तो सुनने वालों को लगता कि वह सारा किस्सा कहीं किसी और लोक में इसी समय घट रहा है जिसे सिर्फ वह बूढ़ा देख पा रहा है।

बल्कि लोग इस बात में पूरी तरह से यकीन करने लगे थे। उनका मानना था कि बूढ़े होने की वजह से बूढ़े में कुछ ऐसी आसमानी ताकतें आ गयी हैं जिनकी वजह से बूढ़ा तीनों कालों में कहीं भी आवाजाही कर सकता है। इसलिए बूढ़े के शरीर से आती सदियों पुरानी बदबू के बावजूद उसे सुननेवाले लोग बढ़ते ही जाते थे। बड़ी तादाद में लोग उसे घेरे रहते थे पर उसी तादाद में बूढ़े के किस्से भी बढ़ते जा रहे थे। किस्से उसके भीतर की हवा की तरह थे जो कभी खत्म ही नहीं होते थे।

किस्से उसके बदन में जुएँ और पिस्सू की तरह विचरते थे। उसकी दाँतों की मैल तक में समाए थे। उसकी चमड़ी की सिकुड़न में छुपे मिलते थे। यहाँ तक कि वह जिन रास्तों से गुजरता उन रास्तों से उसके पाँवों के निशानों में से भी किस्से निकलते और दसों दिशाओं में फैल जाते। और उसकी सदियों पुरानी दाढ़ी तो खैर, उसमें किस्सों की कई आकाशगंगाएँ एक-दूसरे में गुँथी हुई थीं। किस्सा कहते-कहते एक दिन बूढ़े ने पाया कि उसके किस्से उससे भी बड़ा यथार्थ बन चुके हैं। लोगों ने उसके किस्सों के अलग-अलग पाठों को लेकर लड़ना शुरू कर दिया है। इस तरह की लड़ाइयों में जब लोग उसके पास फैसले के लिए आते तो उसके पास एक तीसरा ही किस्सा होता। इस वजह से उसके किस्सों को लेकर लड़ते लोग धीरे-धीरे उसी के खिलाफ होने लगे।

ऐसे ही एक दिन जब लोग उसकी दाढ़ी के रंग को लेकर लड़ रहे थे और वे आपस में कोई फैसला नहीं कर पाये तो लड़ाई के निपटारे के लिए बूढ़े के पास पहुँच गये।

बूढ़े ने अपनी दाढ़ी में सदियों से शैम्पू नहीं किया था। दूसरे वह इतनी घनी थी और इस वजह से उसके भीतर इतना अँधेरा था कि उसके रंग के बारे में कुछ कह पाना मुश्किल था। बूढ़े की सदियों लम्बी उमर ने भी उसकी दाढ़ी पर तरह तरह के रंग और निशान छोड़े थे।

जबकि इस सबसे बेखबर एक धड़ा बूढ़े की दाढ़ी को काली बता रहा था तो दूसरा सफेद। दोनों अपनी-अपनी बात को लेकर लड़ मरने को तैयार थे। बूढ़े ने बीच-बचाव की बड़ी कोशिश की। दोनों धड़े उसकी दाढ़ी को छूना, देखना और एक-दूसरे को दिखाना चाह रहे थे। इसी कोशिश में उन सबने बूढ़े की दाढ़ी का एक-एक बाल नोच डाला। इसके बाद भी जब वे कुछ नहीं तय कर पाये तो तय हुआ कि बूढ़े से ही पूछा जाए।

बूढ़े की दाढ़ी में अब एक भी बाल नहीं बचा था। उसकी दाढ़ी से गीले किस्से टपक रहे थे। बूढ़े की आँखें किस्से के ही किसी लोक में टँगी रह गयी थीं। बूढ़ा अपने ही एक किस्से के गूँगे बूढ़े में बदल गया था जो कि पहाड़ की तरह विशाल था। वह चुपचाप बैठा अपने ही किस्सों को मसल रहा था।

जब बूढ़े ने उन दोनों धड़ों की किसी बात का जवाब नहीं दिया तो दोनों धड़ों को बहुत गुस्सा आया और उन्होंने मिलकर बूढ़े की हत्या कर दी।

बाद में दोनों धड़ों को पछतावा हुआ। आखिरकार बूढ़ा उनके बीच इकलौता किस्सागो था। तब वे फिर वहीं पहुँचे जहाँ उन्होंने बूढ़े को मिलकर मारा था। वहाँ बूढ़े का नामोनिशान नहीं था पर किस्से चारों तरफ फैले हुए थे, गूँज रहे थे, कुछ इस असर के साथ कि वहाँ मौजूद सभी लोग हमेशा के लिए बहरे हो गये।

इसके तुरन्त बाद दोनों धड़ों ने एकमत से बूढ़े को ईश्वरीय अंश मान लिया और वहीं बैठकर रोने लगे। जब दोनों धड़े रो-रोकर थक गये तो उन्हें लगा कि उनके पास बूढ़े का एक चित्र होना चाहिए, जिससे कि वे माफी माँग सकें।

इसी के साथ लोग दुबारा दो धड़ों में बँट गये। एक धड़े ने बूढ़े का काली दाढ़ीवाला चित्र तैयार किया तो दूसरे धड़े ने सफेद दाढ़ीवाला।

पहले धड़े ने बूढ़े की दाढ़ी के काले रंग पर जोर देने के लिए उसे पूरा का पूरा काले रंग से रँग दिया। इसी तरह दूसरे धड़े ने भी बूढ़े को पूरा-का-पूरा कबूतरों के रंग में रँग दिया। इस तरह से बूढ़े को चाहनेवाले दो धड़ों में बँट गये। काला धड़ा और सफेद धड़ा।

बहुत बाद में एक नये किस्से के साथ तीसरा धड़ा अस्तित्व में आया। तीसरे धड़े ने कहा कि बूढ़े की दाढ़ी से पवित्र रोशनी निकला करती थी। इन लोगों ने बूढ़े को एक गजब की रोशनी के साथ चित्रित करना शुरू कर दिया पर रोशनी का अँधेरा इतना जबरदस्त था कि बूढ़े का चेहरा पहचान पाना किसी भी तरह से मुमकिन नहीं था। इस धड़े के कुछ जानकारों ने कहा कि कोई चेहरा था ही नहीं सिर्फ एक पवित्र रोशनी भर थी। इस तरह से बूढ़ा निराकार हुआ।

बाद में तीसरे धड़े को पवित्र रोशनी का सम्बन्ध किसी अदेखी रोशनी से बनाना जरूरी लगा। तब उन लोगों ने बूढ़े का चित्र दुबारा बनवाया जिसमें ऊपर कोई अदृश्य आसमानी हाथ था जिसमें से रोशनी निकलकर बूढ़े तक आती थी। यह रोशनी लोगों को इतना अन्धा कर देती थी कि वे बेचारे बूढ़े का असल चेहरा कभी न देख सकें। तब उन्हें बूढ़े के चेहरे के बारे में तरह-तरह के किस्से गढ़ने पड़े। बदले में पहले और दूसरे धड़े ने भी नये-नये किस्से गढ़े और बूढ़े को तरह तरह की आसमानी शक्तियों के साथ जोड़ दिया। और इस तरह से तीनों धड़ों के लिए बूढ़ा धरती पर आसमानी शक्तियों का एकमात्र प्रतिनिधि बना।

पर उसे आसमानी प्रतिनिधि साबित करने के लिए और-और किस्सों की जरूरत पड़ी। तब फिर से बूढ़े ने उनकी मदद की जिसके कभी न खत्म होने वाले किस्सों में एक शैतान हुआ करता था। तीनों धड़ों ने अपने-अपने शैतान पैदा किये और उनकी समझ में जो भी बुरा था उन सब बातों को शैतान के साथ जोड़ दिया।

जल्दी ही शैतान ताकतवर हो गया और उसने अपनी करामातें दिखानी शुरू कर दीं। जो लोग बूढ़े की काली दाढ़ी बनाने की जिद में उसे पूरा का पूरा काला रँग देते थे उन्होंने बूढ़े की सफेद दाढ़ी बनाने वालों को शैतानी गिरोह करार दिया। बदले में सफेद दाढ़ी धड़ा ने काली दाढ़ी धड़ा को शैतान की औलादें करार दिया। यही नहीं सफेद दाढ़ी धड़ा और काली दाढ़ी धड़ा दोनों ने मिलकर पवित्र रोशनी

वाले धड़े को शैतानी धड़ा करार दिया और कहा कि अगर ईश्वर को रोशनी इतनी ही पसन्द होती तो वह रात बनाता ही नहीं।

उन्होंने यह भी कहा कि हमारा आसमानी अंश पवित्र बूढ़ा अकसर अपने कमरे में दिन में भी अँधेरा करके सो जाता था। पहले दोनों धड़ों ने रोशनीवालों को तरह-तरह से लानतें भेजते हुए सभी तरह की रोशनियों से अपना नाता तोड़ लिया और कहा कि रोशनियाँ शैतान की निशानी हैं और उनकी छाया से भी बच कर रहने की जरूरत है।

पर शैतान था कि उनका पीछा छोड़ने के लिए तैयार ही नहीं था। उसने इन सभी धड़ावालों को आपस में भिड़ा दिया। वे टूटकर लड़े। कुछ मरे कुछ मारे गये। शैतान ने मरनेवालों और मारनेवालों दोनों को महान घोषित किया और उनके रास्ते को अनुकरणीय बताया।

बाद में झगड़े की एक और वजह बनी। कुछ लोगों का मानना था कि बूढ़ा फिर लौटकर आएगा तो कुछ ने कहा कि नहीं, बूढ़ा अब कभी नहीं आएगा। इस तरह से दो अलग-अलग धड़े दुबारा तैयार हुए जो सफेद, काले और रोशनी वाले के समानान्तर चले।

अपने सुने हुए किस्सों के आधार पर कुछ रोशनी और अँधेरेवाले लोग इस पक्ष में खड़े हुए कि बूढ़ा दुबारा लौटकर आएगा। इसके खिलाफ कुछ दूसरे अँधेरे और रोशनीवालों ने हुंकारा लगाया कि अब वह कभी लौटकर नहीं आएगा जैसे कि खुद उन्होंने ही उसे कहीं बहुत गहरे दफन कर दिया हो।

जो लोग मान रहे थे कि वह दोबारा आएगा उनमें से आधे का कहना था कि वह उसी रूप में वापस आएगा जिस रूप में पिछली बार आया था। बचे हुए आधे लोगों का कहना था कि नहीं, वह इस बार नये रूप में आएगा।

इन सभी तरह के लोगों ने कहा कि विरोधियों ने अपने दिलों में शैतान को जगह दे रखी है। इसी शैतान की वजह से एक बार फिर से खूनी लड़ाइयाँ हुईं और कुछ नये जिन्दा और मुर्दा महान पैदा हुए।

उधर बूढ़ा जो शायद कभी था ही नहीं और जिसकी दाढ़ी से गीले किस्से टपकते थे, कहीं बैठा हुआ अपना सिर धुनता था और काँप-काँप जाता था।

□

हँसी

व्हाई दिस कोलावरी कोलावरी डी... व्हाई दिस कोलावरी कोलावरी डी... क्या कहूँ... देश का दुर्भाग्य कि हमें नया राष्ट्रगान मिलते-मिलते रह गया...। इस गाने को अगर किसी धनुष की बजाय उसके ससुर रजनीकान्त ने गाया होता तो पक्की बात है कि अब तक यह हमारा राष्ट्रीय गान बन गया होता... या फिर सचिन तेन्दुल्कर, अमिताभ बच्चन, या शाहरुख़ ख़ान... व्हाई दिस कोलावरी कोलावरी डी... तब भी राष्ट्रगान न सही पर कैसा तो है यह गीत कि सुनते ही खड़े होने का मन करने लगता है। देश का दुर्भाग्य कि अच्छी चीजें हमेशा होते-होते रह जाती हैं। पोलियो जाते-जाते लौट आता है तो आस्कर और नोबेल मिलते-मिलते रह जाता है, भी नहीं कह सकते। अपन तो नॉमीनेट होकर के ही राष्ट्रीय रूप से सम्मानित महसूस करने लगते हैं। मस्त है भाई। हम नॉमीनेट तो होते हैं... पाकिस्तान, वर्मा, नेपाल और भूटान तो नॉमीनेट भी नहीं होते। हाँ बाँग्लादेश जरूर हमसे आगे निकल गया पर ये बंगाली होते ही बड़े तेज हैं। मछलियाँ खाते-खाते मछलियों की ही तेजी के साथ आगे निकलना सीख जाते हैं... मछलियों की तरह ही एक चिकनी तेजी के साथ...

व्हाई दिस कोलावरी कोलावरी डी... इस महान गीत को सुनने के बाद अनायास ही कोलावरी डी के प्रति मेरे मन में एक गहरा सम्मान पैदा हो गया। मैं सहज ज्ञान से सम्पन्न हो गया कि कोलावरी डी निश्चित रूप से सोनिया दी, ममता दी, जयललिता दी आदि-आदि से बहुत ऊपर की चीज हैं। कुछ-कुछ हिलेरी क्लिंटन दी की तरह— इसीलिए वह दी की बजाय डी हो गयी हैं। पूरा अन्तरराष्ट्रीय मामला लगता है। मैं अपनी इस गुस्ताखी के लिए शुरू में ही आपसे माफी माँगता चलता हूँ कि आपसे महान महिमामयी अँग्रेज़ी की बजाय गँवारों की किसी भदेस भाषा में बात करने जा रहा हूँ। इसी भदेस भाषा में रहते हुए मुझे कोलावरी डी की तलाश भी करनी है और माया की तरह अबूझ पर महिमामयी कोलावरी डी के चरण कमलों में लट्टू भी होना है। मैं जानता हूँ कि मेरी सारी समस्याओं का समाधान अब सिर्फ और सिर्फ कोलावरी डी के पास ही बचा है।

समस्याएँ बहुत हैं... कितनी गिनाऊँ! जैसे यही कि आजकल मुझे जरा भी नींद नहीं आती। मैं सोने में अक्षम हो गया हूँ। मैंने नींद की दवाएँ खाकर देखा... दारू के नशे में धुत होकर देखा, और तरह-तरह के नशे आजमाए पर नींद नहीं आयी तो नहीं आयी। उसके बदले में जो कुछ आया वह तो और भी बेचैन कर देनेवाला था... रगों से नमी की एक-एक बूँद तक निचोड़ लेनेवाला। नींद और जागरण के बीच एक लम्बे रेगिस्तान जैसा कुछ। न नींद न जागरण... ये सबसे भयानक होता है... इससे होता यह है कि न तो मैं दुनिया भर की त्रासद घटनाओं से थोड़े समय के लिए ही सही मुक्त हो पाता हूँ और न ही उनमें मेरा कोई हस्तक्षेप बनता है। बस जो कुछ भी आँखों के सामने घटता है उसे ऐसे ही बिना किसी प्रतिक्रिया के देखते रहना... पूरे जीवन भर... आखिरी साँस तक। और घटनाएँ उनका कोई अन्त नहीं... पता नहीं कहाँ-कहाँ की तिलिस्मी घटनाएँ मेरे आसपास घटती रहती हैं... थ्री-डी सिनेमा की शक्ल में। हत्या, बलात्कार, डकैती अपहरण... ये सब तो अब छोटी-मोटी घटनाएँ हैं जो किसी एक व्यक्ति या दो-चार व्यक्तियों के खिलाफ अंजाम दे दी जाती हैं। अब तो सबकुछ सामूहिक चलता है... सामूहिक बलात्कार... सामूहिक नरसंहार... सामूहिक विस्थापन... सामूहिक आगजनी... सब कुछ सामूहिक। क्या कहा... आँ... सामूहिक प्रतिरोध... जी मैंने उसे काफी खोजा पर बाद में थक-हारकर बैठ गया। दरअसल मैं उसे अपने ही भीतर खोज रहा था... पर बाद में... खैर... तो माईबाप इतनी सारी सामूहिक घटनाएँ खून और आँसू की शराब से लबालब मुझे चारों तरफ फैली नजर आती हैं और उसमें मैं डूबने लगता हूँ। बाहर आने-आने को होता हूँ कि सिर पर कोई नयी चोट पड़ती है और फिर एक नये सिरे से वही डूबना-उतराना। और यह सब हमारे-तुम्हारे जैसे दिखनेवाले लोग ही कुछ इस अन्दाज में सम्पन्न करते नजर आते हैं जैसे कोई बीभत्स तान्त्रिक अनुष्ठान कर रहे हों। पूरा-का-पूरा देश एक भयानक तान्त्रिक अनुष्ठान में बदल गया है। जय हो निर्मल बाबा... रामदेव बाबा... मोदी बाबा... आशा बाबा... चिदम्बरम बाबा... अरिन्दम बाबा... फरिन्दम बाबा...। इतने नये-नये तरह के बाबा सामने आ गये हैं कि पहचानना मुश्किल होता है... कि आखिर ये सब है क्या? हमसे पहले के लोगों ने ये समस्या कभी नहीं झेली होगी... व्हाई दिस कोलावरी कोलावरी डी...!

खून, लार और आँसू और मल से भरे इस महासागर से मैं निकलना चाहता हूँ पर मैं ये भी जानता हूँ कि यह जानकर भी शायद ही आपको मुझसे कोई सहानुभूति हो कि मुझे तैरना नहीं आता... ज्यादा-से-ज्यादा आपके मुँह से च्च च्च की आवाज निकलेगी पर आप मुझे उस तरह से भी नहीं पुकारेंगे जैसे अपने प्यारे कुत्ते को पुकारते हैं जिसका नाम आपने डॉलर या रूबल रखा होता है। व्हाई

दिस कोलावरी कोलावरी डी... ये अँग्रेजी भी न बहुत ही पवित्र भाषा है भाई साहब! हम अगर नहाए नहीं रहते हैं और इस पवित्र भाषा का कोई शब्द कान में पड़ जाता है तो इतना पवित्र और ताजा महसूस करने लगते हैं जैसे बिसलेरी से नहा लिया हो। पर भाई साहब प्लीज... देखिए मैंने आपको अँग्रेज़ी में प्लीज भी कहा और अगर आपको मेरी बात पसन्द न आये तो अभी से ही अँग्रेज़ी में सॉरी भी बोल देता हूँ... बस आप मेरी ये छोटी-सी बकबक सुन लीजिए। इस बात के लिए तो मैं आपका अभी से एहसानमन्द हुआ जाता हूँ कि आप मेरी बात मेरी फटीचर भाषा में ही सुनेंगे...

बस आप सुनते समय यह समझिएगा कि मेरी गँवार भाषा में यह मेरी आखिरी बकबक है। आपने वह कहावत तो सुनी होगी न कि बुझने से पहले दीया जलते रहने की आखिरी कोशिश में एक बार जगमगा-सा उठता है। बस मेरी इस बकबक को कुछ वैसा ही समझ लीजिए आप। दरअसल मैं अपनी भाषा में मरना नहीं चाहता। आप भी नहीं चाहते होंगे। जो लोग आत्महत्या करते हैं वे भी नहीं चाहते। बस पल-पल की मौत से आजिज आकर एक बार की मौत चुन लेते हैं... या शायद उनका भरोसा पुनर्जन्म में होता हो और वे शायद यह सोचकर मर जाते हों कि कोई जरूरी है कि अगले जनम में भी इनसान ही बनना पड़े!

नहीं, मैं मजाक बिल्कुल नहीं कर रहा हूँ। आपको मेरी स्थिति मजाक करने की दिख रही है! या मैं चेहरे से ही आपको मजाकिया या विदूषक लगता हूँ? जबकि मुझे तो याद ही नहीं है कि मैं पिछली बार खुद कब हँसा था... कब रोया था यह तो और भी याद नहीं है। भला मेरी स्थितियों में कोई कैसे हँस सकता है? ज्यादा से ज्यादा आदमी मुँह चियार सकता है कि देखो मैं हँस रहा हूँ। देखो मैं कितना खुश हूँ। मैं आजकल चौबीसों घंटे यही करता हूँ। वैसे भी मेरे पास इसके अलावा और कोई रोजगार नहीं है। अजी अच्छा है कि नहीं है? होता तो काम करना पड़ता। सुबह से लेकर शाम तक जुटे रहना पड़ता। अच्छा है कि नहीं है... मस्तराम मस्ती में, आग लगे बस्ती में... बहुत अच्छा है। दरअसल मैं इस काबिल ही नहीं हूँ कि मुझे कोई रोजगार मिले। होता तो सैकड़ों परीक्षाओं में बैठा... किसी-न-किसी में तो पास हो ही जाता। नहीं हुआ तो इसका क्या मतलब है? यही न कि काबिलियत ही नहीं है... होती तो सल्तनत में बैठे लोग चूतिया हैं क्या जो मुझे लेते ही नहीं...

पर सवाल सिर्फ काबिलियत का नहीं है... कुछ दूसरा भी मामला है। मैं काबिलियत का सवाल तो अब उठाता ही नहीं हूँ... आप जरा भी मत डरिए... मैं तो सवाल उठाना ही भूल चुका हूँ। पर मेरा एक और भाई था। उसने कहा

कि सुल्तान या उसके कारिन्दे कौन होते हैं उसकी काबिलियत पर सवाल उठाने वाले... और मैं तो आज तक मानता हूँ कि मेरा भाई बहुत काबिल आदमी था। सुल्तान जैसी शख्सियत और उसकी महान ताकतवर सल्तनत पर जो शख्स सवाल उठाने की जुर्रत कर सके वह भला नाकाबिल कैसे हो सकता है? सुल्तानी फौज में होता और सुल्तान आदेश देते तो दुनिया जीत लाता... रेगिस्तान में नदियाँ बहा देता और केसर की खेती करता... हवा से पेट्रोल बना देता... पर नहीं... सल्तनत के कारिन्दों ने कहा कि वो काबिल ही नहीं है। बस... मेरा भाई अपनी काबिलियत साबित करने के लिए जंगलों में कूद गया और उसने सल्तनत के हजारों काबिल कारिन्दों को धुआँ-धुआँ कर दिया... और उनकी गुंडई हाफ कर दी।

सल्तनत का एक निजाम कहता है कि उसे मार गिराया गया। हफ्ते भर उसका कटा हुआ सिर राजधानी की एक चौक पर टँगा रहा। मैं भी देखने गया था। सिर तो वैसा ही था पर कौन जाने नकली रहा हो। सल्तनत में ऐयारों की कमी थोड़े ही है। और अगर वो असली था तो वो कौन है जो अभी भी सल्तनत के खिलाफ मशाल थामे खड़ा है!

मैंने कभी मशाल नहीं थामी। मेरी हिम्मत ही नहीं पड़ती। मैं बचपन से ही डरपोक रहा हूँ। अभी भी डर जाता हूँ। आप जोर से चिल्लाएँगे भी तो मेरा पेशाब निकल जाएगा। ये अलग बात है कि मैं तब भी हँसता ही रहूँगा... मतलब कि मुँह चियारे रहूँगा। ये काम मैं बखूबी सीख गया हूँ। यहाँ तक कि एक बार तो सुल्तान के एक कारिन्दे तक ने मुझसे कहा था कि मेरी हँसी सल्तनत के कल्याणकारी होने का विज्ञापन हो सकती है। दरअसल मेरे दाँत बहुत खूबसूरत हैं। साफ.. चमकते हुए। पहले नहीं थे। जब मैं छोटा था तो मेरे यहाँ खूब गन्ना बोया जाता था।... पर दादा खाने न देते, सब बाजार चला जाता था... जी आप ही लोगों की खिदमत में... तो मैं क्या करता कि रात में कथरी में मुँह छुपाये-छुपाये गुड़ चुराकर खाता और खाते-खाते सो जाता। कभी पकड़ा नहीं गया... बस एक बार ततैयों ने पकड़ लिया था। कहते हैं कि मुई ततैयों को रात में दिखता ही नहीं... अरे दिखता कैसे नहीं! कोई मुझसे पूछे... साला पूरे थोबड़े का कबाड़ा हो गया था। तब से मैं बचपन भर ततैयों से बहुत डरता था... अब नहीं डरता। अब तो कई बार जब कुछ भी खाने को नहीं मिलता तो ततैयों का छत्ता बहुत काम आता है। बस माचिस की एक तीली या फिर एक कंडी आग... और भुनी हुई ततैयों का वो कुरमुरा स्वाद...! बस कहीं से थोड़ा नमक मिर्च मिल जाए बस... और नमक का क्या है... वो तो अभी भी शरीर से चूता रहता है।

इसके बाद कई बार हल्की-सी खुमारी और पोर-पोर में मीठी-सी जलन पैदा हो जाती है। बदले में मैं गंगा, गोमती जो भी सामने होती है उसमें कूद

जाता हूँ। डूब जाता हूँ और कई-कई दिनों तक डूबा रहता हूँ। पर कुछ तो है इस दुनिया में जो बार-बार मुझे खींच लाता है... बाहर आने के बाद फिर से हँसना पड़ता है... वही मुँह चियारने वाली विज्ञापनी हँसी... वही क्लोज अप मुस्कान... लाइफबॉय है जहाँ, तन्दुरुस्ती है वहाँ।

तन्दुरुस्ती देखकर धोखा मत खाइए जनाब। मैं ऐसा ही हूँ... पता नहीं ये क्या है कि मैं कमबख्त ऐसा ही रहता हूँ कि आप साहब लोगों को लगे कि खा-खा के सँड़ियाया हुआ हूँ। हाँ... हाँ साँड़ों की भी खूब कही आपने। पूरी सल्तनत का ट्रैफिक कंट्रोल उन्हीं के हाथों में है। साँड़ न होते तो हम जैसे कितनों को रोजगार मिल जाता... पर साँड़ भला होते कैसे नहीं? साँड़ों की तो पार्टी भी बन गयी है जो खुलेआम कहती है कि साँड़ों की जान इनसानों की जान से ज्यादा कीमती है। इनसान भले ही कुत्ते की मौत मार दिया जाय पर कोई साँड़ों की पूँछ का एक बाल भी नहीं उखाड़ सकता। जो भी ऐसा करने की हिम्मत करेगा, साँड़ों की पार्टी उसे जड़ मूल सहित उखाड़ डालेगी। साँड़ पार्टी का महान नारा है... सारे जहाँ से अच्छा साँड़िस्तान हमारा।

इनसानों की कोई कायदे की पार्टी नहीं है... और तरह-तरह के जानवरों की तमाम पार्टियाँ हैं। एक और पार्टी है जिसमें मेरा भाई गया है पर उसके लिए हथियार चाहिए... उसे चलाना आना चाहिए... और आप जानते हैं कि मुझे हथियारों से बड़ा डर लगता है। और आजकल तो मैं हमेशा ही डरा रहता हूँ... कि पता नहीं कब कौन सी चीज हथियार बन जाए या बना दी जाए। अब देखिए न आप... वो लालवाला ड्रम जिसमें गैस भरी जाती है... लोग कुछ भी कहें पर उससे रोटियों पर सफेदी आना कितना आसान हो गया है... आँखें बच गयी हैं धुआँ-धुआँ होने से... उसी को फोड़ दिया... लोगों को मारने के लिए बना दिया हथियार... बाबा रे बाबा! पानी बिना एक दिन जीवन नहीं... पानी को बना दिया हथियार...। बिजली से रोशनी नहीं हथियार बनाया... लोगों को बिजली का तार छुवा-छुवाकर मारा। ईंटें बेघर को घर देने के लिए नहीं... उसका सर कुचलने के काम आयीं। साले जहर के गोले... नरक के मल... नाराज मत होइए हुजूर... प्लीज... आप खुद ही सोचिए... उन कीड़ों को इनसान कैसे कहूँ... जो सिर्फ जहर ही उगलते हैं और जहर ही खाते हैं...? अरे इतना तो पेड़ों और पत्थरों तक को पता होता है कि पानी जीवन है... हथियार नहीं।

आप मेरी मानिए तो वे लोग इस धरती के वासी हो ही नहीं सकते। जरूर वे हमको तबाह करने के लिए किसी और ग्रह से आये हैं... और हमारे लिए साँसों की तरह जरूरी सारी चीजों को हथियारों में बदल दे रहे हैं। आदमी तक को हथियार में बदल दिया। आप को ही लीजिए... (मैं जानता हूँ कि आप मुझसे

हाथ मिलाएँगे नहीं पर ऐसे ही कुछ सपोज दैट टाइप...) आप मुझसे हाथ मिलाने के लिए आगे आओगे और मैं डर जाऊँगा कि कहीं आप हथियार तो नहीं हो... भला कैसे पहचान हो कि कौन हथियार है और कौन नहीं। मैंने भी अपने लिए एक हथियार की खोज की है... हमेशा हँसते रहने की... मेरा मतलब है कि मुँह चियारे रहने की। बड़े-बड़े इसके शिकार हो जाते हैं और मैं बच जाता हूँ। सल्तनत के कारिन्दे समझते हैं कि मैं हँस रहा हूँ जबकि मैं भीतर-ही-भीतर रोता रहता हूँ... अब मैं खुलेआम कभी नहीं रोता।

पिछली बार... हालाँकि अपनी तरफ से मैं छिपकर रो रहा था... पानी में डुबकियाँ लगा रहा था और रो रहा था। आँसू और पानी एक-दूसरे में मिलते जा रहे थे... फिर भी मैं पकड़ लिया गया। शायद पानी की किसी प्रयोगशाला में जाँच होती हो... या सल्तनत के ऐयारों को ऐसे ही जादू के जोर से पता चल जाता हो कि कौन विद्रोह कर रहा है... जो भी हो... मैं पकड़ लिया गया। सल्तनत के कारिन्दे मुझे अपने अधिकारी के पास ले गये। अधिकारी बहुत दयावान दिखने की कोशिश कर रहा था पर मैं उसके झाँसे में नहीं आया। उसने मुझसे पूछा... क्या बात है बेटा... तुम रो क्यों रहे थे? मैंने कहा, मैं रो नहीं रहा था... मैं तो हँस रहा था। तो क्या हमारे कारिन्दे झूठ कहते हैं, वो मुस्कराया। ऐसी मुस्कान कि मेरी रीढ़ तक काँप गयी। मैंने कहा, नहीं हुजूर मैं तो हँस रहा था... मैं तो जोर-जोर से हँस रहा था... आप कहें तो मैं दुबारा हँसकर दिखा सकता हूँ। ...तो फिर दरिया में खारापन कहाँ से आया, अधिकारी जी ने पूछा। अब मैं क्या कहूँ हुजूर, मैंने कहा, हो सकता है कि हँसते-हँसते ही आँसू निकल आये हों... ये आँसू भी न बहुत वाहियात चीज हैं साहब... पर मैं आपसे शर्त लगा सकता हूँ कि ये खुशी के आँसू रहे होंगे। चुप रहो गन्दी नाली के कीड़े... आइन्दा से दरिया में मत नहाना... दरिया का पानी खारा होता है। लोगों ने इसी से नमक बनाना शुरू कर दिया तो! सल्तनत नहीं चाहती कि कोई अपने आप से नमक बनाए। मैंने कहा, जी हाँ, हुजूर जी हाँ, हुजूर। और दरिया में क्यों नहाते हो... प्रदूषण फैलाते हो? सल्तनत की कम्पनियाँ उसमें शीशा, लोहा, चमड़ा और तरह-तरह की टिकाऊ प्राणवर्धक चीजें मिलाकर दरिया के पानी को उपजाऊ बनाती हैं... और तुम उसमें नहाकर उसको गन्दा करते हो... मैं पहले से ही डाउन था... और डाउन हो गया।

आप कहेंगे कि यह तो एक साधारण-सी पूछताछ थी... इसकी वजह से डाउन हो जाने की बात आपकी समझ में नहीं आयी। तो इसका मतलब सिर्फ इतना ही है कि आपका ऐसी किसी पूछताछ से आज तक सामना ही नहीं हुआ... पर इसकी सम्भावना बहुत ही कम है। मुझे तो लगता है कि या तो आप मक्कार

हैं या फिर बुरा मत मानिएगा... आप मुझसे भी ज्यादा डरपोक हैं। अरे साहब सल्तनत तो ये भी नहीं चाहती कि कोई समुन्दर के पानी से भी नमक बनाए। नहीं आप गलत समझे... सल्तनत नमक खाने के खिलाफ नहीं है... वह तो बस इतना चाहती है कि लोग सल्तनत का नमक खाएँ और सल्तनत के प्रति वफादार रहें। बाकी पूछताछ... अजी पुरखों तक की हड्डियों में कँपकँपी दौड़ जाती है। मैं मानता हूँ कि मैं डरपोक हूँ पर उतना भी नहीं जितना कि डरपोक होने का भ्रम बनाकर रखता हूँ। ...पर बचपन से ऐसा थोड़े ही था मैं... बचपन में तो मैंने बहुत कबड्डी खेली है। विपक्षी खिलाड़ियों को ऐसा घेरता था मैं कि वे चारों खाने चित्त हो जाते थे। उनके पाले में पहुँचता तो खिलाड़ियों में भगदड़ मच जाती। पर अब मैं खिलाड़ी कहाँ रहा... अब तो मैं कबाड़ी हो गया हूँ। लेल्लो कबाड़... लेल्लो कबाड़... मैं खुद ही तो हूँ कबाड़... लेल्लो कबाड़... कोई मुझे खरीदता ही नहीं... जबकि कबाड़ के धन्धे में कितना फायदा है इसे सल्तनत तक जानती है। वह कबाड़ का धन्धा फले-फूले इसके लिए हर सम्भव स्थितियाँ तैयार करती है। इसके बावजूद जब कबाड़ का धन्धा मन्दा पड़ने लगता है तो वह अच्छे-खासे अजीमतरीन शहरों को कबाड़ में बदल देती है। अपने सबसे सुन्दर जंगलों को जंगलों के कबाड़ में बदल देती है। अपने सबसे मेहनती इनसानों को इनसानों के कबाड़ में बदल देती है। इससे सल्तनत का एक साथ कई स्तरों पर विकास होता है। जैसे शहरों का उदाहरण लें तो... एक, शहरों के लोग भागकर जंगलों में जाते हैं और जंगल में मंगल करते हैं। दो, शहर की जगह बाँध-वाँध बनाकर बिजली-उजली बनाई जाती है और नहर-वहर निकाली जाती है... इससे लोगों को रोजगार मिलता है। इसका तीसरा और सबसे महत्त्वपूर्ण लाभ यह होता है कि इससे कबाड़ के धन्धे को अन्तरराष्ट्रीयता मिलती है। यानी कि बाँध वगैरह बनाने के लिए कुछ अन्तरराष्ट्रीय स्तर का कबाड़ यहाँ आता है और यहाँ का कबाड़ चाहे वह जिस कोटि का कबाड़ हो नयी जगहों पर पहुँचता है और वहाँ भी कबाड़ के धन्धे को गति मिलती है। बाद में जरूरत और माँग के हिसाब से बहुत सारा कबाड़ बिजली-उजली से चलनेवाली नयी फैक्टरियों में पहुँचता है... वहाँ इससे तमाम अन्य चीजों के साथ-साथ तलवार, त्रिशूल, बन्दूक और खंजर जैसे अनेक दिव्यास्त्र भी बनाए जाते हैं... जो जनता को एक चौथे स्तर पर रोजगार देते हैं। इन हथियारों के सहारे रोजगार प्राप्त लोग बेरोजगारों, विधर्मियों और बिना किसी काम के धरती पर बोझ बने लोगों को खत्म करते हैं। बाद में सुल्तान बेरोजगारों, विधर्मियों और बिना किसी काम के धरती पर बोझ बने लोगों की मदद के लिए अपने खजाने खोल देते हैं... और दुनिया को हमारे सुल्तान की उदारता देखने का मौका मिलता है। और तब कुछ विदेशी कबाड़ियों द्वारा रोजगारप्राप्त लोग दीन-

दुखियारों और विधर्मियों की सेवा में जुट जाते हैं... इस तरह से सल्तनत में सेवाभाव को बढ़ावा मिलता है।

हुजूर आप चाहें तो मै कम से कम दस दिन और दस रात तक इस शृंखला को ऐसे ही आगे बढ़ा सकता हूँ। आप भी बढ़ा सकते हैं पर आप सोचते ही नहीं। सोचने का ठेका तो आजकल मैंने ले रखा है। वो क्या है न कि मेरे पास आजकल कोई काम तो है नहीं... तो कहीं सल्तनत मुझे कोढ़िया कलन्दर न ोषित कर दे इसलिए आजकल मैं घोषित तौर पर चिन्तन मनन में लगा हुआ हूँ। आजकल मैं सल्तनत की प्राचीन परम्परा में कुछ ऐसी चीजों के बारे में कुछ ऐसी महान खोजें कर रहा हूँ जो दुनिया में हमारी सल्तनत की बादशाहत का सबब बनेंगी। इस सिलसिले में सल्तनत के ऐयारों ने चिन्तन और खोज के जो कुछ रास्ते दिखाए वे चमत्कारिक रूप से आश्चर्यजनक हैं। और हमारी सल्तनत के देशी-विदेशी दुश्मनों के होश उड़ा देने के लिए काफी हैं। जैसे अब इसी खोज को ले लो कि जब तक दुनिया भर के लोग कायदे से बन्दर भी नहीं बन पाये थे उस समय में हमारे यहाँ के महान मानवों की तो खैर आप बात ही छोड़िए... बन्दर तक हवाई जहाज उड़ाते थे। और बहुत ही खुशी की बात है अब हमारी यूनवर्सिटियाँ भी इस बात को मानने लगी हैं। यकीन न हो रहा हो महाराज तो किसी देशी यूनिवर्सिटी में जाकर देख आइए। पश्चिम के कुछ मूर्ख अज्ञानी किसी राइट बन्धु का नाम लेते हैं जिसने पहले-पहल उड़ने का ख्वाब देखा था... और वे कितना राँग हैं इस बात का पता उन बेवकूफों को तब चलेगा जब वह हमारी महान राजधानियों में आएँगे और हमारी यूनवर्सिटियों के केन्द्रीय हालों में अलाने ग्रह की खोज में फलाने ऋषि का योगदान विषय पर सेमिनार हो रहा होगा और तब वे मूर्ख वहाँ पर विमानशास्त्र के प्रणेता के रूप में ढेकाने ऋषि की तस्वीरें देखेंगे। तब उन मूर्खों के दिमाग की हवा शंट हो जाएगी और उनके दिमाग में भरे गोबर का कंडा बन जाएगा... अब तस्वीरों को ही ले लीजिए... जिस युग में उन कमजर्फों की धरती पर डायनासोर लोटते थे उस समय तक हमारे यहाँ फोटोग्राफी का आविष्कार हो चुका था पर हम क्या करें जो डायनासोरों को तस्वीरें खिंचाने का कोई शौक ही नहीं था। वे कभी तस्वीरें खिंचाने हमारे पास आये ही नहीं... नहीं तो वे फिसड्डी जो आज उनकी हड्डियाँ और गोबर ढूँढ़कर धन्य हुए जा रहे हैं... उन बेचारों को हम डायनासोरों की असली तस्वीरें भेंट कर पाते।

तस्वीरें हमारा बहुत ही खास आविष्कार हैं... इसे हमारे प्राचीन काल के तस्वीरानिकों ने सम्भव बनाया था। इसीलिए पूरी दुनिया में ज्यादा-से-ज्यादा मूर्तियाँ भर मिलती हैं पर हमारे यहाँ मूर्तियाँ तो खैर हैं ही (दुनिया में ऐसा भला क्या है जो यहाँ नहीं है... सब यहीं से तो गया है) तस्वीर खींचने वाले यन्त्र की

खोज भी हमारे यहाँ के प्राचीन तस्वीरानिकों ने बहुत पहले ही कर ली थी। मूर्तिकला के कम-से-कम एक कल्प दो मन्वन्तर पहले। मतलब कि कम-से-कम एक करोड़ साल पहले। तब हमारा चन्द्रलोक वगैरह से व्यापार चलता था और क्षीरसागर से पूरे ब्रह्मांड को दूध सप्लाई किया जाता था। ...न न भाई साहब... तब तक सिर्फ हमारा ही देश था... बाकी देशों में तो अमीबा और पैरामीशियम लोटते थे।

मैं जानता हूँ कि आप को लग रहा होगा कि मैं कुछ ज्यादा ही दूर की हाँक रहा हूँ और अतीतपूजक हो रहा हूँ... पर साहब दुनिया में ही नहीं अखिल ब्रह्मांड में ऐसा अतीत हो भी तो किसी के पास... हि...हि...ही...ही... करना पड़ता है सरकार। सब करता हूँ। आजकल सल्तनत के कारिन्दे मुझसे बहुत खुश हैं... अब मेरे भाई के लिए भी मुझे परेशान नहीं किया जाता। बन्द कमरे में मुझे थोड़ा बहुत हँस लेने की भी छूट मिल गयी है और अगर रोशनदान बन्द कर लूँ तो रो भी सकता हूँ। ये अलग बात है कि मैं रोता नहीं। अरे न जाने कब के और कितने आँसू इकट्ठा हैं... खिड़की, दरवाजे, रोशनदान सब बन्द करके रोने लगूँ और कमरे में बाढ़ आ जाय तो... आप तो जानते ही हैं कि मैं कितना डरपोक हूँ... और फिर मुझे सल्तनत की भी तो फिक्र है। बाढ़ आने के बाद दरवाजे खिड़कियाँ टूट भी तो सकते हैं... बाढ़ की पहुँच सल्तनत तक भी तो जा सकती है! क्या हुआ...! अरे सल्तनत को मेरी फिक्र नहीं है तो क्या हुआ... मुझे तो सल्तनत की फिक्र है।

फिक्र तो मुझे अपने भाई और उसके परिवार की भी है। मैंने बरसों से उनमें से किसी का चेहरा भी नहीं देखा है। उनमें से किसी से मेरा मिलना भी हो तो पता नहीं मैं उन्हें पहचान भी पाऊँ या नहीं। दरअसल मुझे तो यह भी पता नहीं कि मैं उन्हें पहचानना भी चाहता हूँ कि नहीं। मैं तो शायद उनके बारे में सोचना भी नहीं चाहता। एक बार मेरा भाई मेरे सपने में आया था, मैं उसके हाल पर दुखी होना चाहता था... चार आँसू बहाना चाहता था कि उसने मुझे डाँट दिया और बोला कि मैं अपनी फिकर करूँ। उसने मुझे अपने साथ चलने के लिए ललकारा पर मुझे उसके साथ जाने की बजाय उसके हाल पर रोना ज्यादा सुखद लगा। मैं इतना रोया कि आँसुओं में डूबने को हो आया... वो दिन है और आज का दिन, फिर मैं सोया ही नहीं। मुझे पता है कि मेरा भाई मेरी नींद के बाहर मेरा इन्तजार कर रहा है। मैं उसकी पकड़ में आने से डरता हूँ इसीलिए सोने से भी डरता हूँ।

और न सोना शुरुआती दौर में भले ही कठिन लगता हो पर इतना कठिन है नहीं। शुरुआती कुछ दिनों तक दिक्कत होती है जब लगता है कि किसी ने

आँखों में ढेर सारी मिर्च झोंक दी हो... आँखें सूज जाती हैं और खून की तरह लाल हो जाती हैं... पर जल्दी ही आँखें इस जलन को सहने लायक हो जाती हैं... फिर जलन धीरे-धीरे गायब हो जाती है और इसी तरह से एक दिन आँखों की ललाई भी गायब हो जाती है। ये सब पूरी... एक पूरी प्रक्रिया का हिस्सा है। आप तो जानते ही हैं कि इस दुनिया में सब कुछ एक प्रक्रिया के तहत ही चल रहा है। प्रक्रिया तोड़ने का मतलब है विद्रोह करना... और आप तो जानते ही हैं कि मैं बहुत डरपोक हूँ... विद्रोह तो कर ही नहीं सकता।

पर मेरी मुश्किल दूसरी ही है... जान ही ले लेनेवाली। इधर मेरे ऊपर एक साथ दो बलाओं ने धावा बोल दिया है। मेरे भाई ने इधर जागती आँखों में पहुँच जाने का रास्ता भी खोज निकाला है। वह कहता है कि मैं भले ही उसे अकेला छोड़ दूँ पर वह मुझे अकेला नहीं छोड़ सकता। और इसी के साथ-साथ मेरा सोने का मन करने लगा है। जागते-जागते आँखें कुछ इस तरह से जलने लगती हैं जैसे कि दुनिया की सारी मिर्च मेरी ही आँखों में झोंक दी गयी हों... मैं सोने के लिए पगलाया घूमता रहता हूँ पर नींद नहीं आती तो नहीं आती। इससे भी भयानक तमाम बातें हो रही हैं मेरे साथ आजकल। जैसे कई बार मैं अकारण ही रोने लगता हूँ। हालाँकि इससे आँखों की भयानक जलन थोड़ी देर के लिए शान्त हो जाती है पर मैं सल्तनत की निगाहों में संदिग्ध हो गया हूँ। जैसे इतना कुछ कम था कि आजकल मेरा हँसना भी बढ़ गया है। अरे वो मुँह चियारनेवाली हँसी नहीं... एकदम असली वाली हँसी... और एक बार हँसी आयी तो बहुत देर तक उसे रोक पाना मेरे लिए असम्भव हो जाता है। कितने बड़े धोखे में था मैं अब तक... मैं सोचता था कि मैंने अपनी सारी भावनाओं को हमेशा के लिए दफन कर दिया है और इसलिए अब मुझे कोई खतरा नहीं है।

हुजूऊऊऊजू...जू...जूर... अरे हुजूर... अरे आप... मुझे फाँसी ही दे दी जाय हुजूर कि मैं इतनी देर से आपको पहचान नहीं पाया। कम से कम एक-दो लात ही मारिए हुजूर... नहीं तो मेरी गिल्टी फीलिंग बढ़ती ही जाएगी। हुजूर मैं तो धन्य हुआ आज आपके दर्शन पाकर। हुजूर जरा अपना पाँव मेरी तरफ उठाएँ तो मैं आपकी चरणरज ले लूँ। बहुत दिनों से आपके दर्शन करना चाह रहा था और आज आप मिले भी तो मैं पहचान नहीं पाया। नहीं हुजूर इतनी जल्दी मत जाइए छोड़कर... दो बातें हुजूर को हुजूर जानकर कह लूँ तो बड़ा सुख मिले।

हाँ तो हुजूर मैं कह रहा था कि मुझे तो सल्तनत की हमेशा ही फिक्र लगी रहती है। मैं नहीं चाहता कि मेरी वजह से सल्तनत पर कोई आँच आए। पर मेरे चाहने से हुआ है क्या कुछ आज तक! बल्कि होता ही वही है जो कि मैं चाहता

हूँ कि न हो— तो हुजूर आपके सामने सच कैसे बोलूँ... पर झूठ कहूँ तो मुझे तो लगता है कि सल्तनत की तो अल्तनत फल्तनत होके रहेगी। थोड़ी ही सही पर उसकी एंटी-पेंटी की पू तो रोज ही होती रहती है। और हुजूर यहीं पर एक झूठ और बोलता चलूँ तो— मुझे तो लगता है कि आप सल्तनत के लोग मुझसे भी ज्यादा डरे हुए हो। मैं बहुत ही डरपोक सही पर अकेले निकल तो आता हूँ पर आपके सारे सामूहिक बलात्कारों और नरसंहारों के बाद भी आपकी तो हुजूर अकेले निकलने में पेशाब ही निकल जाती है। और कई बार तो आप सैकड़ों वर्दीधारी गुलामों से घिरे होने के बावजूद डर के मारे मूतने लगते हैं।

देखिए... बुरा मत मानिए हुजूर। आप तो हमारे हँसने से डर जाते हैं, रोने से डर जाते हैं। अकेले होने से डर जाते हैं और एक होने से तो खैर आपको जाड़े की बारिश में पेड़ पर बैठे किस्से वाले बन्दर की तरह कँपकँपी छूटने लगती है। बन्दापरवर आप तो हमारी साँस लेने से निकली हुई हवा से भी डर जाते हैं। फिर भी ये तो आपकी उदारता ही है जो आप हमें अभी तक साँस लेने दे रहे हैं। इसके बावजूद कि हम एहसानफरामोश लोग अभी भी पर्यावरण को गन्दा ही किये जा रहे हैं— टनों कार्बन डाइ ऑक्साइड निकालकर।

हुजूर जान बख्शिएगा पर एक छोटा-सा सवाल ऐसे ही मन में आ गया है बाकी आप तो जानते ही हैं कि सवाल उठाना हमें कितना बड़ा बवाल लगता है। तो हुजूर अगर आपकी शान में गुस्ताखी न हो रही हो तो पूछूँ— साँस लेने के बाद आप सरकार लोग तो कार्बन डाइ ऑक्साइड नहीं ही छोड़ते होंगे न? आपकी नाक से तो शुद्ध प्राणवर्धक महकती हुई ऑक्सीजन ही निकलती होगी? और इस पर तो मैं अरबों-खरबों की शर्त लगाने के लिए तैयार हूँ कि आपकी नाक से कभी नाक तो नहीं ही आती होगी— आप सेंट मूतते होंगे और महकौआ साबुन हगते होंगे... नहीं तो भला हुजूर इतने कमअक्ल थोड़े ही होंगे कि अपने लिए पचास-पचास लाख एक शौचालय बनवाने भर में खर्च कर दें।

न माईबाप मैं हँस नहीं रहा हूँ। मैं एकदम आप ही की तरह से गम्भीर होने की कोशिश कर रहा हूँ पर क्या करूँ हुजूर कितना भी चाहूँ कि आप जैसा गम्भीर दिखूँ पर दिख ही नहीं पाता हूँ। साला चेहरा ही ऐसा है... कभी रोता दिखता हूँ, कभी हँसता दिखता हूँ... और तो और कभी-कभी गुस्से में भी दिखने लगता हूँ... बस आपकी तरह गम्भीर ही नहीं दिख पाता कभी। बहुत कोशिश की कि भले ही माँ मर जाए फिर भी आपकी तरह गम्भीर ही बना रहूँ पर हमारा हमारे ही चेहरे पर साला कोई वश नहीं... और आप लोग... अजी इसीलिए तो आप लोग बाप लोग हैं।

पर सरकार कुछ तो गड़बड़ है आपके साथ भी। सरकार बुरा मत मानिएगा

और ये जरूर मेरी आँखों की खराबी ही होगी कि मुझे आपके सपाट चेहरे के पीछे से हमेशा डर-सा झाँकता दिखाई देता है। बाकी और भाव हँसी और खुशी या दुख और शोक जैसी चीजें तो आप कब के भूल गये हैं। भला सुल्तानी चेहरों पर ये सब कुछ शोभा देता है? हुजूर बहुत ही शानदार काम करते हैं जो चश्मा लगाए रहते हैं। उससे डर छुप जाता है आपका। पर सरकार... आजकल तो तरह-तरह के ऑपरेशन हैं। नहीं, नहीं हुजूर जो ऑपरेशन आप जंगलों में चला रखे हैं मैं उनकी बात नहीं कर रहा हूँ। या आप जो नदी, पहाड़, जंगल आदि का ऑपरेशन पर ऑपरेशन किये जा रहे हैं मैं उनकी बात भी नहीं कर रहा हूँ... मैं तो बस कह रहा था कि आजकल तो रोबोट भी आ गये हैं तो हुजूर अगर बुरा न मानें तो अपने चेहरे पर एक रोबोट का चेहरा फिट करवा लीजिए। साला सारा डर ही खत्म। बस लगवाने के पहले जरा अच्छे से जाँच परख करवा लीजिएगा क्योंकि सारा लोहा सोना तो उसी इलाके से आता है जहाँ आपके दुश्मन साले खतरनाक, वाहियात लोग बसते हैं। जहाँ हजारों की सुरक्षा में भी जाते हुए हुजूर का पिछवाड़ा फटने लगता है। साले जंगली रहेंगे नंगे और लड़ेंगे हुजूर से। हिम्मत तो देखो हुजूर, सालों की।

पर हुजूर आप भी न...! आप आखिर इतना डरते ही क्यों हैं उनसे? आपके पास तो लाखों की संख्या में सैनिक हैं - आपकी पलकों के इशारे पर अपनी माँ बहन तक को रौंद डालनेवाले करोड़ों गुलाम हैं। आपकी सुरक्षा के लिए किले और बंकर हैं, तोप और मिसाइलें हैं। दुनिया को जब तक मन करे तब तक बार बार तहस-नहस करनेवाले बम हैं। कभी जरूरत पड़ ही जाने पर भागकर दुनिया के किसी भी कोने में छुप जाने के लिए उड़नतश्तरियाँ हैं। समय के सारे बड़े-बड़े चरक और च्यवन आपके साथ हैं। भगवान इन्द्र का वज्र आपके साथ है। उनकी उत्तेजक अप्सराएँ आपके साथ हैं... शंकर का त्रिशूल तो खैर आप ही की कृपा से विधर्मियों के नाश के लिए जब-तब बँटता ही रहता है... तो हुजूर आपको तो बम-बम रहना चाहिए...

तब भी पता नहीं ऐसी कौन ही बात है कि आप नंगों... भूखों और भिखमंगों तक से डर जाते हैं। हुजूर कुछ तो शरम कीजिए। आपके इस डर पर मुझे बहुत हँसी आती है। अब तक मैंने अपनी हँसी सिर्फ हुजूर के खयाल से रोक रखी है कि मैं हँसूँगा और हुजूर बिना मतलब के डर जाएँगे... पर सरकार बुरा मत मानिएगा अगर अब मैं हँस ही पड़ूँ - आपके पास तो इस फजूल हँसी के शोर को दबाने के लिए भी तरह-तरह के बम हैं। एक बम दाग दीजिएगा... मेरी हँसी की आवाज दब ही जाएगी। आखिर आपके बम-वम कब काम आएँगे।

तो हँस ही लेता हूँ एक बार। हा...हा... हा... हा... हा... हा... हा... हा...

हा... हा... हा... हा... हुजूर डर रहे हैं... हुजूर डर रहे हैं... डर के मारे मर रहे हैं... हुजूर मरो मत मैं हँसना बन्द कर रहा हूँ... हुजूर हँसी बन्द नहीं हो रही है... हुजूर और लोग भी हँस रहे हैं... हँसी संक्रामक हो रही है... हुजूर ये बहुत दिन की रुकी हुई हँसी है... अब थम ही नहीं रही है। हुजूर सदियों की हँसी है ये... हुजूर करोड़ों की हँसी है... हुजूर माईबाप भागो सरकार... अरे भागो सुल्तान... अरे भाग बे सुल्तान... बहुत हँसी आ रही है... सदियों की हँसी आ रही है... करोड़ों की हँसी आ रही है... करोड़ों को हँसी आ रही है... हँसी की बाढ़ ही आ रही है सरकार... बचो...!

सरकार बहुत मजा आ रिया है हमको हँसने में। मन कर रहा है इतना हँसूँ, इतना हँसूँ कि हँसते-हँसते पागल हो जाऊँ... या सरकार को ही पागल कर दूँ... हुजूर माईबाप भाग ही लो अब... अभी तो हँसी के पीछे और भी जाने कितनी चीजें आ रही हैं। आपके उपग्रह और रडार बेकार ही हैं क्या हुजूर जो उन्हें करोड़ों की पागल हँसी की आवाज ही नहीं आ रही है... या कि इस हँसी के शोर से उनके कान के पर्दे फट गये हैं... तब तो आप गये ही सरकार... अब टिपुरे की तब... अरे अभी तो पीछे-पीछे अचरज आ रहा है... दुख आ रहा है... सदियों की भूख आ रही है... करोड़ों की प्यास आ रही है... डर और मर सरकार... देख न बे हँसते-गाते... आश्चर्य करते, शोक मनाते लोग आ रहे हैं। चश्मा उतार कर देखो सरकार करोड़ों का गुस्सा आ रहा है... करोड़ों शरीरों की पूरी ताकत आ रही है... देख सुल्तान देख... देख... देख बे देख... मेरे लोग आ रहे हैं... मेरा भाई आ रहा है... मेरी बहनें आ रही हैं... हाँ हाँ वही...

□

पानी

इस छत पर शरण लिए हुए हमें आज पाँचवाँ दिन है। हम जो इस गाँव के थोड़े-से बचे हुए लोग हैं— उन लोगों में से जो गाँव छोड़कर भाग गये— जो भूख प्यास से मर गये— जो बीमारियों की चपेट में आये— जो जेल गये— जिन्हें कीड़े-मकोड़ों और जीव जन्तुओं ने काट खाया या फिर जिन्होंने एक-दूसरे को मार डाला। इन तमाम चीजों से बचे हुए हम बहुत ही कठकरेज लोग हैं, जिन्होंने तमाम अपनों को फूँका है। यहीं अपने ही घरों में, यहीं अपने आसपास। अगल बगल के गड़हों में— पानी की तलाश में खोदे जा रहे गड्ढों में हमने न जाने कितने ही अपनों को दबा दिया। उन्हें सूखने के लिए छोड़ दिया। उन्हें कीड़े-मकोड़ों के लिए छोड़ दिया। फिर भी ये हमारी ही आँखें हैं जो यह सब कुछ देख रही हैं और अभी भी उनमें पानी बचा हुआ है।

यहाँ टीले पर हम कुल बहत्तर लोग हैं। हममें औरतें भी हैं, बूढ़े भी हैं और बच्चे भी। हम सब अलग-अलग घरों और जातियों से हैं। पर अभी यहाँ इस बात का कोई मतलब नहीं है। हमारे घर पानी में समा चुके हैं। पूरा गाँव तीन-चार दिनों के अन्दर ही समतल मैदान में बदल गया है। सब तरफ पेड़ों के ठूँठ भर दिखाई देते हैं जिनमें पत्तियों का नामोनिशान भी नहीं दिखता। और यह बात भी हमारे मन में अभी ही आ रही है कि हम जानते भी नहीं कि किसी पेड़ में जीवन बचा भी है या सब-के-सब सूखकर लकड़ी ही हो गये हैं।

अभी तो हमारी आँखों में एक जैसे सवाल हैं। सभी के कानों में एक जैसा ही सन्नाटा बजता है। चारों तरफ पानी ही पानी है पर हमारी आँखों में जैसे अभी भी सूखा ही पसरा हुआ है। जो एक गुलब्बो नाम की कुतिया हमारे साथ बची रह गयी है उसकी आँखों में भी।

हम एक साथ इस तरह से पानी उतरने का इन्तजार कर रहे हैं जैसे सब एक ही घर के हों। पानी उतरें तो हम भी उतरें। उतरें तो कहीं रहने के लिए जगह बनाएँ। लोग कुछ भी कहें फिलहाल तो हमने साथ में ही रह जाने का फैसला किया है। हम इस बात को भूल ही चुके हैं कि अभी बस दस-बारह दिन पहले तक हम किस कदर मर और मार रहे थे।

यह सब बहुत पुरानी बात नहीं है कि जैसे सबका जीवन होता है वैसे हमारा भी भरा-पूरा जीवन था। एक पूरा गाँव। हमारी ही नहीं कुत्ते बिल्लियों तक की एक भरी-पूरी आबादी। पेड़-पौधे, जानवर, तालाब, लड़ाई-झगड़े, प्रेम, ऊँच नीच सब कुछ वैसा ही जैसा आपने और जगहों पर देखा-सुना होगा।

फिर अचानक सब कुछ बदल गया।

मेरा नाम गंगादीन है। मेरी उमर अन्दाजन बीस साल है। मेरा अब तक का लगभग पूरा समय गाय-गोरू चराते हुए बीता है। कुछ समय के लिए गाँव के दूसरे चार-छह बच्चों के साथ मैं स्कूल भी गया था जो घर से करीब तीन कोस की दूरी पर था, फिर काका ने स्कूल जाना बन्द करा दिया। काका मगन ठाकुर के यहाँ हरवाही करते थे। इसके एवज में उन्हें खेती करने के लिए दस बिस्वा खेत मिला हुआ था। और मैं मगन के जानवर चराता था। बदले में काका को कुछ गेहूँ बाजरा आदि मिल जाया करता।

मैं अपने गाँव का कोई इकलौता चरवाहा नहीं था। गाँव के कई दूसरे भी लड़के थे जो यही करते थे— टिटरू, नागालैंड, बच्चा, पुन्नी, भूरेलाल, छुट्टन, मोटरी, सुग्गे सहित और भी तमाम लड़के। तीन-चार लड़कियाँ भी थीं— गुड्डन, पुरबी, आशा और गीता। मैं अपने दो जानवरों के साथ मगन के जानवरों को भी चराता था। पर ऐसा करनेवाला मैं अकेला नहीं था। और भी कई थे जो अपने जानवरों के साथ-साथ दूसरों के जानवर भी चराने ले जाते थे। अकेली गीता ही थी जिसका अपना एक भी जानवर नहीं था। वह मिसराने के दो-तीन घरों के जानवर चराती थी।

हम अपने-अपने हिस्से के जानवरों को इकट्ठा करते और उन्हें साथ लेकर गाँव के उत्तर की तरफ के जंगल में चले जाते। जंगल के बीचोबीच एक बरसाती नदी बकुलाही बहती है। जिसका पानी बरसात में कई बार इतना बढ़ जाता कि गाँव के उत्तर पूरब में पड़नेवाले ताल और बकुलाही का पानी आपस में मिल जाते। पर यही बकुलाही गर्मियों में पूरी तरह से सूख जाती। तब बस नदी की धारा के बीचोबीच एक-दूसरे से स्वतन्त्र गड़हियाँ और गड्ढे भर बचते। जिनमें अक्सर हरी लिसलिसी जालीदार काइयाँ उग आतीं। हम मिलकर ये काइयाँ साफ करते और तब इन गड्ढों का पानी हमारे नहाने के काम से लेकर जानवरों के पानी पीने और उनको नहलाने तक के काम में आता। पीने के पानी के लिए हम अपने साथ लोटा-डोरी रखते और आसपास के किसी भी कुएँ से पानी खींच लाते। और हम जिधर भी जाते कुएँ मिल ही जाते।

नदी के दोनों तरफ एक लम्बा-चौड़ा कछार फैला हुआ था। जिसमें तरह तरह के पेड़ और ऊँचे-नीचे खड्डे फैले हुए थे। उनमें हम जानवरों को छोड़कर दिन भर के लिए निर्विघ्न हो जाते। बाकी दिन भर के लिए हमारे पास बहुत सारे खेल थे— चिल्होर, गनतड़ी, कंचे, कबड्डी, चिब्बीफोर, चोर-पुलिस और भी न जाने क्या-क्या! लड़कियाँ आपस में गोट्टी खेलतीं या लँगड़ी-भचक। कई बार वे भी हमारे साथ खेलतीं पर हममें से कई उनके साथ बदमाशी करते इसलिए वे कभी भी हमारे साथ न खेलने का निश्चय करतीं और दुबारा उसी घेरे में पहुँच जातीं। पर जल्दी ही उनका निश्चय टूट जाता और वे फिर हमारे साथ आ जातीं।

गर्मियों में हम कई बार देर तक पानी में नहाते और कभी लड़कियाँ नहीं होतीं या दूर होतीं तो एकदम नंगे होकर भी नहाते। कई बार लड़कियाँ होतीं तब भी। हम उन्हें बता देते या बिना बताये ही शुरू हो जाते तब लड़कियाँ अपना एक अलग झुंड बनाकर कहीं अलग चली जातीं। और वहाँ से कई बार छुप-छुप के हम लोगों की तरफ देखती भीं। हालाँकि वे कभी भी नंगी होकर नहीं नहातीं पर वे भी कभी नहातीं तो हम उन्हें छुप-छुपकर देखा करते। दोनों जानते कि दोनों ही एक-दूसरे को छुप-छुपकर देखा करते हैं पर हम इस बारे में कभी भी बात न करते।

दोपहर में हममें से कोई एक गाँव जाता या गाँव से कोई आता तो वह हम सबकी खाने की गठरियाँ उठा लाता जिनमें रोटी-सब्जी, रोटी-चटनी, रोटी-अचार, या चटनी-भात जैसी चीजें होतीं। कई बार किसी-किसी की गठरी में बाजरा, चना, मटर या गेहूँ की घुघुरी भी होती और कई बार चटनी के साथ गुड़ भी।

साल भर यह क्रम ऐसे ही चलता। हमारे लिए जाड़ा गर्मी बरसात सब जानवर चराने के दिन थे। और जब फसलें कटतीं तो हम कई बार अपने जानवरों को उत्तर की बजाय पूरी आजादी से बाकी दिशाओं में भी मोड़ देते। बस जब खेती का समय आता तब कई बार अन्य साथी कम आते पर मैं तो तब भी जाता ही जाता। सिर्फ उन दिनों को छोड़कर जब मगन को अपने खेतों में आदमियों की कमी लगती और वे मुझे भी वहीं लगा देते।

गाँव के उत्तर एक तालाब था, करीब आठ-दस बीघे में फैला हुआ। इसके बगल में एक ऊँचा भीटा था जो सम्भवतः इसी तालाब से निकली मिट्टी से बना होगा। तालाब बहुत पुराना था, इतना कि गाँव के सबसे बुजुर्ग व्यक्ति ने भी इसे ऐसे

ही देखा था और इसमें नहाते-धोते पला-बढ़ा था। यह तालाब साल के बारहों महीने पानी से लबालब भरा रहता था। गर्मियों में भी इसके पानी में बस जरा सी ही कमी आती थी। किनारे कम गहरे में पुरइन और कुइयाँबेरी फैले हुए थे और बीच में खूब गहरा पानी था। तालाब के सभी किनारों से पानी के तमाम रास्ते खेतों तक जाते थे। जगह-जगह पर रीक बने हुए थे जिनमें दुगला लगता था और पानी खेतों तक पहुँचता था। तालाब में पानी नीचे कम ही उतरता था पर इस बात पर लोगों में बहुत पुरानी सहमति बनी हुई थी कि पानी कितना नीचे चला जाएगा तो लोग तालाब से पानी निकालना बन्द कर देंगे। यह सहमति मगन ठाकुर जैसे लोग ही तोड़ते पर अमूमन इसकी जरूरत नहीं ही पड़ती थी। कभी-कभार इस सहमति के उल्लंघन की हल्की-फुल्की पर बेहद जरूरतमन्द कोशिशें जरूर हुईं पर वे बहुत कम थीं और उस पर भी उसके पीछे की जो मजबूरियाँ थीं उसकी वजह से ये कभी आम चलन नहीं बन पाया।

तालाब के पूर्वी किनारे पर भीटा था वहाँ तरह-तरह के पेड़ थे। सबसे ऊपर बबूल और कैथा के पेड़ थे तो नीचे की तरफ आम, महुआ और नीम के। भीटा और तालाब के बीच की ये जगह गाँव भर का सामुदायिक केन्द्र थी। गाँव भर के बच्चे यहीं पर खेलते थे। तालाब में तैरना सीखते थे। गाँव की ज्यादातर औरतों ने अपने लिए उपलियाँ पाथने की जगह यहीं पर खोज रखी थी। यही वह जगह थी जहाँ वह काम तो करती ही करती थीं साथ-साथ एक-दूसरे से मिलती-बतियातीं भी थीं। यहीं तालाब के किनारे जानवरों को धोया-नहलाया जाता। इसी तालाब से अलग हो गये छोटे-छोटे गड्ढों में सनई सड़ाई जाती।

तालाब, भीटा और इसके बीच का मैदान किसी एक का नहीं था, समूचे गाँव का था, बल्कि गाँव के बाहर के लोगों का भी था। गर्मियों में लोग आते-जाते वहीं किसी पेड़ की छाया में बैठकर सुस्ता लेते। वहीं से बरसात में सबसे पहले मेढकों की आवाज आती। शादी-ब्याह में वही तालाब पूजा जाता। औरतें वहीं तक बेटियों को विदा करने आतीं और असीसतीं कि इसी तालाब की तरह जीवन सुख से लबालब भरा रहे। पुरुष किसी रिश्तेदार की साइकिल थामे यहीं तक आते। गाँव का कोई दामाद पहली बार ससुराल आता तो यहीं पर रुक जाता और सन्देश भेजता। लोग आते और थोड़ी देर की ठनगन के बाद उसे ले जाते। गाँव से मिट्टी उठती तो उसका पहला विराम यहीं होता। जाड़े में बनजारे और बेड़िया आते तो यहीं पर रुकते। भीटा पर उन्हें अपने लिए जगह मिल जाती और बगल के तालाब में जानवरों के लिए पानी। इसी भीटे और तालाब के बीच की जगह में चिकुरी-बनवारी और सम्पत हरामी की नौटंकियाँ खेली जातीं। यहीं पंचायत बैठती, यहीं बारातें रुकतीं। यहीं एक आम के पेड़ में गाँव भर का घंट

बाँधा जाता।

खूब हरा-भरा था गाँव हमारा। हमारे जीवन में बहुत-सारी छोटी-बड़ी मुश्किलें थीं, गरीबी थी... भूख थी पर इसी हरियाली के सहारे हम जैसे-तैसे इस सब से पार पा लेते थे। पर... पर कौन मानेगा कि महज एक ताल पाट देने से पूरा-का-पूरा गाँव तबाह हो गया! कुछ भी नहीं बचा। बचे हम बहत्तर लोग।

सिर्फ बहत्तर लोग! लगभग सात सौ लोगों में से सिर्फ बहत्तर लोग।

ये पूरे गाँव के लिए जान ही ले लेनेवाला दृश्य था जब मगन ठाकुर पता नहीं कहाँ से चार ट्रैक्टर ले आये। पता चला कि मगन ने इस पूरी जमीन का अपनी विधवा बूढ़ी माँ के नाम पट्टा करा लिया। तीन उठल्लू इंजन दिन-रात दस दिनों तक पानी खींचते रहे तब जाकर ताल का पानी कम होने को आया। तालाब का सारा पानी बकुलाही में उतार दिया गया। तालाब में न जाने कितनी मछलियाँ थीं जिन पर मिट्टी पाट दी गयी। उन्हें अपने ही घर में दफन कर दिया गया। बरसात में निकलनेवाले मेढक पता नहीं कहाँ बिला गये। पेड़ काट दिए गये। चिड़ियों के घोंसले गिरा दिए गये। वे खरगोश और लोमड़ियाँ गायब हो गये जो तालाब के आसपास की झाड़ियों में जब-तब दिखते रहते। भीटे पर बिल बना कर साही का एक पूरा परिवार रहता था जो मार दिया गया।

देखते-ही-देखते तालाब भीटा और मैदान सब एक बराबर तल में आ गये। बस भीटे का वह हिस्सा छोड़ दिया गया जहाँ एक पीपल के पेड़ पर पहलवान वीर बाबा के रहने की बात थी। कुल मिलाकर बारह-तेरह बीघे का रकबा निकल आया जिसमें पहली फसल बोई गयी आलू की।

पानी के लिए मगन ने अपने नये खेत के एक कोने में जहाँ महुआ का एक विशाल पेड़ हुआ करता था बोरिंग करवाई और पम्प लगवाया। भकभक धकधक की जोरदार आवाज के साथ पानी की मोटी तेज धार हममें से बहुतों के लिए एक नयी चीज थी। लोगों के लिए यह अचरज की बात थी कि पानी एक ऐसे कुएँ से निकल रहा था जो ऊपर से दिखाई ही नहीं देता था। भीतर से निकलती पानी की मोटी धार बताती थी कि भीतर बेहिसाब पानी है जो बाहर आने के लिए बेकरार है। पर यह भ्रम इतनी जल्दी टूटेगा यह हममें से कोई नहीं जानता था।

कुछ लोगों ने जरूर इस बात से डर जताया कि धरती के सीने में इस तरह से छेद करके लोहा डाले रखना एक दिन सबको बहुत महँगा पड़ेगा। इससे धरती की छाती फट जाएगी। धरती मैया का कोप पूरे गाँव पर टूटेगा। और यह धरती

से हुए उस सदियों पुराने समझौते के खिलाफ भी है जिसमें धरती ने अपने ऊपर के सभी जीवधारियों को कभी प्यासा न रखने का वचन दिया था। पर बदले में कुछ शर्तें भी रखी थी, खासकर मनुष्यों के सामने। क्योंकि धरती को सबसे ज्यादा अविश्वास मनुष्यों पर ही था। बूढ़ों को इस बात का बेहद मलाल था कि मनुष्यों ने धरती के उस सदियों पुराने अविश्वास को गलत साबित करने की कोई कोशिश नहीं की बल्कि इसे वे हमेशा सही ही साबित करते आये थे। पर इस तरह की बातों पर ज्यादातर लोग फिस्स से हँस दिए थे।

पर यह सब कुछ इतनी आसानी से नहीं घटा था। जब पानी निकालने के लिए इंजन लगा तो गाँव के लोग एकबारगी तो कुछ समझ ही नहीं पाये थे। पर समझते ही बीसों लोग लाठी-बल्लम लेकर डट गये थे कि यह तालाब उनकी लाश गिरने के बाद ही पाटा जा सकेगा। और काफी देर की बहस के बाद मगन पीछे हट गये थे।

उसी रात मगन के यहाँ से गोहार मची कि डकैती पड़ी है। रात भर हल्ला मचा रहा और अगले रोज मगन ने डकैती की नामजद रिपोर्ट करायी। जिसमें उन दस-बारह लोगों का नाम था जो तालाब पाटने का विरोध करने में सबसे आगे थे। लोगों को इस बारे में कुछ पता ही नहीं चला। सभी आरोपी अपने-अपने घरों में धर लिए गये। बल्कि कुछ तो अपनी उस उत्सुकता के चलते ही धरे गये जो पुलिस की गाड़ी देखकर खुद ही पहुँच गये थे। गाँव में इतने बड़े पैमाने पर गिरफ्तारी बहुतों के लिए जान ही ले लेनेवाला दृश्य था। सब पुलिस की मार से डरे हुए थे बस इससे ज्यादा किसी को कुछ भी नहीं पता था कि उन सब का क्या होगा या उन्हें कितने दिन जेल में रखा जाएगा।

अगले दिन फिर से तालाब पाटा जाने लगा। लेखपाल के साथ-साथ पुलिस की एक पूरी जीप थी जो मौके पर शान्ति बनाए रखने के लिए आयी थी। और उन दबंगों को रोकने के लिए भी जो एक गरीब बूढ़ी विधवा को अपनी जमीन समतल करने नहीं दे रहे थे जिसमें कुछ खेती-वेती करके वह अपना जीवन-यापन कर पाती। बाकी शान्ति बनाए रखने के लिए मगन के घर पर भी तमाम हथियारों से लैस शान्ति-प्रेमियों की अच्छी-खासी भीड़ इकट्ठा थी।

दो दिन बाद ही मगन पेड़ काटने और मिट्टी वगैरह लादने-खोदने के लिए गाँव में मजदूर ढूँढ़ रहे थे। उन्होंने मजदूरी बढ़ाने का एलान किया तो ज्यादा तो नहीं पर जबर को खुश रखने की मजबूरी के ही तहत दस बारह मजदूर उनके हाथ आ ही गये। इसे तालाब पाटे जाने को लेकर गाँव की स्वीकृति मान ली

गयी।

डकैती के आरोप में जेल गये लोगों के सामने मगन ने शर्त रखी कि अगर वे आइन्दा उनके रास्ते में न आएँ तो वे डकैती का आरोप वापस ले लेंगे। बस एक जमुना कुर्मी के बेटे आशाराम को छोड़कर सभी लोगों ने मगन का कहा मान लिया। बदले में मगन ने यह कहते हुए अपना आरोप वापस ले लिया था कि उन्हें गलतफहमी हो गयी थी। ये लोग तो उन्हें डकैतों से बचाने आये थे। अंपने बेटे आशाराम को छुड़ाने के लिए जमानत के लिए जमुना को अपनी मुर्रा भैंस बेचनी पड़ी थी। आशाराम ने आते ही ऐलान किया था कि जब तक मगन की ऐसी--की-तैसी नहीं कर देता तब तक चैन से नहीं बैठेगा। तीसरे-चौथे दिन ही आशाराम फिर से किसी दूसरे आरोप में धर लिया गया। उसके बाद तो यह क्रम बन गया की जमुना उसे कुछ बेच-बाच कर छुड़ाते और वह फिर किसी दूसरे आरोप में धर लिया जाता। डकैती के आरोप में पकड़े गये बाकी लोगों में भी गुस्सा था पर वह भीतर-ही-भीतर खदबदा रहा था और उसे बाहर निकलने का रास्ता नहीं मिल रहा था।

जाड़े की शुरुआत में बनजारे आये तो अपने टिकने की जगह समतल और उस पर फसल लगी देख न जाने क्या बुदबुदाते हुए चले गये। वे हमारे गाँव में इस बार पलभर भी न रुके थे।

अचानक सूखे ने दस्तक दी। ये तालाब पाटने के बाद का दूसरा ही साल था। हम ये दस्तक नहीं पढ़ पाये। बरसात की शुरुआत में बल्कि जरा पहले ही अच्छी बारिश हुई थी। अरहर, बजरी, जोंधरी, तिल आदि सब बोए जा चुके थे। धान की बेहन तैयार थी बल्कि ज्यादातर लोगों का धान लग चुका था। कुछ भी ऐसा नहीं था कि हम डरते या हमें डरने की कोई वजह नजर आती। पर धीरे-धीरे आसमान साफ होता गया और फिर आसमान में अजीबोगरीब बादल प्रकट हुए। लाल-मटमैले बादल। जो आसमान में सदा छाए रहते पर हमारी तरफ पानी की एक बूँद भी न गिराते। धूप भी जैसे अजीब तरह से सूख कर ऐंठ गयी थी और अब रेशा-रेशा बिखर रही थी। ऐसा अजीबोगरीब मौसम हमने पहली बार देखा था फिर भी हम इसमें कोई असामान्य बात नहीं बूझ पाए। एक-दो पुरनियों ने जरूर घाघ भड्डरी के सहारे कुछ कहना चाहा था पर हममें से शायद ही किसी ने उनकी बातों पर कान दिया हो।

तालाब खत्म हो जाने से आसपास के खेतों में सिंचाई का संकट पैदा हो गया था। ऐसे समय में मगन प्रकट हुए। मगन ने कहा कि उन्होंने पम्प सिर्फ अपने लिए नहीं लगाया है बल्कि पूरे गाँव की सोचकर लगाया है। ज्यादातर

गाँववालों ने मगन की बात मान ली। हमारे पास और कोई चारा भी नहीं बचा था। और हमारे अनुमान की मानें तो पूरे गाँव की जितनी आमदनी नहीं रही होगी उससे ज्यादा अगले दो सालों में मगन ने पानी बेचकर कमाया।

ऊपर से खेत थे हमारे कि न जाने कितनी प्यास थी उनके भीतर। खेतों में पानी कहाँ और कितनी जल्दी गायब हो जाता था कि हम सोच में पड़ जाते। जो फसलें एक-दो पानी में हो जाती थीं वे पाँच-छह सिंचाई के बाद भी और पानी पीने को तैयार बैठीं थी।

मगन ने पानी दिया, पैसा लिया। सीधा-सा हिसाब। जिन घरों के जवान डकैती में फँसाए गये थे उनमें से भी कई लोग फसलों को बचाने के लिए मगन की शरण में आ ही गये। या कहें कि आना ही पड़ा उन्हें। उनकी स्थिति मगन से लम्बी दुश्मनी की इजाजत नहीं देती थी। जिनके खेतों में पानी जाने का कोई सीधा रास्ता नहीं था... उनके लिए मगन पाइप खरीदकर ले आये जो बिना नाली के ही सीधे खेतों में पानी पहुँचा देता। और सच कहें तो अगर पैसे की बात न होती तो हममें से बहुतों को यह व्यवस्था बहुत ही भली लग रही थी। हर तरह का झंझट खत्म। 'ठीक बात है पर ऐसी हर चीज पर शक करो जो तुम्हें नाकारा बनाए। तुम्हारा काम छीने। सबकुछ वही करने लगेगी तो तुम क्या करोगे?' यह मेरी अम्माँ थीं जिन्होंने एक दिन मुझे समझाते हुए कहा था।

कायदन यह चोरी थी। पानी पूरे गाँव का था। लोगों को उनके ही हिस्से का पानी बेचा जा रहा था और इस पर अभी लम्बे समय तक किसी का ध्यान नहीं जाना था।

तालाब पाट दिए जाने के बाद गाँव की खेती का भूगोल बदल गया था। चारों तरफ से पानी आने और जाने का रास्ता तालाब की तरफ से होकर जाता था। तालाब रहा नहीं तो सारे पानी का रास्ता खो गया था। शुरुआती बारिश का पानी जो तालाब में आता तो हमें जीवन देता, उसी रास्ते से बकुलाही की तरफ बह गया जिस रास्ते से तालाब का पानी बकुलाही की तरफ गया था। यही उसका देखा-जाना रास्ता था।

जिनके कुएँ उनके खेतों के नजदीक थे या दूर ही थे पर पानी का रास्ता खेतों तक जाता था, उन्होंने पुर का सहारा लिया। और दो बैलों और चमड़े के बने पानी के बड़े थैले मोट के सहारे अपने खेतों में उम्मीद बचाए रखने की जद्दोजेहद में जुट गये। पर जिनके पास ऐसा कोई विकल्प नहीं था उन्होंने मगन की बात मान ली।

सिर्फ तीन घर ऐसे रहे जिन्होंने मगन की कृपा नहीं स्वीकार की। जब उनकी फसल सूखने लगी तब भी। उन्होंने उसे काटकर जानवरों को खिला दिया।

यह इतनी आसान बात नहीं थी।

जमुना कुर्मी जब अपनी सूख रही फसल काटने गये तो खेत में ही चिल्ला-चिल्लाकर रोते रहे। देर तक। वे रोते-रोते कुछ बोलते और फिर बड़बड़ाने या चिल्लाने लगते। उनका बेटा आशाराम अभी भी किसी आरोप में जेल में बन्द था। जमुना का चिल्लाना कोई नहीं समझ पाया। हफ्ते भर के अन्दर ही जमुना ने अपना वह इकलौता दो बीघे का चक बेच डाला जिसे गाँव के ही रामनरेश ने खरीदा। हर कोई चकित था कि रामनरेश के पास इतना पैसा कहाँ से आया पर राज तब जाकर खुला जब महीना बीतते-बीतते रामनरेश ने जमीन का बैनामा मगन ठाकुर के नाम कर दिया।

बदले में जमुना ने रामनरेश को दिन भर गाली बकी और अगले ही दिन सग्घड़ वगैरह पर अपना सब कुछ लादकर ससुराल चल दिए जहाँ उनकी पत्नी रहती थीं। उन्हें गद्दी मिली थी। जमुना की माँ पहले से ही काफी बूढ़ी थीं, इस बुढ़ापे में यह सब बर्दाश्त नहीं कर सकीं और चल बसीं।

तब तक घर का सारा सामान जा चुका था। घर खाली रह गया था। एक खटोला भर था जिस पर जमुना की माँ रहती थी। जमुना ने माँ सहित उसी खटोले को घर के बीचोबीच रखा, घर के ठाठ से लकड़ियाँ और सरपत वगैरह खींच कर निकाला और बीच गाँव उसी घर में ही चिता को आग दे दी। लोग दूर थे और इस स्थिति का सामना करने से बच रहे थे इसीलिए किसी को जमुना की माँ के मरने की बात पता ही नहीं चल पायी। उन्हें जलाने या फूँकने जैसी बात ही लोगों के जेहन में कहाँ से आती।

जब जमुना घर खाली कर रहे थे तो एक सुगबुगाहट तो थी पर ज्यादातर लोग उनसे नजरें मिलाने की हिम्मत नहीं कर पा रहे थे। ये भी हो सकता है कि जमुना के इस पलायन में लोगों को अपना भविष्य दिख रहा हो! जमुना के पास तो जाने के लिए एक जगह थी जहाँ वे जा रहे थे, बाकियों के पास तो कोई ऐसी भी जगह नहीं थी जहाँ वे जा सकते।

जमुना की माँ की चिता की आग ने जमुना के पूरे घर को अपने लपेटे में ले लिया। लोग दौड़े। जमुना घर के बाहर नीम के नीचे चबूतरे पर निर्लिप्त भाव से बैठे थे और माँ की विशाल चिता देख रहे थे। लोग आग बुझाने दौड़े पर गर्मी का समय था, कुओं में पानी बहुत नीचे था सो जमुना का घर जलने से वे क्या बचाते। बस किसी तरह आग को भयानक होने से बचाते रहे और मनाते रहे की हवा न चले। इस बीच जमुना चुपचाप उठे और धीरे-धीरे चलते हुए गाँव के बाहर हो गये। इसके बाद जमुना फिर कभी गाँव नहीं लौटे।

बीच गाँव में लाश जलाने का हर किसी ने बुरा माना था। पर इससे ज्यादा

एक डर था जो सबके भीतर पसर कर बैठ गया था। फिर भी हममें से शायद ही किसी ने यह सोचा हो कि यह हमारे गाँव के मसान होने की शुरुआत थी। गाँव में जैसे सन्नाटा पसर गया था। एक चुप्पी थी जो सबके भीतर छा गयी थी। लोगों ने अचानक बोलना कम कर दिया। जो बोलते भी वो जैसे फुसफुसाते हुए बोलते। इससे साधारण से साधारण बातों पर भी रहस्य का पर्दा तन जाता। जैसे हवा में ही कुछ अजीब, कुछ भयानक-सा घुल गया था।

मगन की बूढ़ी माँ जो ठकुराइन के नाम से जानी जाती थीं और बाहर निकलती थीं तो रास्ते, पेड़-पौधों और जानवरों से भी बतियाती चलती थीं अचानक न सिर्फ चुप हो गयीं बल्कि उन्होंने घर से निकलना भी बन्द कर दिया। मेरा दिन में कम-से-कम दो बार तो मगन के यहाँ जाना होता ही था। उन्होंने मुझसे भी बात करना बन्द कर दिया। अब वे दिखती ही नहीं थीं जल्दी। नहीं पहले तो 'क्यों रे गंगादिनवा ई कबरी की पीठ पर निशान कैसा है रे? कभी-कभी जानवरों को धुल भी दिया कर।' 'अपने जानवरों को वहाँ अलग ही रखा कर' से ले कर 'आज क्या खाया था रे' तक। या फिर 'अपनी अम्मा को भेज देना कुछ काम है' तक... कभी-कभार शाम को एकाध ढोंका गुड़ भी पकड़ा देतीं कि जा पानी पी ले।

यह बरसात में गर्मी का मौसम था और आसमान में पानी कहीं नहीं था। दूर से दिखने पर हवा भी उबलती हुई दिखती थी। और उबलती हुई हवा की भाप पानी होने का भ्रम पैदा करती थी। ताल बचा नहीं था... बाकी छोटे-छोटे गड्ढे-गड़हियों को देखकर लगता ही नहीं था कि इनमें कभी पानी रहा होगा। उनकी तलहटियाँ चिटककर अनगिनत टुकड़ों में बँट गयी थीं। ताल के न रहने पर कुम्हार इन्हीं में से मिट्टी निकालकर ले जा रहे थे। हम भी अपने घरों के लिए वहीं से मिट्टी निकालकर ले आते थे। इस सब के बावजूद हमारे भीतर से ताल की याद और गन्ध नहीं गयी थी।

हम मिट्टी को सूँघते और ताल जैसी महक न पाकर बेचैन हो जाते। हम मिट्टी कहीं से भी उठाते पर याद ताल को करते। हम में से शायद ही कोई ऐसा रहा हो जिसने अपनी हर एक साँस के साथ ताल को न याद किया हो। ताल की जगह पर खेत देखते तो हमें ऐसा लगता जैसे हम कोई सपना देख रहे हों और जब सोकर उठेंगे तो पानी से लबालब भरा ताल जस-का-तस मिलेगा। ताल पर हमें बहुत भरोसा था। हम में से किसी ने भी कभी ताल को पूरी तरह से सूखते हुए नहीं देखा था। हम में से कई मानते थे कि ताल के बीचोबीच पानी

का कोई सोता है जहाँ से पाताल का पानी निकलकर ताल में मिलता रहता है। इसीलिए ताल कभी नहीं सूखता।

सिंचाई अब तक हमारे लिए ऐसी चीज थी जिसमें श्रम तो लगता था पर पैसे नहीं लगते थे। जिनके यहाँ लोग कम होते उनके यहाँ मदद को दूसरे लोग आ जाते। यह कोई एहसान या बेगार नहीं था एक-दूसरे पर, बल्कि एक पूरी व्यवस्था थी जो इसी तरह चलती थी। पर अब सबकुछ बदल रहा था। सिंचाई की ही बात करें तो अब श्रम के पहले पैसे की जरूरत थी और हमारे पूरे गाँव में एक अकेले मगन को छोड़कर पैसे का कोई स्थायी स्रोत किसी के पास नहीं था।

कुछ घरों से लोग दूरदराज के शहरों में कमाने जरूर गये थे पर उनका पता तभी चलता था जब चार-छह महीने में उनकी चिट्ठियाँ वगैरह आतीं। किसी के घर चिट्ठी आती तो ये पास-पड़ोस के लिए भी खबर होती। लोग आ जुटते राजी-खुशी की खबर लेने। डाकिया गाँव में बस कभी-कभार ही दिखता था। जब तक बहुत जरूरी न हो लोग डाक से पैसा मँगाना पसन्द नहीं करते थे। अमूमन लम्बे समय तक डाकिया पैसा अपने पास ही दबाए रखता। और जब देता तो देते समय पैसे लेकर आने के लिए एहसान जताता और पैसे का एक बड़ा हिस्सा झटक लेता।

ऐसी स्थिति में लोग अनाज बेचकर पैसे जुटाते थे। पर मौसम की अनिश्चितता को देखते हुए अनाज बेचने की हिम्मत कम लोग ही कर पा रहे थे। बल्कि ज्यादातर लोगों के पास इतना अनाज था ही नहीं कि बेचा जाए। तब सिंचाई के लिए पैसे जुटाने के लिए लोगों ने वह काम करना शुरू किया जो अमूमन वह शादी-ब्याह के मौके पर करते थे। यह था जेवर और खेत रेहन रखना, कई बार पीतल, फूल और ताँबे के बर्तन भी। सिंचाई के लिए रेहन रखना— यह ऐसी बात थी जो हमारे गाँव में पहले कभी नहीं घटी थी।

'सूखे बहुत पड़े पर सब निपट गये। इन्हीं ताल-तलैयों के सहारे। ताल में पानी कम हुआ तो हमने कम से ही काम चला लिया। पर ऐसा तो कभी नहीं हुआ कि कोई पानी बेचे और हम पानी खरीदें। यह अनहोनी है जो घट रही है। सब नास हो जाएगा। कुछ भी नहीं बचेगा', गाँव के एक बुजुर्ग फग्गू पटेल ने आसमान ताकते हुए कहा था। यह कोई शाप नहीं था। यह उन बूढ़ी आँखों में छुपा बैठा आश्चर्य था, डर था। कुछ भयावह घटने की आशंका थी। और अब कोई भी इस तरह की बातों पर फिस्स से हँस नहीं पा रहा था।

बाहर बहुत कुछ ऐसा घटित हो रहा था जो लोगों के भीतर की ताकत को सोख ले रहा था पर वे अपने को और भी मजबूत दिखा रहे थे। वे अपना दमखम

दिखा रहे थे। देवमणि पाँड़े अस्सी की उमर में भी बिलारी फाँद जाते और पेड़ की डाल पर उलटे लटकते हुए कहते कि ऐसे अकाल-फकाल बहुत देखे हैं। पर भीतर-भीतर उनकी आत्माएँ रोतीं-तड़फड़ातीं। कोई उनकी सुनता भले नहीं था पर ये बूढ़े अपनी बूढ़ी चमड़ियों में छिपे बैठे अनुभव से जानते थे कि चारों ओर बहुत कुछ ऐसा अघट घट रहा है जो उन्होंने पहले कभी नहीं देखा-सुना था। और ये भी कि ये सूखा ऊपर से ही नहीं आया है। उनके आसपास ऐसा बहुत कुछ है जो ये सूखा ले आया है। बल्कि ले आएगा बार-बार। वे यह भी जानते थे कि अब कितना भी पानी क्यों न बरसे पर ये जो पानी खरीदने-बेचने का सिलसिला चल निकला है ये शायद ही कभी खतम हो। वे मगन की निन्दा करते, उसे सरापते पर इसके आगे क्या करें उनकी समझ में कुछ भी न आता।

जाने क्यों पर आजकल कई बूढ़ों को उन जमुना पटेल की बहुत याद आ रही थी जो अपना घर फूँककर चले गये थे। कोई अपने ही हाथों से अपना घर फूँके, यह भयानक और अविश्वसनीय था। पर जमुना ने ऐसा किया था और वे सब उन्हें रोक नहीं पाये थे। क्या वैसा ही कुछ भयानक और अविश्वसनीय बाकियों की भी राह देख रहा था!

कुछ इसी तरह से साल बीत रहा था। लोगों ने सिंचाई के लिए जमीनें तक रेहन रखीं ताकि बाकी के खेत हरे-भरे दिख सकें। एक मगन थे और एक शिवराम थे जो बहुधन्धी पंडित थे। पुरोहिती भी करते थे और दुकान भी रखते थे। खरीदने-बेचने दोनों का काम था उनका। गाँव के ज्यादातर जेवर, बर्तन इन्हीं दोनों के यहाँ पहुँच गये। लोगों को इस बात का भारी मलाल था। पर यह मलाल उन हरी फसलों को देखकर थोड़ा कम हो जाता जो उम्मीदें पैदा करती थीं।

तब ये कसक एक सपने में बदल जाती थी कि जल्दी ही फसलें होंगी। घर में साल भर के खाने का अनाज होगा। हो सकता है जरूरत से थोड़ा ज्यादा ही हो। तब बचा हुआ अनाज बेचकर जमीनें छुड़ा लेंगें। जेवर फिर से हमारे घरों में लौट आएँगे। कुछ के जेवर लौटे भी पर यह तो उन्हें कभी पता ही नहीं चलना था कि इस बीच उनकी चाँदी गिलट में बदल गयी थी और जिन जेवरों के सहारे वे हारे-गाढ़े विपत्तियों से टकराने का हौसला रखते थे उनकी अब कोई कीमत नहीं रह गयी थी।

खैर पम्प के पानी के सहारे ही सही पर जमीन में नमी बरकरार रही। हममें से बहुतेरे मगन से भयानक असन्तुष्ट थे पर इस डर के मारे कि कहीं वह हमें पानी देना बन्द न कर दे, हम कुछ बोलते नहीं थे। तो जो कुछ भी था थोड़ा-

सा ज्वार-बाजरा हमारे घरों में आ ही गया। महुआ था... घरों के आसपास की नमी में उगाई गयी सब्जियाँ थीं... जिस-तिस घर में थोड़ा बहुत दूध-मट्ठा था... मतलब ऐसा कुछ नहीं था कि हम बहुत नाउम्मीद होते। जल्दी ही गेहूँ बो दिया गया। आलू लग गयी। गेहूँ में मटर और सरसों सज गयी। आलू में मूली, पालक कद्दू सरसों आ बिराजे। जानवरों के लिए चरियाँ या बरसीम बोयी गयी।

सब कुछ यथावत् चलता दिख रहा था पर एक कनकनापन था जो पूरे गाँव की हवा में मिला हुआ था। लोगों के व्यवहार में अजीब से परिवर्तन हो रहे थे। लोग चिड़चिड़े हो रहे थे तो कई बार बिना किसी खास बात के भावुक भी। बूढ़े दिन-दिन भर पता नहीं क्या-क्या बड़बड़ाते रहते। कई बार अचानक बिना किसी बात के रोने लगते। कोई बहुत बोलनेवाला अचानक चुप रहने लगा था तो कोई चुप रहनेवाला बहुत बोलने लगा था। मेरा एक दोस्त था उसकी प्यास अचानक इतनी बढ़ गयी थी कि पूरी की पूरी बाल्टी पानी पी जाता था। सब जगह यही हाल था। मगन की बूढ़ी माँ ठकुराइन आजकल फिर घर से बाहर निकल आयी थीं और दिन भर नहाती रहती थीं। पम्प की टंकी पर से मगन उन्हें भगा देते तो वे घर के सामने के कुएँ पर आ जातीं। दिन में कई-कई बार होता उनका नहाना।

पर जो कुछ भी था हम उसके साथ जीना जानते थे। यह हमारा सदियों का संचित अभ्यास था। मैं मगन की बात नहीं कर रहा हूँ।

इसके बाद बेमौसम जो कुछ हुआ इसके बारे में हमने कभी सोचा भी नहीं था। हमें चेतावनी मिली थी पर शायद हमने उसे अनसुना कर दिया था। जब कुओं में पानी तेजी से नीचे जाना शुरू हुआ तभी हमें समझ जाना चाहिए था। कुछ कुओं में मिट्टी मिला पानी आना शुरू हो गया था फिर भी हम नहीं चेते। फिर से वही फग्गू थे जिन्होंने कहा था कि 'पम्प हमारे कुओं का सारा पानी खींच ले रही है। हम जल्दी ही पीने के पानी को भी तरसेंगे और मगन नाम की जोंक हमें पीने का भी पानी बेचेगी।' पर हममें से ज्यादातर लोग फग्गू की बात को सही मानते हुए भी चुप्पी लगा गये थे। एक भ्रम में बने रहना हमें ज्यादा ठीक लगा था कि क्या पता सब कुछ करीने से निपट ही जाय। पर इतना ही सच नहीं था।

हममें से ज्यादातर लोग मगन के सामने खड़े होने की स्थिति में नहीं थे। हमें इस बात का डर था कि मगन हमें पानी नहीं देगा। हमें मगन के पैसे का डर था। हमें मगन की ताकत और पहुँच का डर था। हमें उसके पुलिस बेटे का डर था। हमें मगन के घर में टँगी दुनाली बन्दूकों का डर था। कोई भी जबर के मुँह नहीं लगना चाहता था।

जो भी हो पर हुआ यह कि पम्प के पानी की धार पतली होने लगी। उसमें अब पहले जैसी ताकत भी नहीं बची थी। फिर भी पैसा हमें पहले जैसा ही देना पड़ता था और पम्प का आलम यह था कि जिस खेत की सिंचाई घंटे भर में हो जाती थी, उसमें तीन-चार घंटे लग जाते।

एक दिन मगन के दिमाग में भी खतरे की घंटी बज गयी और मगन ने पानी देने से इनकार कर दिया। सही बात यह थी कि अब वे पानी को सिर्फ और सिर्फ अपने खेतों के लिए ही सुरक्षित रखना चाहते थे।

फसलें नहीं लोगों के हृदय सूख रहे थे। उनके भीतर बहनेवाला खून सूख रहा था। रग रग में रहनेवाला पानी सूख रहा था। जिनके खेतों में बालियाँ आ गयीं थीं वे मरे-मरे दाने की आस में सही पर खेतों में बने रहे। पर जिन्होंने देर से फसलें बोयी थीं उनकी फसलें बिना बालियों के ही मुरझा रही थीं। बहुतों के आलुओं में अभी मिट्टी भी नहीं चढ़ी थी कि वे सूखने लगे थे। मटर और दूसरी फसलों का भी यही हाल था। सारी फसलें नष्ट हो रहीं थीं और ज्यादा से ज्यादा उनका उपयोग यही किया जा सकता था कि उन्हें काटकर जानवरों को खिला दिया जाए।

मगन के खेत अभी भी हरे-भरे थे। लोगों में भयानक असन्तोष था। अब उनका यह डर भी खतम हो गया था कि मगन पानी नहीं देगा तो वे क्या करेंगे। वे अपने को ठगा महसूस कर रहे थे कि अगर फसलों का यही हाल होना था तो गहने और जमीनें रेहन रखने या घर में बचाकर रखी गयी थोड़ी बहुत जमा पूँजी को भी मगन को सौंप आने का क्या मतलब था! यह सरासर लूट थी। यह पहली बार था कि कई लोग गुस्से में खुलेआम मगन के नाम गाली बक रहे थे। गुस्सा डर पर शायद पहली बार हावी हुआ था। लोग गुस्से से जल रहे थे। और वे कुछ भी कर गुजरने को तैयार थे।

इसका पहला संकेत तब मिला जब मगन की आलू की फसल में कई बिस्वे की फसल खोद ली गयी। पहले शायद ही कोई ऐसा करने की हिम्मत कर पाता। पर ये तो कुछ भी नहीं था। एक रात मगन की गेहूँ की करीब दस-बारह बीघे की तैयार फसल में आग लग गयी। पूरा का पूरा खेत कुछ ही पलों में जलकर राख हो गया।

पता नहीं चल पाया कि यह जान-बूझकर लगाई गयी आग थी या फिर किसी की चिलम या बीड़ी से फैली थी। अगर यह जान-बूझकर लगाई गयी आग थी तो यह धरती से हुए उस सदियों पुराने समझौते का खुला उल्लंघन थी। फसल लूट ली गयी होती तब शायद धरती को खुशी ही होती पर जलाए जाने से... अगले कुछ दिनों में लोगों ने देखा कि धरती की छाती फट ही गयी थी

सचमुच।

यह दरार गाँव के बीचोबीच प्रकट हुई थी जो कम-से-कम एक बाँस गहरी थी और कोस भर लम्बी थी। इसी के साथ कई लोगों के घरों की दीवारों में भी दरार पड़ गयी थी। यही हाल फर्श का भी था जो कि जाहिर है कि कच्चा ही था। लोगों ने अपने घरों के भीतरे हिस्से की दरार को भरना चाहा। इस क्रम में जब भीतर पानी गया तो भीतरी से धुएँ जैसा कुछ निकला। लोग डर गये कि धरती के सीने में आग लगी हुई है। पर आग बुझाने के लिए अगर कहीं पानी था तो वह धरती के भीतर ही था। सो ज्यादातर लोगों ने इसे मिट्टी को कूट-कूट कर पाटने की कोशिश की पर दूसरे-तीसरे दिन तक दरार फिर जैसी-की-तैसी दिखाई पड़ती।

ये सब हम पर आनेवाली विपदाओं के संकेत मात्र थे। अब तक हर किसी को दिखने लगा था कि कुछ बहुत बुरा होनेवाला है। पर क्यों? आखिर क्यों? इस सवाल का जवाब किसी को पता नहीं था। अन्दाजे थे पर वे एक-दूसरे से इतने अलग थे कि उनके बीच का कोई सम्भावित बिन्दु तय कर पाना लगभग असम्भव था। और सचाई उस बिन्दु पर थी या कि सारे अनुमानों-अन्दाजों के बाहर थी कहीं, इस बारे में जाननेवाला कोई नहीं था।

बारिश का मौसम बीता जा रहा था। सारे आर्द्रा, मघा, पुष्य, पूर्वा, उत्तरा, सरेषा बीते जा रहे थे। वे एक-एक कर आ और जा रहे थे पर उनके पास हमारे लिए पानी नहीं था। एक बूँद भी नहीं। आसमान में बादल क्या बादल की पूँछ भी कहीं दिखाई नहीं पड़ रही थी। आसमान इतने भयावह ढंग से नीला दिखता कि हमें झुरझुरी आती, जिसकी नीली आँच में हम सब जलने लगते।

गर्मी का मौसम जाने का नाम ही नहीं ले रहा था। गर्मी हमारे शरीरों की सारी नमी सोखे ले रही थी। ऐसी गर्मी हमने पहले कभी नहीं देखी थी। हमारे पसीने हमारे जिस्मों में ही सूखकर बिला जा रहे थे। सुबह से शाम तक रात से सुबह तक गर्मी का साम्राज्य फैला था। गर्मी से जैसे एक सनसनाहट की आवाज आती। कुछ-कुछ अदहन के उबलने जैसी। गर्मी क्या पकानेवाली थी आखिर!

आसपास के जंगलों में रहनेवाले जानवर सियार, नीलगाय, लोमड़ी, खरगोश पानी की तलाश में इधर-उधर भटकते हुए अकसर दिख जाते। मौसम ने उनका सदियों से सिरजा यह अभ्यास कि 'आबादी के इलाके में न जाया जाए' नष्ट कर दिया था।

कई कुएँ सूख गये थे। कई कुओं से पानी के साथ कीचड़ आ रहा था। गाँव में दो-तीन कुएँ ही ऐसे बचे थे जिनमें अभी भी साफ पानी था। ऐसे में पंडिताने के लोगों को एक ऐसे कुएँ की याद आयी जिसमें से सालोंसाल से किसी

ने पानी नहीं निकाला था। बीसों साल पहले जब बच्चा पंडित की बेटी किसी पटेल लड़के के साथ भाग गयी थी तो बच्चा ने इसी कुएँ में कूदकर प्राण त्यागे थे। तब से यह भुतहा कुआँ हो गया था। जिनकी लड़कियाँ बड़ी होने लगतीं उनके बाप इस भुतहे कुएँ पर आते और अपनी इज्जतबख्शी की गुहार लगाते। इसके बावजूद किसी लड़की का पेट फूल ही जाता तो लड़की के बाप की जगह कई बार लड़कियाँ खुद ही डूब मरतीं। समय बच्चा पंडित से आगे बढ़ गया था।

इसी कुएँ को भूतमुक्त कराने के लिए शिवराम पंडित ने कुछ पूजा-पाठ और अनुष्ठान वगैरह कराया। इस अवसर पर गरुड़ पुराण से लेकर तोता-मैना तक के किस्सों का पाठ किया गया। पानी में एक शीशी गंगाजल और एक लोटा गौमूत्र डाला गया और पानी को पीने लायक घोषित कर दिया गया। इस कुएँ का पानी भी खत्म न हो जाए इसलिए यह तय किया गया कि जब तक बारिश नहीं हो जाती और सभी कुओं में फिर से पानी नहीं आ जाता तब तक इस कुएँ का पानी सिंचाई वगैरह के काम में नहीं लाया जाएगा। हालाँकि कुछ लोगों का कहना था कि इसमें कम-से-कम सात हाथियों के डूबने भर का पानी है पर ऐसे लोगों की बात नहीं सुनी गयी।

इसके पहले दो दिन तक कुएँ का पानी पुर से निकाला गया। पानी में इतनी बदबू थी की पूरा गाँव गन्धाने लगा। तब भी पानी कम नहीं हुआ तो किराए पर एक उठल्लू इंजन लाया गया जो लगातार दिन भर पानी खींचता रहा। इस पानी को कुछ लोगों ने नाली वगैरह बनाकर एक गड़ही में ले जाने की कोशिश की पर सारा का सारा पानी उस मीलों लम्बी दरार में समा गया जो धरती की छाती पर उभरी हुई थी। इस दरार से इतना धुआँ निकला कि पूरे गाँव के आसमान पर फैल गया। यह अजीब तरह का धुएँ का बादल कई दिनों तक आसमान में छाया रहा और फिर धीरे-धीरे करके गायब हो गया। दरार जो लोगों ने कई जगहों से पाट रखी थी वह और चौड़ी होकर फिर से उभर आयी थी।

पर स्थिति और भी भयानक होने की तरफ बढ़ रही थी। सिर्फ तीन कुओं में पानी बचा था। जिनसे पूरे गाँव का काम चल रहा था। एक तो मगन का कुआँ था जिससे ठकुराने को छोड़कर पूरे गाँव को कोई मतलब नहीं था। बाकी दो कुएँ वहाँ थे जहाँ से पानी लेने में ठाकुरों और पंडितों को तो क्या पटेलों तक को दिक्कत हो रही थी। बाकी दोनों नीच कही जानेवाली जातियों के थे।

ऐसे में पटेलों ने कुछ कुओं को और गहरा करने का निश्चय किया। सबसे पहले इस काम के लिए दुलारे पटेल का कुआँ चुना गया। जो सभी के लिए लगभग समान रूप से सुविधाजनक था। दूसरे वह पटेलों के बीच का ऐसा एकमात्र कुआँ

था जिसकी जगत पक्की थी। इसी कुएँ में एक दिन बाल्टी तसला और फावड़ा लेकर दो लोग नीचे उतरे। बाहर हड्डाए बैलों के सहारे दो लोग तैयार थे जो मोट के सहारे भीतर का कीचड़ और मिट्‌टी बाहर निकालनेवाले थे। नीचे उतरनेवाले लोगों ने अभी काम शुरू भी नहीं किया था कि चक्कर खाकर वहीं गिर पड़े। अन्दर की हवा विषैली थी इस बात को जाने-समझे बगैर बाहर मौजूद लोगों में से दो लोग सरपट कुएँ में उतर गये। पलभर में वे भी वहीं गिर गये। कुएँ में रस्सियाँ लटकी हुईं थीं पर उनको इतना समय ही नहीं मिला कि वह इन रस्सियों का उपयोग कर पाते।

लोग समझ ही नहीं पा रहे थे कि अन्दर जाते ही इन लोगों को क्या हो जा रहा है। कुएँ में विषैली गैस निकलने की बात अब तक गाँव में किसी ने नहीं सुनी थी। आखिरकार एक और जवान तैयार हुआ कुएँ में उतरने के लिए पर पूरे एहतियात के साथ। उसकी कमर में एक मजबूत रस्सी बाँधी गयी कि वह अगर खुद न आ सके तो उसी रस्सी के सहारे उसे झटपट ऊपर खींच लिया जाय। वह अभी कायदे से नीचे पहुँच भी नहीं पाया था कि उसे गश आ गया। लोग कुएँ में झाँक रहे थे। उसे तुरन्त ऊपर खींच लिया गया। वह बेहोश था।

बहुत देर बाद जब उसे होश आया तो वह कमजोरी महसूस कर रहा था। उसकी आँखों में भय था। बहुत धीरे-धीरे बोलते हुए और लगभग हाँफते हुए उसने बताया कि भीतर जाते ही उसे ऐसा लगा जैसे उसकी नाक और मुँह किसी ने दबा लिया हो। वह साँस भी नहीं ले पा रहा था। बाद में उसने यह भी जोड़ा कि उससे पहले कुएँ में उतरे चारों लोग उसे नीचे बुला रहे थे। उन सबके मुँह खुले थे और आँखें भी। वह बेहद डर गया था और शायद डर के मारे ही बेहोश हो गया था।

लोग दिन भर लाशों को निकालने की जुगत करते रहे पर नहीं निकाल पाए। चारों में तीन ने सूती कपड़े की जाँघिया पहन रखी थी। और एक ने धोती का एक टुकड़ा पहन रखा था। बाकी वे नंगे बदन थे। कटिया सबसे पहले धोती में ही फँसी थी और खींचने की कोशिश में धोती को चीरती चली आयी थी। कई बार की कोशिश के बाद धोती बाहर आ गयी थी और धोती वाला आदमी कुएँ में नंगा पड़ा था। जाँघियावालों की डोरियाँ टूट गयी थीं। इस कोशिश में उनके शरीर क्षत-विक्षत हो रहे थे। ऊपर से कुएँ के आसपास लगातार बने रहने वाले लोग भी अजीब-सी कमजोरी और सुस्ती महसूस कर रहे थे। कोई चारा न देखकर कोशिश बन्द कर दी गयी।

लोग रात भर कुएँ के चारों ओर डेरा जमाए पड़े रहे। मरे हुओं को अकेला तो नहीं छोड़ा जा सकता था! अगले दिन पुलिस आयी। उसने गाँववालों पर भरपूर

दबाव डाला, दो-चार को दो-चार डंडे भी लगाए पर कोई भी कुएँ में उतरने को तैयार नहीं हुआ। बहुत डराया-धमकाया पर कुछ नतीजा निकलता न देख और लाशें निकालने का कोई तरीका न मिलता देख उसे धमकाने लगे जिसका कि कुआँ था। गाली बकी, कुछ वसूला और कुएँ को पाटने और किसी को कानोंकान खबर न लगने की हिदायत देते हुए जाने को तैयार हुए।

यह कैसे हो सकता था। यह भयानक था। आदमी-औरतें दो दिन से चिल्लाते चिल्लाते पहले से ही बेदम हो चुके थे। फिर भी उनके विलाप से एकाध पुलिस वालों तक की आँखे नम हो गयीं।

तब पुलिसवालों ने एक दो लोगों को दूर ले जाकर समझाया कि कुएँ में जरूर कोई विषैली गैस है। लाश निकालने के लिए बाहर से ऐसे लोगों को बुलाना पड़ेगा जिनको ऐसे काम करने की ट्रेनिंग हो। इसमें कई दिन लग सकता है। तब तक लाशें सड़ने लगेंगी। गाँव में बदबू फैलेगी, बीमारी फैलेगी। ऐसे में सबसे सही तरीका है कि कुएँ को ऐसे ही पाट दिया जाय।

यह अनहोनी बात थी पर कई लोगों को समझ में भी आने लगी थी। पर बिना जलाए...? तय पाया गया कि कुएँ में ऊपर से सूखी लकड़ियाँ डालकर जला दिया जाय। लकड़ियों की कोई कमी नहीं थी। कुएँ में ढेर-सारी लकड़ियाँ डाली गयीं। पर जब लकड़ियों में आग लगाने की कोशिश की गयी तो आग लगी ही नहीं बल्कि आग अन्दर जाते ही बुझ जा रही थी। तब घी या तेल की तलाश हुई। जितना भी घी-तेल मिला सब का सब कुएँ में डाल दिया गया। फिर भी आग नहीं पकड़ पायी। तब कोई एक शीशी मिट्टी का तेल ले आया। ऊपर से तेल डाला गया फिर एक कपड़े को मिट्टी के तेल में भिगोकर भीतर डाला गया। भीतर जाते ही कपड़े की आग भी बुझ गयी।

ये गाँववालों के लिए और भी भयानक था कि आग उन बदनसीब लाशों को जलाने से मना कर दे रही थी। ये बिल्कुल अनदेखी, अनहोनी बात थी। बहुतेरे काँप से रहे थे। उनकी आँखों में अचरज और भय था। आग का ये स्वभावविरुद्ध आचरण अभी और भी भयानक अनिष्ट की तरफ इशारा कर रहा था। आखिरकार उन्होंने कुएँ को मिट्टी से पाटना शुरू कर दिया। कुएँ की छूहियाँ तोड़कर उसी कुएँ में ढहा दी गयीं। और अगले दिन तक कुआँ पूरी तरह से पाट दिया गया। इस बार शिवराम पंडित के पड़ोसी अनिल कुमार मिश्रा आगे आये। उनके हिसाब से वैसे तो यह महाबाभन का काम था पर गाँव की सुख-शान्ति के लिए वे यह भी करने को तैयार थे। उन्होंने मृतक आत्माओं की शान्ति के लिए हवन वगैरह करवाया और बाकायदा तेरह दिन बाद विधिवत तेरही करने की सलाह दी। कुएँ की जगह पर अनिल मिश्रा की सलाह पर एक पीपल का पेड़ लगा दिया गया।

आगामी संकट का अनुमान कर लोग बिलबिला उठे थे। बहुतेरे घरों में भोजन सिर्फ एक जून (वक्त) पकने लगा। वह भी पूरी कंजूसी के साथ। होनेवाली शादियाँ भले मौसमों के इन्तजार में टाल दी गयीं। जो लोग जवान थे या बाहर जा सकते थे उन्हें बाहर कमाने के लिए भेज दिया गया। वे बाहर जाकर कुछ इस तरह से गुम हो गये जैसे कभी थे ही नहीं। इस तरह से गाँव की अर्थव्यवस्था का बोझ कुछ कम करने की कोशिशें हुईं। बाकी आदमी हो या औरत लोग बेइन्तिहा खाली हो गये थे। उनके पास करने को वैसे भी बहुत कम काम थे पर जो काम थे भी उनसे भी उन्होंने मुँह मोड़ लिया था। गाँव में ज्यादातर लोगों के घर-दुआर साफ-सुथरे रहा करते थे। वहाँ अब मक्खियाँ भिनभिनातीं रहतीं। दुआरे पर कूड़ा बिखरा रहता पर जल्दी कोई इस तरह की बातों की सुधि नहीं लेता था।

ऐसे में एक सुबह जब हम सोकर उठे तो गाँव के लगभग हर घर में गेरू लगे पंजे के निशान लगे हुए थे। घर के चारों तरफ। पूरा गाँव कुछ इस तरह से लग रहा था जैसे हर घर में विवाह वगैरह का आयोजन हुआ हो। क्योंकि ये निशान शादी वाले घरों में ही देखे जाते थे। और मंडप के किसी एक बाँस की तरह शुभ चिह्न के बतौर कम-से-कम सालभर के लिए छोड़ दिए जाते थे।

पर इस बार ये बतौर शुभ चिह्न नहीं प्रकट हुए थे बल्कि इसके पीछे एक सामूहिक डर था। अनिष्ट की आशंका थी। हवा में कई दिनों से फैला आतंक था कि कोई महामाई है जो किसी भी दरवाजे पर किसी भी रात प्रकट हो सकती है। जो खाने के लिए प्याज के साथ बासी रोटी माँगती है। उसे रोटी दो तो भी अनिष्ट करती है और न दो तो भी। उससे बचने का बस यही एक तरीका था कि घर के चारों तरफ गेरू लगे पंजों से नाकेबन्दी कर दी जाए। यही तरीका बताया था गाँव के युवा पंडित अनिल कुमार मिश्रा ने। इसके बावजूद लोग आतंक में ही जीते रहे। बहुतेरे लोगों ने महामाई को जमुना की माँ को घर में ही जलाने की घटना से जोड़ा और यहीं से एक नया किस्सा पैदा हुआ कि जमुना ने अपनी माँ को जिन्दा ही जला दिया था। इसीलिए वह बूढ़ी औरत महामाई के रूप में प्रकट हुई है।

एक दहशत थी जो यहाँ से वहाँ तक हवा में व्याप गयी थी। रात के समय एक पत्ता भी हिलता तो लोग काँप-काँप जाते। अपने को बहुत हिम्मतवर समझने वाले लोगों ने भी रात में अकेले बाहर निकलना बन्द कर दिया था। लोग निकलते भी तो कोई लोहे की छुरी या बल्लम आदि लेकर चलते। लोगों में एक परम्परागत भरोसा था कि पास में धारदार लोहा रहने पर कोई भी भूत या चुड़ैल पास आने

की हिम्मत नहीं करेगा।

जो थोड़ी हिम्मत रखने वाले लोग थे वे महामाई का बाल काटकर कहीं छुपा देने का सपना देख रहे थे। किस्सा यह था कि बाल काटकर रख लेने के बाद चुड़ैल बाल काटनेवाले व्यक्ति की गुलाम हो जाती है और उससे मनचाहा काम करवाया जा सकता है। उससे कुआँ भी खुदवाया जा सकता है। तब तक, जब तक कि कुएँ में पानी न निकल आये।

कई लोगों ने महामाई को देखने का दावा किया और तुरन्त बीमार पड़ गये। जबकि रोटियाँ वैसे भी इतनी कम बनती थीं कि बासी बचने का सवाल ही नहीं उठता था। प्याज जरूर रहती थी हमेशा घरों में। वह किसी कीमती सामान की तरह छुपा दी गयी। पर महामाई का आतंक जस-का-तस बना रहा। इस मुश्किल समय में ओझा लोगों के लिए नये सिरे से रोजगार प्रकट हुआ। पंडितों ने भी महामाई से मुक्ति के लिए अनुष्ठान वगैरह का जिम्मा लिया।

महामाई का तो कुछ नहीं हुआ पर हमारे बीच झगड़े बढ़ गये। कहीं किसी के घर के सामने पानी और फूल के साथ रंग-रोगन किया हुआ अंडा कटा मिलता तो कहीं नीबू। मुर्गे और बकरे भी कटे... उनके कटे सिर अक्सर सुबह-सुबह रास्तों पर मिलते और दहशत पैदा करते। टोने-टोटके के लिए सोते समय लोगों के बाल काट लिए जाते। अगले दिन किसी दूसरे को अपने आँगन में कटे हुए बालों का गुच्छा मिलता जिन पर खून लगा होता। मजबूरन उसे भी किसी ओझा या पंडित की शरण में जाना पड़ता।

यह शृंखला टूटने का नाम ही न लेती।

हम अभी भी आदतन अपने जानवरों को बकुलाही के बीहड़ों की तरफ हाँक ले जाते थे। पर मुश्किल यह थी कि हरियाली वहाँ भी नहीं बची थी। आसपास के गाँवों के लोग भी कई बार वहीं पर आ जाते थे। ऐसे में कहीं पर थोड़ी भी नमी बरकरार थी या कहीं सूखी ही सही पर घासें दिख जातीं तो उसको लेकर झगड़ा शुरू हो जाता। कई दिन मार पीट हो चुकी थी। और कई बार एक गाँव से दूसरे गाँव के बीच लाठियाँ चलते-चलते रह गयी थीं।

हम पानी के लिए कुओं के पास जाते तो कई बार वे हमें गन्दा पानी देते। और कई बार तो पानी देने से ही मना कर देते। कुओं ने हमें कभी निराश नहीं किया था। यह हमारे लिए अविश्वसनीय था... हम इस पर भरोसा नहीं कर पाते। हम इस बात को कुओं का मजाक मानते और अगले दिन फिर से उनके पास जाते। इस तरह कई-कई दिन में जाकर हमें यह समझ में आता कि कुएँ हमसे

मजाक नहीं कर रहे हैं। वह सच में हमारी प्यास नहीं बुझा सकते। वे खुद ही प्यास से तड़प रहे हैं।

हालत यह थी कि इलाके के सारे पेड़ों की पत्तियाँ बकरियाँ और जानवर खा गये थे। इन दिनों पत्तियाँ बकरियों का ही नहीं सभी जानवरों का एकमात्र आहार बची थीं। ऐसे पेड़ बड़ी मुश्किल से दिखाई पड़ते थे जिनमें पत्तियाँ या नरम टहनियाँ दिखती हों। एक-एक दिन में दसियों पेड़ ठूँठ हो जाते। उनका हरा-भरा वैभव गायब हो जाता। पहले सिर्फ बकरियों वाले लोग ही कटवाँसे लेकर निकलते। पर अब हर किसी के पास एक कटवाँसा होता... टहनियाँ काटने और पत्तियाँ तोड़ने के लिए। हम इस बात के लिए पेड़ों से माफी माँगते। हमें इन पेड़ों के लिए मलाल था पर हम ये भी जानते थे कि वे हमसे ज्यादा मजबूत हैं ये सब झेलने के लिए। उनकी जड़ें गहरी हैं। एक बार बारिश आने भर की देर है कि ये पेड़ फिर से पत्तियों से भर जाएँगे। चिड़ियाँ फिर से घोंसले बनाएँगी। मधुमक्खियाँ छत्ते लगाएँगी।

हमारे खेल खतम होने लगे। हमारे खेलने की एक जगह तो पानी ही हुआ करता। पानी खतम सो खेल खतम। एक पूरी-की-पूरी पीढ़ी पानी आने तक तैरने से वंचित हो गयी। जानवर कनकने होने लगे, साथ-साथ हम भी। वे घास और पानी की तलाश में बेदम होने तक यहाँ से वहाँ भटकते। उनके पीछे-पीछे हमें भी भटकना पड़ता। हम भी चिड़चिड़े होने लगे। कई बार जानवरों को बिना बात ही मार बैठते। हमारे बीच आपस में भी झगड़े बढ़ गये थे। ये अलग बात है कि तब भी हम दोस्ती के पुराने अभ्यासवश जल्दी से सुलह कर लेते और फिर कभी न लड़ने की कसमें खाते। इसके बावजूद झगड़े रुकने का नाम न लेते।

बात कुछ नहीं थी पर एक दिन कायदे से मेरी पिटाई हो गयी। मैं मगन के जानवरों को पानी पिला रहा था कि गाँव के ही नागालैंड ने मगन के जानवरों को पीटते हुए दूर खदेड़ दिया। और अपने पुरवे के जानवरों को लेकर पानी में घुस गया। मैंने उससे पूछा तो उसने कहा कि कौन से तेरे जानवर हैं... मरते हैं तो मरें, तुझे क्या? पर मुझे था कुछ। मैं रोज उन जानवरों के साथ दिनभर बिताता था और कोई उन्हें बेवजह मारे ये मुझे कैसे बर्दाश्त हो सकता था।

मैं जानवरों को दुबारा उसी गड्ढे में हाँक लाया। नागालैंड ने मगन के जानवरों को फिर मारना-खदेड़ना शुरू कर दिया। बदले में मैंने नागालैंड के जानवरों को मारा। फिर तो नागालैंड और उसके पुरवे के दूसरे कई लोगों ने मिलकर मुझे जी भरकर मारा और बोले, ''साले मगन के तलवे चाटे तू और तेरा बाप। हम क्यों डरें उससे। साले ने तालाब नहीं पटवाया होता तो जानवरों को पानी के लिए तरसना न पड़ता... अब पानी पर न उसका कोई हक होना चाहिए न उसके जानवरों

का।''

मेरी भरपूर पिटाई के बाद कई लोग आगे आये जिन्होंने मुझे छुड़ाया।

इसके बाद जानवरों को चराने का काम मैंने छोड़ दिया। यह कहते हुए कि चराने के लिए कहीं पर कुछ बचा ही नहीं है। अपने पिटने की बात मैंने मगन को नहीं बतायी थी। न ही उसके जानवरों के पिटने की बात। घर आकर काका को जरूर बताया था उस दिन। काका ने ही मना कर दिया था।

काका अभी भी मगन के यहाँ जाते थे। और मगन के यहाँ जानवरों के सानी-पानी, गोबर के अलावा और भी तरह-तरह के काम करते थे।

आदमी-औरतें कई बार घास की तलाश में निकल जाते और दिनभर भटकते रहते। और तब भी अकसर खाली हाथ ही लौटते।

ऐसे में हम अपने जानवरों को सन्तोष चराने ले जाते थे।

जब सन्तोष भी नहीं बचा तो हमने अपने जानवरों को आजाद करना शुरू कर दिया। हम जानते थे कि वे मरेंगे पर हम यह कभी नहीं चाहते थे कि वे हमारे दरवाजे पर मरें। ये हमारी आशाओं को पूरी तरह से खत्म कर देनेवाली बात होती। वे लगातार हमारी ओर ताकते और हम उनसे नजरें न मिला पाते। भूख-प्यास से बेहाल उन हड्डाए जानवरों में हमें अपना ही चेहरा दिखाई पड़ता था। हमने अपने को उनके इतना नजदीक इसके पहले कभी नहीं महसूस किया था।

हम उन्हें आजाद कर रहे थे और वे थे कि बार-बार हमारे ही दरवाजे पर लौट आते। आजादी हो सकता है कि उनका कभी सपना रही हो... हरियाली पसरी होती चारों तरफ तो उन आँखों को ये सपना अच्छा भी लगता। पर इस समय उनका ये सपना उनसे ही बर्दाश्त नहीं हो रहा था। घर से दूर जाते ही उन पर दिन में ही सियार और भेड़िए टूट पड़ते। अक्सर वे वहीं गिर जाते। उनके भीतर प्रतिरोध की ताकत न बची होती। जो दूर होते वे चिल्लाते हुए घर की तरफ भागते। जो कि अब कहीं नहीं बचा था।

सियार कई लोगों को काट चुके थे। हम अकाल और भूख से ही नहीं रैबीज से भी मर रहे थे। और भी तमाम अजीब-अजीब बीमारियाँ हममें घर कर रही थीं। कुछ भी पहले जैसा नहीं था। बीमारियाँ भी। हमारे आसपास की चिड़ियाँ न जाने कहाँ गुम हो गयी थीं। हम कई-कई दिन तक चिड़ियों की आवाज सुनने के लिए तरसते रहते। कभी कहीं कोई टी-टुहुक सुनाई दे जाती तो जैसे वह जीने की उम्मीद को बढ़ा जाती।

जमीन में जगह-जगह दरारें फट रही थीं। उन दरारों में ऐसे-ऐसे कीड़े-

मकोड़े दिखाई पड़ रहे थे जिनको हमने तो क्या गाँव के पुरखे-पुरनियों तक किसी ने नहीं देखा था। पता नहीं वे पहले से ही धरती में ही रहते थे और अब बाहर निकल आये थे कि कहीं बाहर से आकर हम पर धावा बोल रहे थे।

पानी इस समय हमारा सबसे बड़ा सपना था। हमारी चमड़ी सूख गयी थी। आँखों की नमी सूख गयी थी। अकाल हमारे भीतर को भी अपनी गिरफ्त में ले चुका था। कोई हमारे भीतर झाँककर देखता तो पाता कि धरती की तरह ही हमारे भीतर भी दरारें ही दरारें थीं और उन दरारों में तमाम अनपहचाने कीड़े-मकोड़े घूम रहे थे।

इन दिनों पानी जिस कुएँ से आ रहा था उसका पानी पीते हुए हममें से ज्यादातर को उल्टी आती। आज उसी पानी के लिए हम मिन्नतें कर रहे थे। हमीं नहीं ठाकुरों और पंडितों का भी यही हाल था। सिर्फ दो कुओं में पानी बचा था। एक वही भुतहा कुआँ जिसमें कभी बच्चा पंडित का भूत रहा करता था, दूसरा गाँव के सबसे दक्खिन का कुआँ। भुतहे कुएँ तक हमारी पहुँच नहीं थी। हम उसी दक्खिन वाले कुएँ से पानी लाते थे। उसमें भी अब गन्दा पानी आ रहा था और यह गन्दा पानी भी हमें इतना कम मिल रहा था कि वह हमारे लिए तो क्या एक नन्ही गौरैया के लिए भी कम पड़ जाता।

अकाल को लेकर तरह-तरह के किस्से आम थे। लोग यहाँ तक दावा करने के लिए तैयार बैठे थे कि फला-फला इलाके में तो लोग अपने बच्चों तक को खा रहे हैं। या उनके अड़ोसी-पड़ोसी ही मौका लगते ही उन्हें खा जा रहे हैं। हममें से ज्यादातर ने ऐसी चीजों पर कभी यकीन नहीं किया। ये ऐसी बातें थी जिन पर यकीन कर लेने के बाद जीने और मर जाने का भेद सदा के लिए समाप्त हो जानेवाला था।

आखिरकार वह समय आया जब हममें से ज्यादातर के यहाँ खाने को लगभग कुछ भी नहीं बचा था। पेड़ों में नरम पत्तियाँ तक नहीं थीं। हम भाग जाते पर ऐसी कोई जगह नहीं थी जहाँ हम भागकर जाते। हमें यह भी तो नहीं पता था कि कितनी दूर जाने पर हमें एक चुल्लू पानी और रोटी का एक टुकड़ा मिल सकेगा... कि कितनी दूर जाने पर ये सूखा खत्म हो जाएगा हमारे लिए। या फिर हम जैसों के लिए ये कभी खत्म होगा भी कि नहीं!

महामाई का मामला चल ही रहा था कि मुँहनोचवा प्रकट हो गया। जो रात के अँधेरे में तेज चमकीली रोशनी के साथ प्रकट होता था और झपट्टा मारकर चला जाता था। अगले दिन लोगों के क्षत-विक्षत शरीर कुछ इस तरह से मिलते थे

कि जैसे उन्हें किसी दरिन्दे ने फाड़ खाया हो। किसी ने भी उसे देखा नहीं था पर उसके होने की अफवाहें सब तरफ थीं। महामाई तो सिर्फ बीमार ही करती थी यह तो सीधे मौत थी।

न बर्दाश्त होनेवाली गर्मी के बावजूद लोगों ने घरों के भीतर सोना शुरू कर दिया। वे रात में पेशाब करने के लिए भी बाहर न निकलते। इस डर ने हमसे हमारी सामूहिकता भी छीन ली। पहले जरा-सी भी आहट होती तो लोग बड़ी तादाद में लाठियाँ लेकर निकल आते। अब मुँहनोचवा ने उनके पैरों में पहाड़ बाँध दिया था। उन्हें लगता कि पता नहीं कहाँ वह घात लगाए बैठा हो। कोई निकलना भी चाहता तो उसके घरवाले आड़े आ जाते। हमारा गाँव अभी तक बचा हुआ था पर आसपास के गाँवों में ऐसी कई मौतें हम देख आये थे।

पुलिस आती और चुपचाप जला देने की सलाह देती। कभी-कभार चीर फाड़ के लिए अपने साथ उठा ले जाती। लोग इस बात से और ज्यादा डरते। पहले से ही चिथड़े-चिथड़े हुई मिट्टी की और ज्यादा दुर्गति हमसे बर्दाश्त न होती। हम पुलिस के आने का इन्तजार किये बगैर मिट्टी को ठिकाने लगा देते। कभी पुलिस आती तो लोगों का सामूहिक बयान यही होता कि मरनेवाला कहीं भाग गया है या कि कहीं कमाने चला गया है। पर पुलिस तब भी कुछ-न-कुछ नोचना-खसोटना चाहती। सूखे और मगन से जो कुछ बचा था वह पुलिस ले जा रही थी।

और तभी हमने ऐसे घरों को लूटने की सोची जहाँ रोटी का एक टुकड़ा मिलने की उम्मीद हो सकती थी। इसमें मगन ठाकुर का पहला ही नाम था। जमुना का बेटा आशाराम बहुत दिनों से मगन से अपना बदला पूरा करना चाहता था। वह इस बात को कभी भी भूल नहीं पाया था कि निरपराध ही उसे डकैती के आरोप में अन्दर करवा दिया गया था। तब से वह लगातार जेल आता-जाता रहा था। उसका जीवन पूरी तरह से बदल गया था। न जाने कितनी गालियाँ, कितनी लाठियाँ, कितनी बुरी स्थितियाँ उसके भीतर थीं जो उससे हिसाब माँग रही थीं। और वह यह हिसाब मगन से मिलकर पूरा करना चाहता था।

उसने गाँव और गाँव के बाहर कई लड़कों के साथ मिलकर अपना एक गिरोह बना लिया था। और एक दिन उसने मुझे भी अपने गिरोह में शामिल होने का न्यौता दिया। कारण एकदम साफ था। ठकुराने या पंडिताने के लोगों के अलावा बहुत ही कम लोग रहे होंगे जो मगन के घर की भीतरी बनावट के बारे में कुछ जानते थे। मैं वहाँ लगभग रोज आता जाता था और घर के जर्रे-जर्रे से वाकिफ था। मैं बहुत ही आसानी से तैयार हो गया। और कुछ बहुत मामूली तैयारियों के बाद हम अपने काम के लिए तैयार थे। पर यह आशाराम था जो मगन के साथ

खेलना चाहता था पहले कुछ दिन। और इस सबके बीच मुँहनोचवा हमारे बहुत ही काम आनेवाला था।

मगन के घर में कुल सात लोग रहते थे। मगन, उनकी पत्नी, मगन की बूढ़ी माँ ठकुराइन, मगन का भानजा गुलाब सिंह, गुलाब सिंह की पत्नी और दो छोटे बच्चे। गुलाब मगन के ही यहाँ रहकर उनके सारे काम-धाम देखता था।

एक दिन मगन मैदान में पायजामा खोलकर बैठे ही थे कि उन्हें अपने आगे करीब दस फुट ऊपर रोशनी दिखाई दी। वह आँखें फाड़े रोशनी देख ही रहे थे कि रोशनी गायब हो गयी। उन्हें कुछ भी समझ में नहीं आया। वह और कुछ सोच-समझ पाते कि उनके बायीं तरफ वही दृश्य फिर से दिखा। वह नहीं समझ पाये कि आखिर उनके ठीक सामने इतनी ऊपर रोशनी कैसे हो रही है। वह टॉर्च जलानेवाले थे कि रुक गये। उन्हें लगा अभी तो वह अँधेरे में छुपे हुए हैं... टॉर्च जलाते ही उनका वहाँ होना प्रकट हो जाएगा। पर उस रोशनी ने तो उन्हें ऐसे भी देख ही लिया था। रोशनी अचानक ठीक उनके सिर पर प्रकट हुई और जब तक मगन कुछ समझ पाते एक विकराल पंजे ने उनके कन्धे से मांस का एक बड़ा हिस्सा नोच लिया था। मगन के मुँह से हू-हू जैसी आवाज निकली। उनकी पलटकर पीछे देखने की हिम्मत नहीं पड़ी। वह टॉर्च और पानी का डिब्बा वहीं छोड़कर भागे। थोड़ा आगे ही बदहवासी में भागते हुए मगन का पैर किसी मेड़ से टकराया और वे मुँह के बल गिरे। उन्हें लगा कि उनका पैर किसी ने थाम लिया है। वह दर्द से लगभग चिल्लाते और डकराते हुए वहीं बेहोश हो गये।

यह हमारा काम था। इसी के साथ तमाम जगहों पर दिखाई देनेवाला मुँहनोचवा यहाँ भी प्रकट हो गया था। आशाराम और उनके साथियों ने इस अफवाह का फायदा उठाया था कि कई जगहों पर ऊपर हवा में एक रोशनी कुछ इस तरह से दिखाई पड़ती है जैसे कुछ जल रहा हो और फिर यह रोशनी अचानक गायब हो जाती है।

अगले दिन मगन की छत पर फिर से रोशनी दिखाई पड़ी। मगन ने बेटे के पास सन्देश भिजवाया। जिस दिन बेटा आया था उसी दिन रात में अचानक पम्प का इंजन तेज आवाज के साथ धू-धू कर जल उठा। उसके कई टुकड़े दूर जाकर गिरे थे। आग इतनी तेज थी कि इंजन के कई हिस्से पिघल गये थे। पानी की टंकी वहीं बगल में ही थी। पर आग बुझाते-बुझाते इंजन लोहे का एक कुरूप कबाड़ भर होकर रह गया था।

इधर जब सबका ध्यान पूरी तरह से इंजन पर था, मगन के जानवरों के बाड़े पर मुँहनोचवा प्रकट हुआ आग की फुरहुरियाँ छोड़ता हुआ। बाद में गुलाब की पत्नी ने बताया कि उसकी दोनों आँखें लाल थीं और देखने भर से ही झुरझुरी

पैदा हो रही थी। बरदवान कच्ची थी। उसका ठाठ भयानक रूप से सूखा था। वह कुछ इस तरह से भभककर जल उठा जैसे उस पर मिट्टी का तेल छिड़ककर आग लगा दी गयी हो। पम्प की टंकी का पानी खत्म हो गया था। कुएँ में पानी था पर वह इतना नीचे था कि निकालने में बहुत समय लग रहा था।

यह मैं ही था जो जान पर खेलकर जानवरों के बाड़े में घुसा था और जानवरों को खुला छोड़ने लगा था। ऊपर से लकड़ी का एक जलता हुआ टुकड़ा मेरी पीठ पर गिरा था और उस हिस्से की चमड़ी को अपने साथ लेता गया था। पर जानवरों को जलते हुए देखना मेरे लिए लगभग असम्भव बात थी। मेरा और उनका पिछले कई सालों का साथ था और वे मगन के थे इस गुनाह पर उन्हें जलने नहीं दिया जा सकता था।

आग भी मैंने ही लगाई थी।

गाँव में ऐसे घर न के बराबर बचे थे जहाँ जानवर बचे हुए थे। हमारे ज्यादातर जानवर भूख और प्राणघातक प्यास के चलते दम तोड़ चुके थे। उनकी जीभें और आँखें बाहर निकल आयी थीं और अपने लिए मौत माँगती-सी दिखती थीं। मौत मिली भी थी उन्हें। कइयों को पहले कभी न दिखनेवाली बीमारियों ने मार डाला था। कइयों को भेड़ियों, सियारों और गिद्धों ने नोच खाया था। कई बार तो जिन्दा ही।

मगन के जानवर हमारी आँखों में गड़ रहे थे।

दूसरे दिन मगन का भानजा गुलाब तीन-चार गाँव दूर से ओझा लेकर आया। ओझा ने पहले तो हाथ खड़ा कर दिया फिर काफी देर की मशक्कत और हाँ-ना के बाद वह दो दिन के बाद ओझाई के लिए तैयार हुआ। उसने तमाम जिन्दा-मुर्दा सामग्री की लिस्ट गुलाब के हाथों में थमा दी। ओझा ने बताया कि यह उसी बुढ़िया का भूत है जिसे उसके घर में ही फूँक दिया गया था और उसके बाद से गाँव में जितने भी लोग मरे हैं वह सब उसी बुढ़िया के साथ होते गये हैं। ओझा ने बताया कि गाँव में जानवरों के भी तमाम भूत उड़ रहे हैं जो इसके पहले उसे कहीं नहीं दिखाई पड़े थे। तालाब पाटने से भीटा पर के पहलवान वीर बाबा पहले से ही नाराज हैं। और भी बहुत सारे भूत हैं जो प्यास से पानी-पानी चिल्लाते हुए सब तरफ तैर रहे हैं।

ये सब ऐसी बातें थीं जिनसे किसी को भी एतराज नहीं हो सकता था। गाँव मसान बना हुआ था। गाँव के बाहर जानवरों की हड्डियाँ जहाँ-तहाँ बिखरी हुई थीं। लोग जिन्दा ही भूत दिखाई दे रहे थे। और वे भूख-प्यास से इतने हल्के और कमजोर हो गये थे कि सहज ही उनके चलने-फिरने को तैरता हुआ माना जा सकता था।

ओझा जब वापस जाने के लिए गुलाब की मोटरसाइकिल पर बैठने ही वाला था कि उसे लगा जैसे उसकी कमर पर किसी ने गर्म नश्तर चुभो दिया हो। यह एक बिच्छू था। जब तक ओझा की समझ में कुछ आता वह कई बार अपना काम कर चुका था। ओझा का हाथ कमर पर पहुँचा ही था कि हाथ को भी एक डंक का ईनाम मिला। ओझा अपनी धोती उतार कर फेंकता हुआ भागा। उसने अपना कुर्ता फाड़ डाला और नंग-धड़ंग भागा।

इतना काफी था बल्कि काफी से ज्यादा था। पूरे गाँव में भयानक दहशत फैल गयी थी। पूरे गाँव में दहशत फैलाना हमारा उद्देश्य नहीं था। पर इसके बिना हमारा काम चल भी नहीं सकता था। हम बस चार-पाँच थे। और हम लोगों ने अपने को गाँव वालों से छुपा रखा था। हमारा उद्देश्य ठाकुरों से बदला लेना था और उन्हें लूटना भी ताकि हमारे पेट में भी कुछ जा सके और हम जिन्दा रह सकें। असली लोग तो वही थे आशाराम और वही बिना बात के सताए गये लोग...। मैं तो उनके बीच यूँ ही शामिल हो गया था।

पर अब मुझे इस काम में मजा आने लगा था। इतना कि कई बार तो मुझे लगता कि मैं अकाल को ही भूल गया हूँ। मुझे पहली बार कोई जिम्मेदारी का काम मिला था। इस काम में एक गहरा रोमांच था। ऐसा रोमांच मैंने पहले कभी नहीं महसूस किया था।

हमारा काम हो गया था। अगले दिन मगन का बेटा वापस अपनी नौकरी पर चला गया था। उसने मगन और अपनी माँ से बहुत कहा कि वे उसके साथ चलें और मगन और उनकी पत्नी तो लगभग तैयार भी हो गये थे पर ठकुराइन नहीं मानीं तो नहीं मानीं। गुलाब की पत्नी ने कहा कि उन्हें उनके मायके छोड़ दिया जाय... और गुलाब अपनी मोटरसाइकिल पर उनकी यह इच्छा पूरी करने चले गये।

उस रात मगन, उनकी पत्नी और ठकुराइन घर में अकेले थे। उस रात हमने मगन और उनकी पत्नी को बेहोश किया और चारपाई सहित उन्हें वहाँ रख आये जहाँ तालाब सबसे गहरा हुआ करता था।

उस रात हमने मगन के घर में शायद ही कुछ छोड़ा हो। अनाज, बर्तन, गहने, हथियार... सब कुछ। इसके बाद हमने घर में खूब तोड़-फोड़ मचाई। सभी बिस्तरों को इकट्ठा करके उसमें आग लगा दिया। घर-भर में जो भी कपड़ा या कोई जलने की चीज दिखी सब कुछ उसी आग में लाकर डाल दिया।

इसके पहले की आग की लपटें आसमान छुवें हमें यहाँ से भाग लेना था। हम निकल पाते उसके पहले हमें तेज लाल आँच में एक चेहरा दिखा जो हमें ही देख रहा था। आरपार। उन आँखों में पता नहीं ऐसा क्या था कि हम जो सब

कुछ एक उत्सव की तरह से निपटा रहे थे जैसे जड़ हो गये। ठकुराइन को तो हम भूल ही गये थे।

हम चुपचाप वहाँ से चले आये। हम सबने अपने चेहरे पर कपड़े बाँध रखे थे। पर ठकुराइन की आँखों ने जिस तरह से मेरी तरफ देखा था, मुझे लगा कि वह मुझे पहचान गयी हैं। उस घर में मेरा रोज का आना-जाना था। पर ठकुराइन की आँखों में हमें पहचान लेने पर न कोई अचरज था, न कोई खुशी। उनका सब कुछ लूट लिया गया था, बाकी सब कुछ जल रहा था पर वहाँ उन आँखों में कोई भय या आतंक भी नहीं था। उनकी आँखों में एक पाशविक तटस्थता थी। उसी तटस्थता से वे हमें भी देख रही थीं और अपने जलते हुए घर को भी। ठकुराइन जड़ में थीं सब चीजों की। तालाब का पट्टा उन्हीं के नाम हुआ था पर हम उन्हें जस-का-तस छोड़कर चले आये।

यह सब पल भर में ही हुआ होगा।

हमने लूटी हुई चीजें कहीं छुपायी। और अपने-अपने घरों में सोने चले गये। यह तो हमें अगले दिन ही पता चलना था कि उसी आग में ठकुराइन भी जल कर राख हो गयीं थीं। हम सब जैसे राख हो गये थे। मगन का जो भी मामला रहा हो पर ठकुराइन जीवन भर उदार और भली रही थीं। उन्होंने कभी किसी का बुरा नहीं किया था बल्कि हारे-गाढ़े काम ही आयी थीं। वह गाँव में इकलौती थीं जहाँ से कभी-कभी बिना ब्याज के भी पैसे मिल जाया करते थे।

इसी के साथ पता नहीं कैसे हम सन्दिग्ध होते चले गये। इसके बाद परस्पर अविश्वास और लूटपाट का ऐसा दौर शुरू हुआ जिसकी हमने कल्पना भी नहीं की थी। हमारे भी घर लुटे। रोज किसी-न-किसी घर में कोई-न-कोई घुस जाता। यह सिर्फ और सिर्फ अन्न की तलाश थी... पानी की तलाश थी। यह तो हमने बाद में जाना कि इसमें ठाकुरों का बदला भी था, जब एक-एक करके सभी आशाराम मार दिए गये।

दूसरी तरफ लूटे हुए माल का तब तक कोई मतलब नहीं था जब तक कि उसे हम अपने घरों में न ले जा पाते। हमें बताना ही पड़ा। हमारे घरों के लोग भूखे मर रहे थे। पर कई बड़े-बूढ़ों ने इस तरह के अन्न को खाने से मना कर दिया। वे पहले की तरह ही धीरे-धीरे मौत के मुँह में जाते रहे। हम उन्हें दफनाते रहे... जलाते रहे... वही गाँव के बाहर ताल और भीटे की जगह पर।

मगन इस बीच में सनक से गये। उस दिन जब हम उन्हें तालाबवाली जगह पर चारपाई सहित छोड़कर आये थे तब से उनका व्यवहार अजीबोगरीब हो चला था। यह उस अर्क का भी असर हो सकता था जो हमने उन्हें बेहोश करने के लिए सुँघाया था। पर उनकी पत्नी तो ठीकठाक थीं। खैर मगन एक दिन गायब

हो गये। उनकी पत्नी अपने बेटे के साथ चली गयीं। जो घर में डकैती और ठकुराइन के मरने की खबर सुनकर आया था और अभी तक रुका हुआ था।

आठ-दस दिन बाद पुलिस आयी और करीब पन्द्रह लोगों को डकैती के आरोप में गिरफ्तार करके अपने साथ ले गयी। आशाराम लोग पहले ही मार दिए गये थे। मैं बच गया था, शायद मेरे बारे में लोगों को पता नहीं चल पाया था। जो लोग पकड़कर ले जाए गये उनके घरों के लोग बहुत ज्यादा दुखी नहीं थे। उन्हें लग रहा था कि हो सकता है कि उन्हें पुलिसवाले मारें-पीटें पर खाना-पानी भी तो मिलेगा पकड़े गये लोगों को।

जब मगन के यहाँ कोई नहीं बचा तो मगन का कुआँ भी सभी के लिए खुल गया। पर उसमें भी न के बराबर ही पानी बचा था जो काले कीचड़ में मिल करके आता था। हम उसे छानते, थिराते तब कहीं जाकर पीने लायक होता। वो भी दो बाल्टी निकालते ही पानी खतम हो जाता, कीचड़ भर बचता। कुएँ की तली में रिस-रिसकर दुबारा पानी जमा होने में घंटों लग जाते।

तभी वह हुआ जिसके बारे में कोई सोच भी नहीं सकता था। शिवराम पंडित ने घर के भीतर एक मराड़ में करीब दस-बारह बोरा अनाज छुपा रखा था। तो शिवराम ने एक दिन बिना किसी भेद-भाव के सभी गाँव वालों को बुलाया और अपना सारा अनाज गाँव भर के लोगों में बाँट दिया। हम एक से एक असम्भव चीजें देख ही नहीं रहे थे बल्कि उन्हें जी रहे थे फिर भी हमें इस पर भरोसा न हुआ। शिवराम ने गाँववालों से माफी माँगी कि पहले उन्हें यह सद्बुद्धि नहीं आयी कि जब गाँव ही खतम हो जाएगा तो वे खुद कहाँ जाएँगे। किससे खरीदेंगे, किसको बेचेंगे और बेचकर करेंगे भी क्या! कुदरत ने उन्हें आईना दिखा दिया है।

दूसरे उन्होंने गाँव के बचे हुए लोगों से गुजारिश की कि अब तक जो कुछ भी हुआ पर अब मिल-जुल कर रहें। मुसीबत किसी अकेले पर नहीं आयी है। पूरे गाँव पर आयी है बल्कि इलाके पर आयी है। तो सब अलग-अलग क्यों लड़ रहे हैं इससे। मिलकर क्यों नहीं लड़ते। मिलकर क्यों नहीं काटते। यह हम सबके भीतर की आवाज थी पर हम इसे अनसुना करते रहे थे। ऐसी आवाजें सुनने का हमारा अभ्यास नहीं था बल्कि अभी भी हम अपने भीतर इन्हें महसूस ही इसलिए कर पा रहे थे कि काल सिर पर खड़ा था। और वह हममें अब कोई भेद नहीं कर रहा था।

और तब बरगद के एक विशाल पेड़ के नीचे जो कि अभी भी हरा-भरा बना हुआ था हमने पानी की तलाश में कुआँ खोदने का निश्चय किया। नीचे पानी

होने की सम्भावना का हमारा जो भी परम्परागत ज्ञान था उसके हिसाब से यहाँ हर हाल में पानी मिलनेवाला था। हमारे पास इन दिनों कोई भी काम नहीं था। हर कोई खाली था। यह अलग बात थी कि हममें ताकत नहीं बची थी। हम बहुत जल्दी थक जाते। फिर भी हमने जोश-ओ-खरोश से कुआँ खोदना शुरू किया। हमने शुरू ही किया था... मुश्किल से पाँच-छह फीट नीचे भी नहीं पहुँचे थे कि कँकरीले पत्थरों की एक मोटी परत से हमारा सामना हुआ। फावड़े की धार मुड़-मुड़ जाने लगी। तब हमने कुदालों का सहारा लिया। कुदालें जब पत्थर से टकरातीं तो चिनगारियाँ निकलतीं। पर पत्थर जरा भी न निकलता। तब रम्बे सामने आये। हम रम्बों को पत्थर पर सीधा खड़ा करते और ऊपर से हथौड़े या हन से जोरदार प्रहार करते। बदले में थोड़ा-सा पत्थर टूटता। और पत्थर जितना ही हमारा हौसला टूटता। जल्दी ही हम प्यास से बेदम होने लगते। हमें पानी मिलता और वह अभी गले तक भी न पहुँचा होता कि खत्म हो जाता।

उस कँकरीली परत को तोड़ने में हमें पन्द्रह दिन लगे। सामान्य दिनों में शायद पाँच भी न लगते। बावजूद इसके कि हम जानलेवा मेहनत कर रहे थे। यह कुआँ हमारे लिए आखिरी उम्मीद की तरह था। कँकरीली परत के नीचे नरम बलुई मिट्टी थी। हमारा काम तेजी से बढ़ने लगा। हम दुगुने उत्साह से खोद रहे थे... जल्दी ही हमें नमी मिलनी शुरू हो गयी। हम नये सिरे से जिन्दा होने लगे। पर अगले दिन ही हमारी उम्मीदों को दुबारा तगड़ा झटका लगा। नम जमीन के नीचे फिर से सूखी चट्टान मिलनी शुरू हो गयी थी। फिर भी हम खोदते रहे। खोदते-खोदते हम इतने नीचे जा पहुँचे थे कि नीचे की आवाज ऊपर मुश्किल से ही पहुँच पाती थी। लगातार मेहनत करते-करते हम पर इतनी थकान हावी हो जाती कि ऊपर आना दूसरा जनम लेने की तरह कठिन लगता।

ऊपर कुएँ से निकाली गयी मिट्टी का ढेर लगता जा रहा था। हम पूरी तरह से मिट्टी के रंग में रँग गये थे। हमें देखकर लगता जैसे मिट्टी ही मिट्टी को खोद रही थीं। हमारा सब कुछ मिट्टी का था। हमारा खून, हमारी साँसें सब मिट्टी हो रहे थे। हम मिट रहे थे और मिट्टी खोद रहे थे। एक बार नीचे उतरने के बाद जब हम बाहर निकलते तो कई दिनों तक खड़े होने की भी हिम्मत न पड़ती। अन्दर हवा बहुत कम होती। हमारा दम घुटने लगता... पर जैसे एक पागलपन था कि जब तक पानी नहीं मिलता हम खोदना बन्द नहीं करेंगे, भले ही धरती में आर-पार सुराख हो जाए।

नीले रंग के डर के मारे हमने आसमान की तरफ देखना ही बन्द कर दिया था।

पर एक दिन धरती पर तैर रही कुछ परछाइयों को देखकर हमने ऊपर देखा तो हमें आसमान का रंग बदलता दिखाई दिया। नीले आसमान में कुछ काले बादल तैर रहे थे। यह एक दुर्लभ दृश्य था। ऐसा लगा कि जैसे हम पहली बार यह देख रहे हों। जो कुएँ खोद रहे थे हमने उन्हें यह बात बतानी चाही पर नीचे तक हमारी आवाज नहीं पहुँच रही थी। हम इतने खुश थे इस क्षण कि उन्हें शिवराम पंडित से चिट्ठी लिखवाने जा रहे थे। हम इस बात को भूल ही गये थे कि नीचे जो दो लोग हैं उन्हें पढ़ना तो आता ही नहीं!

नीचे रस्सी लटकी हुई थी उसे बार-बार हिलाया गया। उसे ऊपर खींच कर फिर नीचे छोड़ा गया। कुएँ के मुँह पर डिब्बा और ढोल बजाया गया तब भी नीचे गये लोगों पर उसका कोई असर नहीं दीख पड़ा। हम डर गये थे। दुलारे पटेल के कुएँ की घटना हम सब को याद थी। नीचे अँधेरा था। ऊपर से कुछ दिखाई नहीं दे रहा था। नीचे उतरना जरूरी था पर इसके लिए कोई भी तैयार नहीं हो रहा था तब काका ने मुझे नीचे उतरने के लिए कहा। मैं उतरने ही वाला था कि शिवराम पंडित ने मुझे थोड़ी देर रुकने को कहा और अपनी तीन बैटरी वाली टॉर्च लेकर आये। टॉर्च मैंने अपने गले में लटका ली। एक बार आसमान की तरफ देखा और नीचे उतर गया।

मैं बहुत देर तक नीचे उतरता रहा तब जाकर नीचे पहुँचा। नीचे कोई नहीं था। वहाँ मिट्टी निकालने के लिए बाल्टी थी। खोदने के लिए फावड़ा था, रम्बा था। पानी के लिए एक चूड़ीदार लोटा था। एक गमछा तक रखा हुआ था पर दोनों खोदनेवालों का कहीं पता नहीं था। यह पूरे सूखे का सब से अविश्वसनीय दृश्य था। इतने लोगों के सामने कुएँ में उतरे हुए दो लोग आखिर कहाँ गुम हो गये थे?

मैं जितनी तेज ऊपर चढ़ सकता था उससे बहुत ज्यादा तेजी से ऊपर चढ़ा। ऊपर पहुँचकर मैं बहुत देर तक हाँफता रहा। उसके बाद जो कुछ भी मैंने बताया उस पर किसी ने भी विश्वास नहीं किया। मेरे काका तक ने नहीं जिनके कहने पर मैं बिना किसी बात की परवाह किये चुपचाप नीचे उतर गया था।

तभी बारिश आयी थी, टिप-टिप करती बूँदों के साथ।

जितना पानी बरसता सब का सब धरती अपने भीतर सोखती चली जाती। सतह पर उसका कुछ भी न पता चलता। हमने अपने घरों के सारे बर्तन लाकर खुले में रख दिए कि हम उसमें पानी भर सकें। हम भीग रहे थे। हम नाच रहे थे। पर यह हमारी विजय नहीं थी। यह किसी अदेखे की दया थी हम पर। अब पता नहीं क्या करते हम इस दया का!

पानी बरसा तो कई दिनों तक बरसता ही रहा। हमारी आँखों के लिए यह

असहनीय दृश्य था। हम बहुत खुश थे, इतने कि यह खुशी बर्दाश्त कर पाने की हालत में नहीं थे। हमें बहुत अच्छा लग रहा था पर अब हमें वे सब याद आ रहे थे जो पानी की एक-एक बूँद के लिए तरसते हुए मर गये थे। तब हमारी आँखों से आँसू नहीं निकले थे पर अब जैसे पानी के साथ-साथ आँसुओं की भी बाढ़ आ गयी थी। हम चिल्ला-चिल्ला कर रो रहे थे। हम चीख रहे थे। उन सबका नाम ले-लेकर उन्हें पुकार रहे थे कि आओ... आओ देखो पानी बरस रहा है। आओ प्यास बुझाओ अपनी... पर कौन आता!

पर बरसात ने एक नयी विपत्ति हम पर थोप दी थी। हम बहुत प्यासे थे पर धरती हमसे भी ज्यादा प्यासी थी। धरती में दरारें-ही-दरारें थीं। वह अपनी बहुत सारी दरारों से जी भरके पानी पी रही थी। जल्दी ही धरती को अपच हो गया। दरारें हर जगह फैलीं थीं... हमारे घरों के भीतर तक... हमारे मन के बहुत भीतर तक। इस बीच इन दरारों में न जाने कितने जहरीले कीड़े-मकोड़े भर गये थे। अब इन दरारों में पानी की तरलता जा रही थी तो ये बाहर निकल रहे थे। बाहर पानी ही पानी था। हमारे घरों की दीवारों से लेकर ठाठ तक वही-वही कीड़े थे। हमारे बिस्तरों पर वही सो रहे थे। वे बहुत थे और हममें ताकत भी नहीं थी कि हम उन सबको मार डालते या अपने घरों से बाहर खदेड़ आते।

हम उन घिनौने कीड़ों से बचने के हर जतन करते और वे उन्हें आसानी से धता बता देते। वे हमारे कपड़ों में समा जाते नाक और कान में अपने लिए जगह खोजते। हम उन्हें मारते तो कई बार इतनी भयानक बदबू आती कि बदबू से ही मर जाने का मन करता। कई बार वे हमें काट खाते। उनके काटने की जगहें पक आतीं। उनमें से मवाद बहने लगता। सड़ने लगता शरीर धीरे-धीरे। भयानक दर्द होता... चीखने-चिल्लाने से कान फटते।

इतना जैसे कम था कि हमारे घरों ने एक-एक कर गिरना शुरू किया। दीवारें अचानक आयी इस खुशी को बर्दाश्त नहीं कर पायीं... उनके भीतर एक घातक नमी ने पाँव पसार लिया था। और मिट्टी की दीवारें मिट्टी में मिल जाने का ख्वाब साकार कर रही थीं। गाँव समतल हो रहा था। सारी दरारें भर रही थीं। पानी सड़ रहा था और एक न बर्दाश्त होनेवाली बदबू फैल रही थी हमारे चारों ओर। पर हम बहुत मजबूत लोग थे। हम इतना सब कुछ सहकर भी एक आश्चर्य की तरह से जिन्दा थे। और अब जिन्दा ही रहनेवाले थे।

मगन की छत पर बैठे हुए हम कुल बहत्तर लोग हैं। जो हमें छोड़कर चले गये या जो जेल में हैं, हम उनकी गिनती नहीं कर रहे हैं। हमें नहीं पता कि यहाँ

से जाने के बाद उन पर क्या बीती! हम नहीं जानते कि उनमें से कितने जिन्दा हैं और कितने रास्ते में आनेवाली जानलेवा मुसीबतों की भेंट चढ़ गये। पर कुछ तो होंगे जो बाहर से लौटकर आएँगे। हम भूखे प्यासे हैं कई दिन से। प्यास बहुत बढ़ जाती है तो वही बारिश का सड़ा हुआ एक चुल्लू पानी डाल लेते हैं भीतर। कुछ भी हो अब हमें उसकी परवाह नहीं है। पर अब हमें कुछ नहीं होगा, हम जानते हैं। हमारे भीतर जीवन पनप रहा है फिर से। उन ठूँठ पेड़ों के साथ जिनमें नयी कोंपलें इतनी दूर से भी दिखाई देने लगी हैं। हमें अभी से वो हरियाली दिखाई देने लगी है जो हमारी आँखों का सूखा खत्म करेगी। हम जानते हैं कि जब पानी सूखेगा तो एक नयी धरती हमारा इन्तजार कर रही होगी। घास और नमी और जीवन से भरी। इस पर हम बहत्तर लोगों में कोई बहस नहीं है कि हम इस हरियाली को कायम रखेंगे।

हम जो बचे हैं इसे हमारा सामूहिक बयान माना जाए।

□

णाणं पयासयं

वीर नि.सं. 2470

भारतीय ज्ञानपीठ

ई.सन् 1944